書下ろし

凶撃の露軍

傭兵代理店・改

渡辺裕之

祥伝社文庫

目次

『凶撃の露軍』関連地図

アントノフ国際空港
ウクライナ
ボルィースピリ国際空港
キーウ
イスタンブール空港
トルコ
アムリトサル
イスラマバード
カブール
アフガニスタン
パキスタン
インド
ラホール
マリ
共和国
バマコ

国立ウクライナ
歴史博物館
ドニエプル川
十月宮殿
マリア宮殿
ホテル・キーウ
ナショナルホテル
マリンスキー公園
キーウ
歴史博物館
ウクライナ
大統領府
国立軍事史博物館
洗車場
キーウ・
スポーツ宮殿
キーウ

各国の傭兵たちを陰でサポートする。
それが「傭兵代理店」である。
日本では防衛省情報本部の特務機関が密かに運営している。
そこに所属する、弱者の代弁者となり、
自分の信じる正義のために動く部隊こそが、“リベンジャーズ”である。

【リベンジャーズ】

藤堂浩志 ……………… 「復讐者(リベンジャー)」。元刑事の傭兵。
浅岡辰也 ……………… 「爆弾グマ」。浩志にサブリーダーを任されている。
加藤豪二 ……………… 「トレーサーマン」。追跡を得意とする。
田中俊信 ……………… 「ヘリボーイ」。乗り物ならば何でも乗りこなす。
宮坂大伍 ……………… 「針の穴」。針の穴を通すかのような正確な射撃能力を持つ。
瀬川里見 ……………… 「コマンド1」。元代理店コマンドスタッフ。元空挺団所属。
村瀬政人 ……………… 「ハリケーン」。元特別警備隊隊員。
鮫沼雅雄 ……………… 「サメ雄」。元特別警備隊隊員。
ヘンリー・ワット …… 「ピッカリ」。元米陸軍デルタフォース上級士官(中佐)。
マリアノ・ウイリアムス … 「ヤンキース」。ワットの元部下。医師免許を持つ。

【ケルベロス】

明石柊真 ……………… 「バルムンク」。フランス外人部隊の精鋭“GCP”出身。
セルジオ・コルデロ … 「ブレット」。元フランス外人部隊隊員。狙撃の名手。
フェルナンド・ベラルタ … 「ジガンテ」。元フランス外人部隊隊員。爆弾処理と狙撃が得意。
マット・マギー ………… 「ヘリオス」。元フランス外人部隊隊員。航空機オタク。

池谷悟郎 ……………… 「ダークホース」。日本傭兵代理店社長。防衛庁出身。
土屋友恵 ……………… 「モッキンバード」。傭兵代理店の凄腕プログラマー。
直江雄大 ……………… 陸上自衛隊最強の特殊部隊・特殊作戦群の一等陸尉。
一色真治 ……………… 直江の上官。作戦中のカブールでテロに巻き込まれ、死亡。
片倉啓吾 ……………… 外務省から内閣情報調査室に出向している役人。美香の兄。

カブールの冬

1

二〇二二年二月二十日。午前十一時三十分。

カーム航空のボーイング737‐3H4がアフガニスタンとパキスタンの国境にあるシカラム山の北を通過し、高度を下げはじめた。

イスラマバード国際空港を午前十一時二十分の定刻通りに離陸し、カブール国際空港に午前十一時五十分の到着を予定しているが、気流のせいか幾分遅く着きそうだ。カーム航空は、アフガニスタン初の民間航空会社であるが、現政権であるタリバンの管理下に置かれている。

昨年の八月十五日にイスラム主義組織であるタリバンがカブールを制圧し、タリバンとの協定に従って米国をはじめとした多国籍軍が八月三十日までに撤退した。航空管制を行っていた米軍の撤収でカブール国際空港は一時的に閉鎖されたが、九月五日に再開されている。

タリバンは九月七日に暫定政府を発表し、最高指導者マウラウィ・ハイバトゥラ・アクンザダ師の下に〝アフガニスタン・イスラム首長国〟の樹立を宣言した。

暫定政府執行部の顔ぶれは、タリバン幹部としてすでに地位を確立していたメンバーである。首相代行はモハマド・ハッサン・アフンド師、第一副首相代行にアブドゥル・ガニ・バラダル師、第二副首相代行にモウラヴィー・アブドゥル・サラム・ハナフィー、内務大臣代行にFBIから指名手配されているタリバンの過激派であり軍事部門でもある〝ハッカーニ・ネットワーク〟のシラジュディン・ハッカーニが就いた。

明石柊真《あかししゅうま》は、眼下の凍《い》てついた大地を見つめた。四ヶ月ぶりのアフガニスタンである。柊真はフランス政府からの要請で、傭兵チーム・ケルベロスの仲間とともにフランスに協力したアフガニスタン人の救出作戦をバックアップした。

昨年の八月十八日までにフランス人二十五人を含む二百十六人を救出し、作戦を終えている。その後、ほぼ同時期にアフガニスタンに派遣されていた藤堂浩志《とうどうこうじ》率いる傭兵特殊部隊リベンジャーズと合流した。

リベンジャーズは、八月十三日、邦人救出のために自衛隊の統合任務部隊がアフガニスタンに派遣されたことを受け、部隊のサポートをする任務についていたのだ。だが、日本政府の初動が遅れたために、一人の邦人と米国から要請があった十四人のアフガニスタン人を自衛隊機で救出しただけの結果に終わっている。

最終的に日本に協力した五百人以上のアフガニスタン人は救出できなかった。だが、リベンジャーズとケルベロスが、タリバンに渡ったアフガニスタン人のリストを消去することで彼らの安全を図ることに成功している。

「やっと、戻ってこられましたよ」

隣りの席で直江雄大《なおえゆうだい》は、しみじみと言った。彼は陸上自衛隊最強の特殊部隊・特殊作戦群の一等陸尉である。

邦人救出作戦で、直江の上官である一色真治《いっしきしんじ》二等陸佐がカブール国際空港近くで起きた爆弾テロに巻き込まれて死亡している。彼は死に際《ぎわ》に、自衛官としての自分の死が改憲派や護憲派に利用されることを危惧《きぐ》した。そのため、自分の死を隠し、亡骸《なきがら》をカブールの墓地に埋葬することを直江に命じたのだ。

特戦群幹部だった一色の死は、自衛隊に激震をもたらした。海外で幹部クラスが死亡することも問題だが、彼のとった行為が理解できるだけに遺体を置き去りにしたことが無念だと上層部を悩ませた。一色は自衛隊トップにまで上り詰める存在として、将来を期待されていたからだ。

中でも特戦群の群長である工藤聡《くどうさとし》が、一色を日本に帰すことを自衛隊トップにだけでなく、防衛大臣にも訴えた。防衛省は自衛隊上層部を交えて政府と会議を重ね、一色の遺体を日本に戻すことに決定した。もっとも閣議に至るまで四ヶ月を要している。

閣議を経て政府はアフガニスタンの現政権と交渉することになったが、タリバンは電話会議に応じる相手ではない。政府は中東研究の第一人者であり、政府職員の片倉啓吾《かたくらけいご》にアフガニスタンへの極秘派遣を命じた。啓吾は内閣情報調査室の分析官で、長年中東を研究している。昨年の邦人救出作戦にも同行しており、タリバン幹部とも面識があったのだ。

啓吾はアフガニスタンに赴くにあたって、前回と同じくリベンジャーズに警護を要請したが、タリバンから入国は啓吾も含めて日本人五人に限定すると条件を付けられた。しかも、防衛省からそのうちの一人を直江にするように求められていたのだ。加えて、リベンジャーズ側にも問題があった。

前回の救出作戦で浩志と浅岡辰也《あさおかたつや》、田中俊信《たなかとしのぶ》、宮坂大伍《みやさかだいご》の四人がタリバンの警察機関に逮捕された経偉もあるため、リベンジャーズの主だったメンバーは入国を拒否されているのだ。そのため、浩志は師弟関係にあるとも言える柊真に依頼し、タリバンのリストから漏れていた仲間を選んでいる。自衛隊の空挺部隊で一色と同期だった瀬川里見《せがわさとみ》と、追跡のプロフェッショナルである加藤豪二《かとうごうじ》だ。柊真はパリ在住のため、ドバイで合流できるのも都合がよかった。

「大変でしたね」

柊真はここに至るまでの経緯を知っているだけに表情もなく頷《うなず》いた。

「群長は、帰国した私から報告を受けた直後、上層部に一色二佐の帰国を訴えていました。自衛隊も防衛省もすぐ動いたんですけどね。ご存じのように政府が二の足を踏んでいました。二佐にはずいぶん待たせてしまいましたよ」

直江は大きな溜息《ためいき》を吐《つ》いた。彼とは初対面ではないが、お互いほとんど口を利《き》いていない。着陸を前に直江なりに緊張をほぐそうと話しかけているのだろう。

日本政府は遺体を引き取るためにタリバン政権と接触することを嫌がった。交渉することで、タリバンに借りを作ることを恐れたのだ。そのため、四ヶ月もの時を無駄にした。

動かない政府に苛立《いらだ》ちを覚えた直江は、一ヶ月ほど前に浩志の助けを求めたらしい。前回の邦人救出作戦で政府から極秘の任務を受けたのなら、政府に何らかのパイプを持っているはずと考えたからだ。

浩志は政府から直接依頼されたわけではない。仕事は基本的に傭兵代理店社長である池《いけ》谷《たに》悟郎《ごろう》を介して受けている。池谷は防衛庁の情報本部の元課長で、情報本部の外部組織として傭兵代理店を立ち上げた。二〇〇七年に防衛庁は省になって組織改編され、それに伴い傭兵代理店は政府機関ではなくなったが、今なお政府と繋《つな》がりはある。

直江から相談を受けた浩志は、池谷に政府へ働きかけてくれるよう頼んだ。浩志も仲間と共に一色をカブールの墓地に埋葬しただけに気になっていたのだ。池谷は政府ではなく、啓吾に連絡を取った。米国に従って外交を展開する日本が、米国の敵であるタリバンと交渉するはずがないと思っていたからだ。

啓吾は内調の上司と相談しながらも、個人の立場でタリバンと密《ひそ》かに交渉したところ、遺体の引き取りに便宜を図るのでそれなりに誠意を見せろと言われたという。啓吾はタリバン政権になってからのアフガニスタンの内情も知っていたため、トルコ経由で小麦粉一トンを送るという条件を提案した。

タリバンの復権で欧米からの支援を打ち切られた結果、アフガニスタンは飢餓状態に近い〝緊急レベル〟で暮らす国民が八百七十万人に上ると言われている。だからといって、日本政府としては米国の目が光っている以上、人道支援もできない。だが、啓吾が個人として支援するのなら問題ないと内調では判断した。一トンという数字は、それ以下では支援にならず、それ以上では個人としては多すぎる量であるからだ。

タリバンは、啓吾の提案を素直に受け入れた。死体を引き渡すだけで、一トンの小麦粉が手に入るのだから文句はないはずである。

啓吾は個人の立場でアフガニスタンに出国して交渉することを、内調から政府に上申した。ただし、すでにタリバンと合意していることは、政府には秘密にしてある。下手に契約が成立していると教えれば、政府に主導権を取られてしまうからだ。

年が明けてから政府は、啓吾に極秘に出国してタリバンと交渉するように命じた。

「一色さんは、豪胆な人ですから異郷でのんびりしていたと思いますよ」

柊真はふっと息を抜くように笑った。一色ほど忍耐強い男はいないだろう。爆弾テロで瀕死の重傷を負ったにもかかわらず、けっして弱音を吐かずに最後まで国を憂えていた。

「だからこそ、早く迎えに来たかったですけどね」

直江は苦笑を浮かべた。一色が育てた部下の中でも、直江は最も彼から信頼されていたらしい。それだけにこの五ヶ月、苦しみ抜いたのだろう。

「そうですね」

柊真は直江を見て頷いた。

2

午前十一時五十四分。カブール国際空港。

カーム航空機は着陸し、誘導路を経て空港ビル前のエプロンに到着した。

未《いま》だに国際空港と名乗っているが、駐機しているのは柊真らが乗っている機体だけである。空港ビルにボーディングブリッジが二機あるが、停止した機体にはタラップが寄せられた。数時間毎に一便という状態なので、空港ビルの施設を使うのは無駄だからだろう。

「降りますか」

通路側の直江は立ち上がると、荷物棚から柊真のバックパックと自分のバッグを取り出した。

「ありがとうございます」

柊真はバックパックを受け取った。タリバンからの指定で荷物は着替えとスマートフォンだけである。

パーサーが左前部のパッセンジャードアを開けると、冷気が入り込んできた。外気は二度、寒風が吹きつけてくる。

「さっそくのお出迎えですよ」

先にタラップに立った瀬川が、振り返って笑った。瀬川と加藤の後に啓吾が続き、柊真と直江はしんがりという形になる。

乗客は五十人ほどでアジア系が圧倒的に多い。白人も数人おり、おそらくロシア人だろう。現在のアフガニスタンに入国するのは、タリバン政権から認められた者だけである。アジア系はタリバン政権を認めた中国からやってきた商人か労働者に違いない。ロシアと中国は、ハイエナのように腐った血肉に鼻が利く。欧米諸国を敵に回した国に手を差し伸べる振りをし、利権を貪《むさぼ》るのだ。

柊真と直江もタラップを降りた。ＡＫ47を構えるタリバンの民兵がずらりと二列に並び、空港ビルまで人の通路ができている。

幅が二メートルほどの通路を降客は、無言で歩く。

ＡＫ47を構える兵士は、民族衣装のペロン・トンボンの上に各自適当な防寒具をだらしなく着ていた。ターバンを頭に巻いている者が多いが、中にはパコール（アフガン帽）を被《かぶ》っている兵士もいる。タリバンが政権を奪取したため「民兵」と呼ぶのがふさわしいのか分からないが、少なくとも国軍と呼べるような統一性どころか、規律性も感じない。政権を奪取してから五ヶ月以上経《た》つが、国らしく見せかけることすらできていないのだ。

「日本人は、こっちだ」

空港ビルに入ると、出入口に立っていた兵士が左側を指差す。フロアの中央に二つの長テーブルが置かれ、右手に中国人と見られるアジア系が並んでいる。

啓吾を先頭に柊真らは左手にあるテーブルの前に並んだ。タリバン政府には、指定通り啓吾のほか四人の随行員——二人のボディガードと二人の政府職員を伴っていると知らせてある。

長テーブルの後ろには二人の空港職員らしき男が座っており、その背後には銃を構えた三人の兵士が立っている。

「パスポートを」

右側の男が右の指先を動かした。制服は着ていないが、入国審査官らしい。

「荷物はこっちだ」

左側の男が今度は口を開いた。保安検査員のようだ。二人とも顔が埋まるほど髭《ひげ》を伸ばしているので表情はよく分からないが、笑顔のサービスはないらしい。

「私は日本人のケイゴ・カタクラです」

啓吾はパシュトー語で言うとパスポートを審査官に渡し、バッグを保安検査官の前に置いた。彼は英語、フランス語、ドイツ語、アラビア語、パシュトー語など数多くの言語を話せる多言語話者である。中東研究者としても一流だが、率直に物事を言う性格が災いしてエリートコースから外れていた。

審査官は啓吾とパスポートの写真を確認すると、乱暴に入国スタンプを押す。保安検査官はバッグの中を無造作に見ると、押し戻した。

バッグを受け取ろうとすると、机の端に立っていた兵士がボディチェックをしてきた。テロを警戒しているらしい。啓吾がポケットの衛星携帯電話機を出して見せると、兵士は電話機をちらりと見て頷いた。そもそも、ドバイで持ち物検査は受けているので、武器類を持ち込むことはできない。彼らもそれは承知しているのだろう。

「次」

啓吾がパスポートを受け取ると、審査官は背後に立っていた瀬川を指差した。手荷物も少なく、入国審査もいい加減である。最後尾の柊真まですぐに順番は回ってきた。

「でかいな」

審査官は柊真を見上げて言った。

柊真の身長は一八四センチだが、鍛え上げた体は防寒具の上からでも分かる。先に入国審査を受けた瀬川も一八六センチでがっしりとしているが、彼よりも大きく見えるのだ。柊真の頭が小さいせいもあるのだろう。

「これで終わりだ。日本人は付いてこい」

審査官は立ち上がると、啓吾に手招きをした。

啓吾は振り返って柊真らを見やり、首を傾《かし》げながらも審査官に従った。空港で政府職員が出迎えてくれることになっていたからだ。

「私は外交部のファッド・カンノだ。これから政府庁舎に行く」

審査官は空港ビルを抜け、ビルの前に停めてある小型バスの前で立ち止まると、ようやく名乗った。政府庁舎に案内してくれるようだが、歓迎されているようには聞こえない。

「よろしくお願いします」

啓吾は戸惑いながらもカンノと握手をし、バスに乗り込んだ。

柊真は自分の後ろの席に啓吾を座らせ、最前列に腰を下ろした。啓吾の指示には従うが、チームの指揮を浩志から任されているのだ。

「バスを出せ」

カンノは運転手に命じると、通路を挟んで啓吾の隣りの席に座った。

「あまり、我々は歓迎されていないようですね」

啓吾は体の向きを変えてカンノに話しかけた。

「私は君たち日本人を政府庁舎に連れて来るように命令されている。ただそれだけだ」

カンノは冷たく答えた。彼は詳しくは説明されていないらしい。政権指導者らは、啓吾が小麦粉一トンを提供する客だということをカンノらに知られたくないのだろう。

「そういうことですか」

啓吾は笑みを浮かべた。

3

二月二十日、午前十一時五十五分。イスラマバード、ヌール・カーン空軍基地。

二〇一八年五月、イスラマバード国際空港の開港に伴い、空軍と共有していたベナジル・ブット国際空港の民間機の発着は、すべて新空港に移転している。

空港ビルは解体工事が進められており、周囲は工事用フェンスで囲まれていた。工事はイーストウィングから進められており、ウェストウィングの解体工事はまだ着手されていない。

ウェストウィング前のスペースにUH-60ブラックホークとセスナ208が駐機されて

いた。昨年カブール国際空港の格納庫に放置されていたこれらの機体を整備し、リベンジャーズとケルベロスが乗り込んでアフガニスタンから脱出したのだ。

アフガニスタンの国境近くでタリバンのブラックホークの襲撃をかわし、ヌール・カーン空軍基地に無事着陸している。機体はそのままパキスタン空軍の格納庫の片隅に保管されていた。パキスタン空軍では交換パーツもないので、二機とも廃棄されたのも同然だったようだ。

「調子はどうだ？」

浩志は脚立に乗ってブラックホークの整備をしている田中俊信に尋ねた。彼は〝ヘリボーイ〟というコードネームを持つ、動力が付いている物ならなんでも操縦できるオペレーションのプロである。同時に修理もこなすことができる。

護衛の仕事は啓吾から二週間以上前に依頼を受けていた。彼は一ヶ月前からタリバンと一色の遺体を引き取る交渉をしており、護衛はリベンジャーズと決めていたようだ。

だが、リベンジャーズの主だったメンバーがタリバンのブラックリストに載ってしまったため、柊真の力を借りることになった。

啓吾はタリバンにパイプを持つ中東の第三者を介して、小麦粉一トンと一色の遺体を交換する取引を成立させた。だが、タリバンは信用できないため、護衛だけでなく脱出プランの用意も浩志に依頼したのだ。

浩志は緊急時の脱出ルートを確保すべく、傭兵代理店を介してパキスタン空軍と交渉し、UH-60ブラックホークとセスナ208、それにヌール・カーン空軍基地の使用許可を得た。

池谷は旧知のパキスタン空軍少将と契約したらしく、使用料を払うことで合意をとりつけたそうだ。とはいえ、工事中のエリアを使うのであるし、もともとリベンジャーズとケルベロスがタリバンからどさくさ紛れに盗み出した機体しか使用しないのだから空軍に異存はなかったはずだ。

浩志らがいる場所は、解体前の空港ビルだけに吹きっさらしである。とはいえ、イスラマバードはこの時期、最低気温が十度前後、最高気温は二十度弱と耐えられない寒さでないため、防寒着をさっと羽織るだけで充分だ。

「交換部品が手に入りますので、それ次第ですね。今回改めて整備してみて、前回よく飛んだと感心していますよ」

田中は作業の手を止めて笑った。

浩志は啓吾らの脱出チームとして、田中と爆弾のプロで〝爆弾グマ〟こと浅岡辰也、狙撃のプロで〝針の穴〟というコードネームを持つ宮坂大伍の三人だけ伴って昨日イスラマバード入りしている。

「交渉団は、そろそろカブールに入ったはずだ。すぐに脱出要請は来ないだろうが、整備は早めに終えてくれ」

浩志はヘリの隣りに置かれているセスナ208を見ながら言った。

「了解です。セスナも夕方までには整備が終わるでしょう。彼は腕がいい」

田中はローターのボルトを締めながら答えた。

「頼んだぞ」

浩志はブラックホークの機体を軽く叩《たた》くと、セスナ208の傍《そば》に立った。

「三、四時間で飛べるようになります」

エンジンを覗《のぞ》き込んでいる男が振り返って笑みを浮かべた。ケルベロスのメンバーで、太陽神〝ヘリオス〟のコードネームを持つマット・マギーである。ヘリコプターと軽飛行機の免許を持ち、航空機の修理もお手のものだ。

柊真は浩志の要請で啓吾らと共にカブール入りし、マットをイスタンブールに派遣した。残りのメンバーであるセルジオ・コルデロとフェルナンド・ベラルタは、パリに残してきたのだ。

柊真とセルジオとマットとフェルナンドは、パリ郊外に〝スポーツ・シューティング＝デュ・クラージュ（Du courage）〟という名の射撃場を共同経営している。普段から銃の訓練ができ、同時にインストラクターとして働くことができる。趣味と実益を兼ねているが、彼らの場合、趣味はインストラクターで実益は傭兵としての腕である。近年、テロを恐れて射撃を学びたいという市民が増えているため、店は繁盛《はんじょう》していた。

浩志は柊真を呼び出す際にマットを指名している。今回の任務はタリバンの入国制限もあるが、予算も限られているため人数を絞っていた。ケルベロスにおけるマットは、リベンジャーズの田中と同じような役割を担っている。今回の任務にうってつけなのだ。

啓吾の護衛チームをアルファチームとし、イスラマバードで待機している浩志と田中と辰也と宮坂、それにマットの五人をブラボーチームとした。ブラボーチームが実際に活動しないことが最善といえるが、万全を期さなければならないのは言うまでもないことである。

「脱出する時は問題なかったがな」

浩志はセスナ208を見て首を振った。啓吾らは五人なのでブラックホーク一機でも収容できる。セスナ208に投下爆弾などを装備すれば、バックアップが可能なように思えるが、性能が違う航空機の組み合わせは作戦上不都合が生じやすいのだ。

「言いたいことは分かっていますよ。ヘリならどんな場所でも離着陸できますが、セスナじゃ無理ですから。出番があるか分かりませんが、バックアップにヘリがもう一機欲しいですよね」

マットはエンジンパネルを閉めて言った。

「調達できればいいんだがな」

浩志は腕組みをして滑走路の方角を見た。空港ビルの周辺の工事用フェンスは、浩志らが活動できるようにウェストウィング側の一部が取り払われている。

エプロンにはロッキード・マーティン社の輸送機C130が二機、中国製の早期警戒管制機が一機、駐機されていた。パキスタン空軍最大の基地だけに航空機はたくさんある。だが、勝手に使うわけにはいかないので溜息を吐《つ》きたくなるのだ。

4

午後一時二十分。ヌール・カーン空軍基地。

「帰ってきましたよ」

田中が脚立の上から右手をかざして言った。

塗装の剝《は》げたハイラックスがブラックホークに横付けされ、車から辰也と宮坂が降りてきた。

「早かったな」

浩志は荷台を見て言った。大小様々な段ボール箱がいくつも積んである。

「代理店に行ったら、もう用意してありました。池谷社長から連絡を受けていたようです」

辰也が荷台から段ボール箱を降ろしながら答えた。辰也らにはイスラマバード市内にある傭兵代理店で、武器とブラックホークの部品を購入するように頼んであった。

「ヘリのパーツはタリバンから横流しされた物だそうです。事前に連絡しておけば手に入るそうですよ」

今度は宮坂が荷物を両手で抱《かか》えて言った。ヘリのパーツに関しては時間が掛かると思っていたので、驚きである。

「ついでにヘリの在庫はなかったか？」

浩志は駄目もとで聞いてみた。

「まさか、さすがにタリバンもそこまではできないでしょう。ただ、情報はもらいました。この基地にアフガニスタン空軍のＭｉ《ミル》－17が一機だけあるそうです。修理しないと飛べないそうで、しかも、空軍の技術者には修理できないとも聞いていますが」

辰也が荷物を空港ビルの手前に置くと、得意げに言った。Ｍｉ－17とはロシア製ヘリコプターである。

「Ｍｉ－17？　ひょっとして、タリバンの鹵獲《ろかく》を免《まぬか》れるために脱出した機体か？」

浩志はぽんと手を叩いた。

アフガニスタン空軍のパイロットは、基地がタリバンに制圧されるのを恐れて、航空機で隣国のウズベキスタンやタジキスタンに脱出した。組織的に脱出を図ったパイロットや空軍関係者はいただろうし、仲間同士で逃げた兵士もいたのだろう。その結果、二十機のヘリコプターと航空機がタリバンの鹵獲から免れた。

「パキスタン空軍は持て余していますので、修理すれば、借りることもできるかもしれませんよ」

辰也は意味ありげに笑った。

「いい情報だ」

浩志は辰也に親指を立てた。


一時間後、空軍大尉に案内された浩志と田中は、空港の南西の外れにある格納庫に入った。田中の手には脚立と道具箱がある。

「修理してもらえるのは、ありがたいです」

ムハマド・カーン大尉が、倉庫の片隅に置かれたMi-17を指差して言った。彼は浩志らの交渉係というか世話係なのだ。

「バシール少将から修理を条件に、使用許可も得ているが」

浩志は首を捻《ひね》った。カーンの言葉に含みを感じたからだ。池谷は新たにバシール少将とMi-17の使用権について契約している。使用料は、一時間百米国ドルだそうだ。パキスタン空軍は、Mi-17を所有していない。交換パーツがなければ整備すらできないため、一機だけあっても使えないのだ。それなら、無条件で貸してくれても問題ないはずだ。

「使用するのは構いませんが、無傷で返却をお願いしたいのです。ここだけの話ですが、米国から買い取りの打診が来ています」

カーンは苦笑しながら答えた。

二〇一三年、米国はロシアの軍事輸出企業ロソボロンエクスポート社から総額五億七千万ドルでＭｉ－17を三十機購入し、アフガニスタン空軍に提供している。米国がアフガニスタン軍に七十億ドル分の武器を提供したその一部だ。

アフガニスタン軍では、ソ連製の武器が多く使われていた。米国が提供した武器の大半は米国製だったが、ヘリコプターに関してはパイロットが扱い慣れていることを考慮してＭｉ－17を提供したのだ。

一見合理的に見えるが、これは当時のバラク・オバマ米国大統領が行った悪《あ》しきリベラル政策の一つだろう。オバマはウラジミール・プーチンのロシアと習近平《しゅうきんぺい》の中国に接近し、友好国とみなした。その結果、西側諸国を敵対視する両国を太らせたのだ。オバマが「最高で最低の大統領」と言われる所以《ゆえん》である。今日のロシアと中国を生み出し、世界を混乱に陥《おとしい》れている原因の一端を彼が作り出したといっても過言ではないのだ。

「米国がＭｉ－17を買い取るんですか？　そもそもどこで、メンテナンスをするんですかね」

田中が今度は首を捻った。

「旧ソ連構成国と聞いています」

カーンは曖昧《あいまい》に答えた。

二〇一四年にウクライナに政変が起こり、新ロシア派のヤヌーコヴィッチ政権が崩壊した。暫定政権が親欧米であったために親露派のクリミア住民の一部が、暫定政権派と衝突した。実際にはロシアが派遣した民間軍事会社〝ワグネル（ワグナー）・グループ〟が反抗を画策したものだ。プーチンは「ロシア系住民を保護する」という名目で圧倒的な武力を背景にクリミア共和国を発足させ、ロシアに併合したのだ。

民間軍事会社であるワグネル・グループは、ロシアは認めていないが非公式のプーチン直下の軍事組織である。〝プーチンのシェフ〟と呼ばれているオリガルヒ（新興財閥）のエフゲニー・プリゴジンの資金で成り立っており、プーチンの命《めい》を受けて世界中で秘密作戦を展開していた。

ロシアは一九九〇年代のボスニア・ヘルツェゴビナ紛争の時も民間軍事会社である〝ルビコン〟に所属する義勇兵を積極的に展開していた。ロシアは伝統的に傭兵を使う傾向がある。低賃金で命の保障をしなくてすむこと、それに彼らが人道に外れたことをしても正規軍でないため国の責任は問われないゆえである。

田中が首を捻ったのは、ロシアはクリミア併合で欧米諸国から制裁を受けているため、米国がＭｉ‐17のパーツをロシアから入手できないはずだと訝《いぶか》っているのだろう。

「ウクライナだ」

浩志はぼそりと答えた。

ウクライナはクリミア併合でロシアと対立しているため、自軍で保有しているＭｉ‐17を独自にオーバーホールできるように、トルコと共同で修理と補修ができる会社を設立したのだ。

現在では中東やアフリカで使用されているＭｉ‐17も、メンテナンスのためウクライナに送られていることを浩志は知っていた。

「へえ、そうなんですか」

カーンが妙に感心している。軍人は命令に従うだけで、詳細は知らされないものだ。

「とにかく、ヘリの状態を見てみましょう」

田中はＭｉ‐17の脇に脚立を立てた。

5

午後三時三十分。カブール。

柊真は大理石が敷き詰められた廊下の窓から、色褪《いろあ》せた庭木が空《から》っ風《かぜ》に揺れるのをじっと見つめている。

三時間ほど前に空港で入国手続きをしたカンノに連れられ、タリバン政府庁舎の離れのような建物に案内された。

カンノから第一副首相代行のバラダル師に会うように言われていたのだが、肝心のバラダル師が外出先から戻らないために庁舎の空き部屋で待たされているのだ。一色の遺体返還の交渉では、バラダル師が口利きをしてくれたらしい。彼にまずは礼を言わなければ、何も始められないのだ。

元大統領府の寺院のような正面玄関の北に、二階建ての建物がある。その一階にある中庭が見渡せる部屋に通されていた。この建物はあまり使われていないらしく、風の音が聞こえるほど静かだ。

「すみませんね。時間が掛かるようで」

啓吾が隣りに立って両手に自分の息を吹きかけた。外気は五度で暖房が入っていないため、室内も廊下も寒いのだ。

「待つことには慣れているので、平気ですよ。向こうの建物には人の出入りが結構あるようですね」

柊真は顎《あご》を斜《なな》めに振った。木々が生《お》い茂る中庭を挟んで、南西の方角に大きな建物がある。元大統領府では最大の建物だ。

「目がいいですね。百五十メートルほど距離があるのに。あそこは元大統領府本館で、アクンザダ師をはじめとした政権執行部の執務室があります。昨年、私がここにいた時も、中国やロシアなど外国の客がよく出入りしていました」

啓吾は遠い目をして言った。

「昨年、我々はジャララバードとアフガニスタン国境で二度襲われています。その直前に藤堂さんは、一人のロシア人を確認しています。二度目に見たのは、まさにこの元王宮の中庭だったそうですよ」

柊真は腕を組んで中庭を睨《にら》むように見た。

「中庭にいた男は、私も目撃しています。SVRかもしれませんが、軍事的な行動を取っていたのでワグネルでしょう。冷えますねえ」

啓吾は表情もなく言った。

SVRはロシア対外情報庁のことである。国内及びCIS（バルト三国を除く旧ソ連の構成国）の諜報活動はFSB（連邦保安庁）が管轄している。

ロシアの大統領報道官ドミトリー・ペスコフは、記者団に対して「ロシアには民間警備会社はあるが、民間軍事会社はない」と、ワグネルの存在すら否定した。

だが、現実的には、クリミア併合での暗躍、シリア内戦やリビア内戦では反政府勢力との戦闘など、ロシアが力を誇示するために重要な役割を担っている。また、西アフリカのマリ共和国や中央アフリカ共和国などの政府と契約し、反政府的というだけで市民に対する虐殺、レイプ、強奪などを行い、悪の限りを尽くしてきた。これらの契約料は、直接プーチンの収入源になっていると言われている。

「ワグネルか。納得ですね。藤堂さんは一色さんが巻き添えを喰《く》った爆弾テロ事件にも関わっているのではと疑っていました。ハリル・ハッカーニ師なら正体を知っているんじゃないですかね」

柊真は小さく頷いた。ハッカーニ・ネットワークは、ロシアや中国の諜報機関と繋がっていると聞いている。

「実は、藤堂さんから、それを確認するように言われている。私は直接ハリル・ハッカーニ師に尋ねてみるつもりだが、藤堂さんからはそれは最後の手段だと釘を刺されているんだ。ハリル・ハッカーニ師は危険人物だからね」

啓吾は声を潜《ひそ》めて答えた。

ハッカーニ・ネットワークは、ハリル・ハッカーニの兄であるジャラルディン・ハッカーニによって設立された。ジャラルディンは病の末に死亡し、息子のシラジュディン・ハッカーニに最高責任者としての地位を譲っている。

ハリル・ハッカーニは兄が存命の頃から実行部隊を指揮し、数々のテロ活動を行っており、ジャラルディン死亡後は甥《おい》の命に従っている。暫定政権が成立するまでカブールの治安を担当し、暴力による支配で一般市民を恐怖に陥れた。ちなみに暫定政権では難民・帰還大臣代行に任命されている。

「そうなんですか。でもどうやって確かめるんですか？」

目を見開いた柊真も小声で尋ねた。聞かれる心配はないが、タリバンの総本山で情報活動をするというのなら声も小さくなる。

「加藤さんが、一緒だったでしょう」

啓吾はにやりとした。

「そういうことですか。藤堂さんも人が悪いな。……待てよ。任務のことで加藤さんと協力するように言われていました。瀬川さんでない理由が今分かりましたよ」

柊真は苦笑を浮かべた。加藤は〝トレーサーマン〟というコードネームを持つ追跡と潜入のプロである。彼が破れないセキュリティはないと言われている。加藤は政府庁舎に到着した際、「ちょっと、散歩に出かけます」と部屋から出て行った。おそらく偵察に出かけたに違いない。彼の言葉から察するべきだった。

廊下の角から加藤が現れた。

「ただいま帰りました」

加藤が白い息を吐きながら入ってきた。

「お疲れ様です。すみません。偵察に行かれたことに気付きませんでした」

柊真は苦笑した。皮肉を言ったつもりはない。浩志からチームリーダーを任せられているのに迂闊《うかつ》であった。

「あっ、すまない。いつもの調子で偵察に出てしまった。柊真くんに分かるはずがないよね。私のミスだ」

加藤は頭を搔《か》いた。たぶん、浩志なら「散歩」と言えば通じるのだろう。リベンジャーズと柊真は十年以上前からの付き合いだ。はじめて会った時、柊真は高校生であった。加藤も思わず「くん」付けしたのだろう。

「迂闊にも、加藤さんの適性を忘れていたんです。お恥ずかしい」

柊真は素直に頭を下げた。リベンジャーズの古参の傭兵の指揮を任されて緊張していたことは事実である。

「気にしないでください。監視カメラのデータを探すのに少々手間取りました」

加藤はポケットからＵＳＢメモリを出し、口調を改めた。

「監視カメラ？」

柊真は首を捻った。

「タリバンは、前政権が大統領府内外に設置した監視カメラをそのまま使っているんですよ。監視映像用のハードディスクから昨年の八月二十八日のデータをコピーしてきたんです。藤堂さんが目撃したロシア人が映っている可能性がありますから」

加藤はUSBメモリを渡してきた。昨年の八月二十八日に大統領府に拘束されていた啓吾は、浩志の助けで脱出している。その際、浩志はロシア人を目撃したのだ。

「なるほど。確かに預かりました」

柊真はジャケットの内ポケットに仕舞った。

6

午後三時五十分。カブール、タリバン政府庁舎。

正面玄関のロータリーに三台のハイラックスが停められた。

柊真は啓吾と加藤と瀬川を先頭の車に乗せ、直江とともに二台目の車に乗り込んだ。三台目はタリバンの兵士が乗っている。

一時間ほど前に啓吾は、執務室に戻ったバラダル師と会見した。一人だけ付き添いを許されて柊真も執務室に入っている。

啓吾は、一色の遺体を引き取る便宜を図ってもらったことへの謝意を伝えた。バラダル師とは昨年大統領府に拘束された際にも会っている。彼は他のタリバン指導者と違って比較的温厚で、威圧感はない。

暫定政権が発足するにあたり、バラダル師が首相候補と目されていたが、強硬派の反対で第一副首相代行に任じられている。副首相に甘んじているが、政治力はあるのだ。バラダル師から日本政府がタリバン政権を承認するよう働きかけてほしいと求められたが、善処するとだけ答えている。バラダル師も無理を承知で頼んでいると分かっているので、笑顔で頷いていた。

「嫌な天気ですね」

傍《かたわ》らの直江が外を見ながら呟《つぶや》いた。朝から空は厚い雲に覆われている。

「この時期のカブールは冷えます。心配なのは墓地の土が凍っていることですね」

柊真も窓の景色を見て答えた。日中で四、五度、夜ともなれば氷点下になる。カブールの冬は厳しいのだ。

三台の車列は、カブール北部にあるカブリスタン・ヘ・カハ墓地に到着した。

柊真と直江は車を降りると、荷台に積んであるスコップとツルハシを下ろした。三台目の車に作業兵が四人乗っているが、いずれもやせ細って貧弱な体格をしているのであてにならないのだ。

「それじゃ、行きます」

先に車を降りていた加藤が、全員下車したのを確認すると歩き出した。彼は追跡のプロでもある。位置情報を記憶することはもちろん、割り出すことも得意だ。

柵を越えると、雪野原になっていた。かなり前に降った雪が溶けていないようだ。墓石の起伏はあるが、目印になるようなものは目視できる範囲にはない。

「まいったな。場所は分かりますか？」

直江が渋い表情で尋ねた。

「なんとなく分かるけどね」

柊真は苦笑した。一色を埋葬する際、地元の葬儀屋に棺桶《かんおけ》は用意させたが、さすがに墓石までは間に合わなかった。そこで、コンクリートブロックにナイフで「一色」とだけ削り、墓石というより目印を置いてきたのだ。だが、雪に埋もれてしまっているので目印も判別できない。

加藤は気が散るからと、瀬川だけ伴って墓地に入った。出入口からまっすぐ北に進んで立ち止まると、ゆっくりと一回転した。小さく頷き、今度は東に進んで腰を落とす。

「あの人、場所が分かるんですか？」

直江は首を捻った。目印もない雪野原で見つけ出すのは不可能だと思っているのだろう。彼はリベンジャーズのことをあまり知らないのだ。これまでの活動を知ったら、度肝を抜かれるだろう。

加藤は足元の氷のような雪を払った。すぐ近くにも墓石らしい起伏があるのだが、確信を持っているようだ。

「ありました」

瀬川が、パシュトー語で言った。タリバンがいる場所では、私語もパシュトー語で話すように心掛けている。リベンジャーズは中東での任務が多いため、パシュトー語とアラビア語は会話の訓練を怠《おこた》らない。

墓地の出入口で待機していた兵士らからどよめきが起こった。とはいえ、首を傾げているので、冗談とでも思っているのだろう。墓地中の雪を払う重労働を覚悟しているようだ。

「さすがだ」

柊真と直江は道具を担《かつ》いで、加藤の足跡に従って歩を進めた。彼は他人の墓を踏み荒らさないように気を遣ったはずだからだ。

「本当だ」

直江は一色の名が刻まれたコンクリートブロックを見て目を丸くしている。

「ここです。手を貸してくれ」

柊真はパシュトー語で墓地の出入口に立っている兵士に合図をした。兵士らは顔を見合わせて墓地に入ってくる。加藤がすぐに見つけたことを信じていなかったらしい。

「彼らの仕事がなくなりますよ」

加藤が柊真と直江に下がるように言った。

「我々に任せれば大丈夫です。彼らは墓掘り兵士ですから」

遅れてやってきたカンノが、首を振った。

「そうしますか」

柊真と直江は担いでいた道具を手ぶらの兵士に渡した。

兵士らは周辺の雪をスコップで掻き分けると、地面にスコップを突き立てた。土が硬い音を立てる。だが、慣れた手つきでツルハシを要所に打ち込み、氷を砕くように土を掘り返す。カンノが言った「墓掘り兵士」は冗談かと思ったが、あながちそうでもないのかもしれない。

三十分ほどすると、兵士の一人が叫んだ。彼らは五十センチほど掘り進んでいる。一色を埋葬する際、直江が部下と一緒に墓穴を掘った。深すぎると、回収する際に大変だと一メートルほどの深さにしたのだ。

「棺桶です!」

「棺桶の蓋《ふた》を開けるんだ」

カンノは穴を覗き込んで命じた。一色の遺体は、地元の葬儀屋がイスラム教徒のように防腐処理をした上で、カファンと呼ばれる白布に包んで棺桶に収めてくれた。

本当なら日本にそのまま持ち帰りたいところだが、民間機では特別な書類を提出しなければならない。極秘任務のため、カブールで荼毘《だび》に付して遺灰を持ち帰ることになっている。

棺桶の蓋にバールを差し込んで持ち上げると、二人の兵士が隙間《すきま》に手を突っ込んだ。

「同時に上げるぞ」

掛け声を掛けた兵士と反対側の兵士が同時に力んだ。嫌な軋《きし》み音を立てて、蓋が取り払われる。

「何！」

カンノが、叫んだ。

「どういうことだ？」

啓吾が両眉《りようまゆ》を吊《つ》り上げた。棺桶の中は空《から》なのだ。

柊真は棺桶の中に飛び降り、中からビニール袋を拾い上げた。ビニール袋の中にはパシュトー語のメモが入っている。

「くそっ！」

メモを読んだ柊真は啓吾に渡した。

「『遺体を保存するため、預かっています』！」

啓吾は、怒鳴《どな》るようにメモを読み上げた。死体を持ち去ったということだ。メモには連絡先の他に「返却料は神のみぞ知る」と記されている。文章だけ見れば、ゆすりだとは思えないが、おそらく死体を奪い取って金品を要求するビジネスなのだろう。

「なんてことだ！　噂《うわさ》には聞いていたが、死体泥棒だ」

カンノは啓吾からメモを渡され、拳《こぶし》を振り上げた。

直江は呆然《ぼうぜん》としている。

「ならば、一色さんを取り戻すまでです」

柊真は棺桶から出ると、直江の肩を強く叩いた。

死体泥棒

1

二月二十日、午後五時二十分。

柊真らは、再びタリバン政府庁舎の正面玄関北にある二階建ての建物にいる。

「またここに戻ってくるとはね」

瀬川が廊下の窓から外を見ながら呟《つぶや》いた。

遺体を回収するだけで、複雑な任務でも何でもなかった。にもかかわらず、肝心の遺体がないのだ。誰しも、力が抜けてしまっている。

「同感です」

柊真は傍《かたわ》らで頷《うなず》いた。

「ここから無事に出られますかね？」

隣りに立つ直江が、小さな声で尋ねてきた。彼の所属する特戦群は戦闘でのあらゆるトラブルに対処できるように厳しい訓練を受けている。だが、遺体を盗まれるという想定外の事態にかなり混乱しているようだ。

「いざとなれば、自力で脱出するほかないかもしれませんね」

柊真はタリバンの執行部がある建物を見ながら答えた。

「ここは、〝バドリ軍〟の警備隊が詰めていますよ」

直江は顔を強張《こわば》らせた。闘うことに戸惑いはなくても、武器がないため心細いのだろう。

ハッカーニ・ネットワークは自分たちをタリバンの精鋭部隊〝バドリ軍〟と呼び、政府庁舎の警備を担っている。旧国軍の米国製の武器で装備を固め、見てくれは米軍の特殊部隊と変わらない。

「加藤さんの話では、三十人ほどが警備に立っているそうです。片倉さんは別として我々は四人います。一人で、八人倒せば、お釣りが来ますよ」

柊真は淡々と答えた。冗談で言っているつもりはない。

「武器庫の場所も把握している。いつでも武器は手に入れられるよ」

瀬川が相槌《あいづち》を打った。加藤は警備の隙《すき》をついてタリバン庁舎のほとんどの建物に潜入している。監視映像を盗み出すだけでなく、警備体制などを把握するためだ。

「そっ、そうですか。銃撃戦になったら、町中のタリバンを敵に回しそうですね」

直江が目を見開いている。柊真と瀬川の何気ない会話に、驚いているのだろう。

「敵に悟られないように、ナイフか特殊警棒でできるだけ多くの敵を倒す。相手は三十人といっても一ヶ所にいるわけじゃないから、車を盗んで正門ゲートの敵を倒すだけで脱出できるだろう」

瀬川は、生真面目《きまじめ》な男だけに丁寧に説明した。直江を安心させようと思っているのだろう。

「なっ、なるほど」

直江は妙に感心している。

「銃撃戦は最悪の場合の話だけどね」

柊真は小さく笑った。

寒風が吹いてきた。出入口のドアが開けられたのだろう。

「くそっ！　我々はホテルに行けと言われたよ！」

カンノとタリバン執行部に行っていた啓吾が戻るなり喚《わめ》いた。

「どういうことですか？　詳しく教えてください」

柊真は啓吾の正面に立った。

「死体泥棒は、タリバンの検察隊で捜査し、一色さんの遺体は必ず奪回すると言われました。今回の事件はタリバンの顔に泥を塗る行為で、彼らは自分たちでけりをつけるつもりです」

啓吾は両手と首を同時に振った。普段おっとりしているような男が興奮している。よほど頭にきているのだろう。

「タリバンに任せちゃ駄目ですよ。その辺の骨を渡されて、一色さんだと言われても困りますから。北朝鮮の時のことを忘れたんですか？」

柊真は首を振った。タリバン支配下のアフガニスタンは、簡単に渡航できる国ではなくなったのだ。渡された遺骨を受け取るだけなら子供の使いと同じである。

「確かに北朝鮮には、何度も煮え湯を飲まされたからね」

頷いた啓吾は、大きく息をした。少しは落ち着いたらしい。

二〇〇四年、北朝鮮政府は、日本政府に拉致《らち》被害者の遺骨だと偽って別人の骨を返還し、問題の解決を図ろうとした。だが、日本で骨を鑑定すると、他人の人骨であることが判明する。北朝鮮政府は共同墓地に拉致被害者を埋葬したので、他人の骨が混じったと言い訳した。しかもそれ以上の調査は行わなかったのだ。

二〇一五年、日本側は、北朝鮮では骨を高温で焼いてDNAを破壊し、その後拉致被害者の体液や排泄物《はいせつぶつ》を混ぜて遺骨を捏造《ねつぞう》する研究が進んでいるという情報を得ている。北朝鮮に遺骨の返還請求することすら意味がなくなっているのだ。日本政府が動かないということもあるが、北朝鮮が不誠実なため拉致問題を巡る真相究明は停滞している。

「私と直江さんも検察隊とともに捜査に参加します。その許可を得てください。これは譲れませんから」

柊真は強い口調で言った。

「すまない。私が弱腰だった」

啓吾は踵《きびす》を返してドアから出て行った。

2

午後八時五十分。イスラマバード。

浩志らはヌール・カーン空軍基地から一・五キロほど離れたシェルトン・ホテルにチェックインしていた。

緊急出動に備えて、空港ビルのウェストウィングの一階にテントを張って夜を明かすつもりだった。だが、柊真から一色の遺体が墓地から盗まれたとの連絡を受け、ホテルに宿泊することに決めたのだ。

田中とマットが中心になり、ブラックホークとセスナ208の修理と整備は終えている。また、Mi-17は一部の部品交換が必要だったが、田中が代用品を加工して修理したのでで飛行できる状態になっていた。あとは、柊真のチームからの要請に応えるために待機していたのだが、当面お呼びは掛からないだろう。

ホテルのレストランで食事を終えた仲間は、ラウンジに顔を揃《そろ》えていた。宿泊客は他にいないのか、レストランもラウンジも貸し切り状態である。

現在ヌール・カーン空軍基地として利用されているが、二〇〇七年に暗殺された女性元首相の名を冠したベナジル・ブット国際空港は軍民共用であった。その歴史ある名称は昨年暮れに地図上からも消えている。

ベナジル・ブット国際空港だった頃のシェルトン・ホテルは空港から車で五分という立地に加え、周辺に三つ星のホテルがないため人気があった。現在はイスラマバード国際空港まで約四十五分という交通の便の悪さから宿泊客の足が遠のいているのだろう。だが、人目につくことを嫌う傭兵にとっては快適である。

「それにしても、遺体が盗まれるとは、紛争地ビジネスもここまできましたか」

浩志の向かいの椅子《いす》に座っている辰也がスマートフォンをいじりながらぼやいた。

「死体ビジネスは中国では聞いたことがあるが、アフガンでは聞いたことがない。金持ち相手の墓荒らしで、これまで闇で取引されていたので表に出てこなかったのだろう。もっともそんなビジネスがあったとしても驚かないがな」

浩志はラウンジに置いてあった地元紙を見ながら言った。一色の葬儀は人気《ひとけ》のない早朝に行っている。だが、自衛隊式〝弔銃発射〟をするなど、明らかに普通の民間人とは違う葬儀であった。どこかで墓守か盗掘屋が見ていたのかもしれない。

「金持ちなら遺体を盗まれて燃やすと言われたら、金を払いますよね。それに口外したら報復すると脅されたら、警察にも届けませんよ」

辰也は渋い表情で頷いた。イスラム教は死者を土葬にする。火葬にするのは、罪人か病死した場合で、どちらも天国には行けないと信じられているからだ。埋葬されてからであっても遺体を燃やされたら、死者を冒瀆《ぼうとく》するだけでなく、天国から地獄に移されたも同然である。

「マスコミに嗅《か》ぎつけられないように、一色は自分の遺体を持ち帰らないことを願った。だが、当のマスコミもそうだが、今では日本人はアフガニスタンのことはすっかり忘れている。政府が一色の遺体の回収をぐずったのは、ある意味正解だった」

浩志は小さな溜息《ためいき》を漏《も》らした。多くの日本人はマスコミに誘導されている。洗脳されていると言っても過言ではない。日本に協力したアフガニスタン人を五百人以上も置き去りにした悲劇を、マスコミは重大な問題だとは報道しなかった。また現地ではその後何が起こっているのか、情報を積極的に流すこともない。その結果、日本人にとってアフガニスタンは過去の存在になったのだ。

「マスコミが流す情報は、ほとんど新型コロナですからね。毎日同じようなニュースばかり流して日本人の目を逸《そ》らしています。本当に呆《あき》れ返りますよ」

辰也は舌打ちをした。

「ロシアがウクライナに侵攻しようとしているが、それよりも、新型コロナだからな。もっとも日本政府も制裁をちらつかせてロシアを牽制《けんせい》する必要があるのに何もしない。政治家や官僚は、海外の動きに疎《うと》い。世界から取り残されるはずだ」

浩志は首を振った。プーチンは、二〇一四年にウクライナからクリミア半島を奪い取った時からウクライナ全土を併合する計画を練っていた。世界はその野望を知りつつ、ロシアに形ばかりの制裁をしてお茶を濁している。

ロシアは三万人規模の兵力をウクライナの北隣りに位置するベラルーシに送り込み、二月十日から合同軍事演習をしている。同時に兵力を国境に集結させることで、ウクライナに対して威圧行動をとっていた。

浩志はプーチンがかねてより計画しているウクライナ侵略を始めようとしていると睨《にら》んでいる。というのもプーチンは支持率が落ちてくると、戦争を起こすことで国民をまとめてきたからだ。

「日本政府もマスコミも新型コロナで手一杯です。それに北京《ペキン》オリンピックも開催中ですから、ニュースはそれで事足りています。ロシアの情報を流す余地はないのでしょう。それに中国の盟友であるロシアは、オリンピック期間中は何もしないはずです。プーチンも習近平の顔に泥を塗るような真似《まね》はしませんよ」

　辰也は呑気《のんき》に言った。

「分からないぞ。ロシアが危険だというのは今も昔も変わらない。俺はこの五ヶ月間、一色の命を奪った爆弾テロ事件を調べてきた。テロを起こしたのはISIS‐K（イスラム国ホラサン州）だが、〝ハッカーニ・ネットワーク〟が絡んでいることは分かっている。さらに彼らの陰にロシアの存在があることもなんとか摑《つか》んだが、その先は分かっていなかった」

　浩志は腕を組んで天井を見上げた。爆弾テロに関わったロシアの工作員を見つけ出すには、タリバンの政府庁舎に潜入する必要があった。一色の遺体回収は念願でもあったが、ロシア工作員の情報を得るチャンスでもあったのだ。一色を殺した真犯人を必ず見つけだす。浩志はこの五ヶ月間、それだけを考えてきた。

「加藤が得た監視映像を早く手に入れたいですね」

　辰也が神妙な顔で言った。柊真から監視映像をUSBメモリにコピーしたと報告を受けている。監視映像をインターネット経由で流すのなら、PC環境が整った場所でなければならないだろう。それはアフガニスタンでは難しいかもしれない。柊真が一色の遺体を荼毘《だび》に付し、問題なく出国できれば、イスラマバードで合流することでUSBメモリも受け取れる。

「柊真がなんとかするだろう」

今度は浩志が呑気に答えた。

3

午後九時十分。カブール。

ソ連製重機関銃DShKを搭載したテクニカルに前後を挟まれて、二台のハイラックスがタリバン政府庁舎から列をなして出発した。

柊真と直江は二台目の車に乗っている。四台の車列はサルマーン・ファラージュという男と十人の部下で構成されたタリバンの検察隊だ。ターバンにペロン・トンボンという身なりで、AK47にナイフというタリバン標準装備である。

一色の遺体を盗んだ犯人を逮捕するために、タリバン上層部の命令で検察隊は夜間にもかかわらず出動した。当初、検察隊だけで行動することになっていたが、啓吾が現場で一色の遺体を確認する必要があるとタリバン側に訴えて、急遽《きゅうきょ》柊真らも行動をともにすることになったのだ。

だが、そのために加藤と瀬川と啓吾は、政府庁舎に留《とど》まるという条件が出された。柊真と直江による検察隊の捜査妨害を防ぐための人質ということだろう。

「どこに向かっているんでしょうか？」

　直江は日本語で囁《ささや》くように尋ねてきた。パシュトー語は、得意ではないようだ。

「サランワット通りを西に進んでいる。おそらく街の西部に向かっているのだろう。北に向かうなら一本手前で右折していたはずだ」

　柊真も小声で答えた。

「連中は、行き先を把握しているんですか？」

　直江は首を傾《かし》げている。

「棺桶《かんおけ》の中に残されていたメモに携帯の電話番号が記載されていた。そこから調べたそうだ。タリバンは旧政権が残していったあらゆるデータを継承しているらしい」

　柊真は鼻先で笑った。

「旧政権の職員は、データを消去しなかったのですか」

　直江は肩を竦《すく》めた。

「脱出するだけで精一杯だったんだろう。おかげでタリバンは行政をあっさり引き継ぎ、敵対視する人物のリストも簡単に作成できたらしい」

　柊真は首を横に振った。

「前政権の杜撰《ずさん》さはタリバンにとってはいいこと尽くめですが、国民にとっては悲劇以外の何ものでもないですね」

直江は溜息を吐《つ》いた。

「ファラージュ。目的地を教えてくれ」

柊真はパシュトー語で助手席に座っている指揮官のファラージュに尋ねた。

「カブール・ガズニ・ハイウェイとシャヒード・マザリ通りの交差点にある運送会社だ。おまえたちは私が許可するまで、車から出るなよ」

ファラージュはバックミラー越しに答えた。

「武器を渡してくれれば、手伝えるんだがな」

柊真は身を乗り出して言った。出発前にカンノから検察隊に同行するなら、ファラージュの指示に従うように言われている。だが、武器を扱うなとは言われていない。

「日本人だから、大目に見ているんだ。図に乗るな」

ファラージュは振り向きもせずに声を荒らげた。

「何を言われたんですか？」

直江は怪訝《けげん》な表情で、柊真とファラージュを交互に見ている。

「なんでもない。仏教徒は嫌いらしい」

柊真は笑みを浮かべて答えた。

三十分後、四台の車列はカブール・ガズニ・ハイウェイとシャヒード・マザリ通りの交差点から百メートル手前で停まった。

運転手を残し、ファラージュと七人の部下が車から降りた。全員がハンドライトを左手に握り、ＡＫ47を構えている。ハンドライトの光が、無数のコンテナやコンテナトラックを照らし出す。広い敷地にかなりの数のコンテナや車輪もない朽《く》ち果てたトラックが放置されている。大きな運送会社だったらしいが、劣化の状態から察するにタリバン侵攻以前に倒産していたに違いない。すべての構造物が砂埃《すなぼこり》を被《かぶ》っており、廃墟のようだ。

「遺体を盗んだ一団は、タリバンの侵攻でカブールから脱出しているでしょう」

直江は呟くように言った。

「タリバン政権下では、死体ビジネスはできないだろう。尻尾《しっぽ》を巻いて逃げた可能性は大きい。だが、これだけの廃墟だ。誰かが無断で住んでいることも考えられる」

柊真は目を細めて敷地を見つめた。

閃光《せんこう》。

轟音《ごうおん》！

ファラージュと部下が、宙に飛んだ。

「なっ！」

直江が声を上げた。

「地雷だ。敷地内に地雷が仕掛けてある」

右眉《みぎまゆ》を吊《つ》り上げた柊真は、車から飛び出した。

「地雷だ！　動くな！」

柊真は敷地内の男たちに向かって叫んだ。だが、立っている者は、誰もいない。

「止まれ！」

柊真は敷地内に入ろうとした直江を大声で止めた。待機していたファラージュの部下も車から出たが、彼らは様子を窺《うかが》っている。地雷原の怖さを知っているのだ。

「しかし……」

直江は歯を食いしばった。数人が重傷ということは目視でも分かる。死傷者が出ている現場を目《ま》の当たりにして、一人でも助けたいと思っているのだろう。

「死に急ぐことはない。戦場では誰しも試される。命を奪うも救うも自分の手の中にあると思っているのなら、それは驕《おご》りだ」

柊真は直江に静かに言うと、近くに転がっているハンドライトを拾った。戦場で状況を把握せずに他人を助けようとすれば、自分の墓穴も掘ることになる。

「はっ、はい」

直江は大きく息を吐き出した。

「動くなよ。今助けに行く」

柊真は怪我人《けがにん》の位置を確認すると、ハンドライトで彼らの足跡を辿《たど》って敷地に足を踏み入れた。

「私と同じように行動し、負傷者を一人ずつ敷地の外に出すんだ。死体はそのままにしておくんだ」

柊真は足元の怪我人の脈を調べると、軽々と担《かつ》いで敷地の外に戻った。足跡を辿る必要があるため、負傷者は一人で担ぐほかないのだ。

「了解」

直江は柊真の行動を真似して、怪我人を助けた。

二人は五人を助け出したが、ファラージュと二人の部下は死亡が確認できたので、そのままにしてある。

「無線で救助を要請できるか？」

柊真は比較的軽傷の男に尋ねた。

「でっ、できます」

男は体を起こして答えた。

4

午後十時二十分。カブール。

柊真と直江を乗せたハイラックスは二台のテクニカルとともに、タリバン政府庁舎に到着した。ハイラックスの荷台には比較的軽傷の二人の負傷者を乗せている。重傷の三人を乗せたハイラックスは、市内の病院に向かったが、出血が酷《ひど》いのでたぶん助からないだろう。ファラージュと部下は間隔も空けずに密着した状態で、運送会社の跡地に踏み込んだために被害が大きくなったようだ。

運送会社は街の外れにあり、人が住んでいる形跡もないことからタリバンでは管理もしていなかったらしい。一色の遺体を捜索するために足を踏み入れたことが仇《あだ》になったようだ。

車を降りた柊真と直江は、正面玄関北の建物に向かった。タリバンが九号棟と呼んでいる建物だ。毛布と水は支給されているものの、部屋には椅子やテーブルはおろかベッドすらない。歓迎はされていないが、柊真らを監視する兵士がいないので警戒されてはいるわけではないようだ。

「お帰り……大丈夫ですか！」

部屋に戻ると、出迎えた啓吾が目を剝《む》いた。

「どうしたんですか？」

柊真は首を傾げ、直江と顔を見合わせた。

「柊真さん、血だらけですよ」

直江は眉を顰《ひそ》めた。柊真の防寒ジャケットが血に染まっている。負傷者を担いだ時に汚れたのだろう。

「自分の血じゃないから大丈夫です」

柊真は苦笑すると、地雷でタリバン兵が負傷したことを説明した。

「それじゃ、一色の遺体どころじゃなかったね」

傍で聞いていた瀬川が、渋い表情になった。彼は一色と自衛隊時代の同期のため、思い入れが強い。柊真は検察隊に瀬川を同行させるべきか迷ったが、メンバーの中で啓吾の次にパシュトー語が堪能なのは柊真のため彼を外したのだ。

「あれっ。加藤さんは？」

一通り啓吾と瀬川に説明し終えた柊真は、加藤の姿が見えないことに気付いた。部屋は四十平米ほどの広さだが、電気が通っていないために暗いのだ。

「加藤さんは、他の建物に潜入していますよ」

啓吾がさりげなく答えた。

「ひょっとして、監視カメラのデータを送っているのですか？」

柊真は頷いた。

直江と検察隊に参加する前に、監視カメラの映像データを収めたUSBメモリを加藤に預けていた。危険はないかもしれないが、紛失を恐れたのだ。一色の遺体を回収したら市内のホテルでパソコンを借りて映像データを送信するつもりだった。

「二号棟にインターネットに接続できるパソコンがあると、加藤さんは言っていました。この時間なら潜入も簡単だとか」

啓吾は淡々と答えた。

二月二十一日、午前三時二十分。市谷《いちがや》、傭兵代理店。

防衛省の北門近くにあるマンション〝パーチェ加賀町《かがちょう》〟の地下二階に、傭兵代理店の本部はあった。

スタッフルームの奥の壁にある一〇〇インチモニターを中心に四〇インチのモニターが無数に並んでいる。いつもなら、世界中の情報を表示しているが、この時間は電源が消されていた。

スタッフは社長の池谷、天才的なハッカーである土屋友恵《つちやともえ》、彼女の助手的存在の岩渕麻衣《いわぶちまい》、それに代理店創設時から働いている中條修《なかじょうおさむ》の四人だ。また、瀬川はリベンジャーズの一員だが、代理店スタッフとしても働いている。スタッフルームにはパソコンが置かれたデスクが、二十席も設置されていた。オーバースペックではあるが、緊急時に防衛省から支援チームを呼ぶためである。

中條は自分のデスクのパソコンに向かって仕事をしていた。傭兵チームが海外で活動している場合は、代理店は二十四時間体制でサポートしている。中條は零時から午前八時まで受け持っていた。

「おっ」

中條は届いたメールを見て、目を見張った。代理店のクラウドにデータのアップロードがあった場合に自動送信されてくるメールだが、データを扱ったのがカプールにいる加藤だからだ。中條はさっそくデータをダウンロードした。

「これは、監視カメラの映像だな」

データを開いてみた中條は、スマートフォンで友恵を呼び出した。池谷をはじめ代理店スタッフは〝パーチェ加賀町〟に住んでいる。友恵から、カプールで動きがあったら時間を問わずに連絡するように言われていた。

「中條です。お休み中すみません。加藤さんがデータをアップしました。見てもらえますか？」

中條はゆっくりと話した。友恵の睡眠の邪魔をしたからだ。

「分かってる」

友恵の声が背後から聞こえた。

「えっ？　いつのまに。ひょっとして、自室にいたの？」

振り返った中條は、スマートフォンの通話を切った。スタッフルームの隣りには、友恵専用の仕事部屋が設けられている。

「クラウドからのメールは、私のところにも来るから分かるの。それに今、新しいアプリを開発しているから」

友恵は空《あ》いているデスクの椅子を引いて腰掛けた。手にはマグカップが握られている。スタッフルーム出入口近くに業務用のコーヒーメーカーが置かれているので、コーヒーを淹《い》れにきたに違いない。

「そうだった。やっぱり夜勤は、頭の回転が悪くなるね。ダウンロードしたデータは、共有スペースに入れてあるよ」

中條はそう言うと、両腕を上げて背筋を伸ばした。

「アルグの監視映像。さすが加藤さん、タリバンの本拠地でも大活躍ね」

友恵はパソコンのモニターの映像を一〇〇インチモニターにも表示し、笑顔で首を横に振った。アルグとは、カブールの王宮殿を意味し、現在タリバンが占拠している元大統領府のことである。

「例のロシアの工作員が映っていればいいけど、映っていたとしても藤堂さんじゃないと、分からないよね」

中條は一〇〇インチモニターの映像を見ながら言った。今回の作戦は、一色の遺体の回収とロシアの工作員の捜査だと浩志から聞かされているのだ。

「藤堂さんもこの映像を見ているはずよ。監視映像に映っているテロリストは腐るほどいるでしょう」

友恵は話しながらキーボードを高速で叩《たた》いた。

5

二月二十一日、午前二時四十分。イスラマバード。

浩志はシェルトン・ホテルの自室でノートPCの画面を見つめていた。

モニターには加藤がタリバン政府庁舎から盗み出した監視映像が映っている。

加藤には、昨年の八月二十八日の午後三時から四時までの監視映像が欲しいと伝えてあった。

昨年、浩志がタリバンの政府庁舎に拘束されていた啓吾を迎えに行ったのは午後三時十分ごろで、庁舎を出たのは十数分後である。浩志は政府庁舎の中庭で煙草《たばこ》を吸っているロシア人を見た。前日にリベンジャーズが襲撃された際も現場にいた男である。浩志の滞在前後の時間も合わせた映像があれば、目的のロシア人が映っている可能性が高まるはずだ。

十二台分の監視カメラの映像があった。問題は中庭の監視映像がないことだ。そのため、庁舎の他の監視カメラの映像に頼るほかない。だが、すべてを見ようとすれば十時間以上掛かるため、三倍速で見ている。

「うーむ」

浩志は映像を止めると、目頭《めがしら》を摘《つま》んでマッサージした。三時間近く見ているが、まだ見つけられないのだ。長時間見続けているせいでもあるが、つまらない映像なので余計に疲れを感じるのだろう。監視映像には番号が振ってあり、すでに一番から九番まで見終わっていた。

立ち上がって首を回すと、棚の上の小型冷蔵庫からミネラルウォーターのペットボトルを出して飲んだ。残りの三つの監視映像を見れば、ようやく終わりである。

浩志は腰を拳《こぶし》で叩いた。ノートPCを壁際のテーブルに置き、クッションが硬い木製の椅子でずっと作業をしている。お陰で腰も痛くなった。

ドアがノックされた。

浩志はグロック17を握り、ドア横の壁の前に立った。イスラマバードの傭兵代理店でAK47とグロック17を人数分揃えている。

二、一、二というリズムで再びノックされたのでドアを開けると、缶ビールの箱を抱《かか》えた辰也が廊下に立っていた。パキスタンで製造されている〝マリービール〟である。パキスタンは禁酒国だが、こっそりと嗜《たしな》む程度なら許される寛容さはあるのだ。

「入れ」

　浩志が怪訝な表情で招き入れると、辰也に続きサンドイッチを載せたトレーを手にした宮坂も入ってきた。

「何も手伝えませんが、例のロシア野郎が分かったか気になりましてね」

　辰也は缶ビールを渡してきた。二人とも一色の遺体が盗まれたと聞いて眠れないのだろう。

「夜通しの作業で、腹が減っていると思いましてね。事前にルームサービスを頼んでおきました」

　宮坂がベッドにトレーを置いた。クラブハウスサンドイッチだが、ターキーではなくチキンと野菜のサンドである。

「腹が減っているのは、おまえだろう」

　浩志は缶ビールを開けて喉《のど》に流し込んだ。

「それで、見つかりましたか？」

　辰也もビールを飲みながら尋ねてきた。

「まだだ。一時間もあれば、残りも確認できるだろう」

　浩志はサンドイッチを摘んで頬張《ほおば》った。チキンだが、なかなかいい味を出している。

「頼みますよ」

　辰也はノートＰＣを指差した。

「急《せ》かすな」

浩志は缶ビールを手に椅子に座ると、映像のプレイボタンをクリックした。十番の監視映像である。

「不思議な気分ですね。タリバンの本部の映像を見ているなんて。このデータを米国に渡したら、国防総省が小躍りしますよ」

宮坂が、無精髭《ぶしょうひげ》を触りながらしきりに頷いている。

「この男、ロシア人ですよね。違いますか？」

辰也がモニターに映ったアクの強い白人を指差した。

「違う。もっと目付きが鋭い。それに口髭はなかった。これまで五人のロシア人らしき男を見ている。やつらは同じ工作部隊なのだろう」

浩志は首を振った。異常に鋭い目付きの男の顔は、脳裏に焼き付いている。間違えることはない。

「ロシアの工作部隊？」

辰也は首を捻《ひね》った。

「タリバンのカブール制圧を陰でサポートしていたのだろう。タリバンは全国をほぼ無血で制圧した。深夜に制圧する町中にタリバン旗を立て、治安部隊を震え上がらせて追い出し、ほとんど交戦することなく占領していったんだ。ロシアのやり方に似ているだろう」

浩志は鼻息を漏らした。

クリミア半島はもともとロシア系住民が七十七パーセントという高い比率を占めていた。一般的に、ウクライナ民族主義にロシア系住民が反発したことに端を発し、クリミア半島のロシア系住民が独立したと言われている。ロシア系住民に対して、ウクライナ民族主義、後にプーチンが「ナチ」と呼ぶ親政権派の住民が攻撃したからだという。ロシア系住民はウクライナからの独立のための住民投票を行い、賛成多数でクリミア共和国が設立した。

だが、確かにロシア系住民と一部の親政権派は衝突したものの、紛争というほどでもなかった。ことさらそれを大袈裟《おおげさ》に宣伝し、親政権派の住民を攻撃したのは、ロシアの工作員だったというのが真相である。また、その住民投票においても、ロシアの画策によりロシア系住民が一人で何百枚も投票用紙を持っていたという記録映像が残っている。

ロシアは偽の情報でクリミア半島のロシア系住民を煽動《せんどう》し、最小限の武力で短期間に併合することができた。軍事と非軍事の両方の手段を活用した「ハイブリッド戦略」をロシアは使ったのだ。

「クリミア半島の併合と同じ〝ハイブリッド戦略〟ですね。タリバンはほぼ無血でアフガニスタンを制圧しましたからね。事前にタリバンの大部隊の攻撃があると情報を流して国軍を追い出し、反発する住民は容赦《ようしゃ》なく撃ち殺す。まさにロシアのやり口ですよね」

宮坂は何度も頷いてみせた。

「あっ！」

浩志は映像を止めた。天井が高い部屋に、黒いターバンを巻いた男とスーツを着た男が映っている。

「こいつですか？」

辰也はスーツの男を指差した。眉毛が太く、目が落ち窪《くぼ》み、眼光が鋭い。

「間違いない」

浩志は大きく頷いた。

アフガニスタン離脱

1

二月二十一日、午前十一時二十分。

柊真と直江、それに今日は加藤と瀬川も、検察隊と一緒に運送会社跡に来ていた。啓吾は例によって、政府庁舎に留《とど》まっている。柊真らが勝手な行動に出るのを防ぐための人質であった。

タリバンは地雷で死亡したファラージュを含む三人の死体を回収すると、「地雷原」という看板を立てて運送会社の出入口を封鎖した。彼らは敷地内の地雷を回収するつもりはないのだ。

地雷を撤去する技術もそうだが、専門の人員もいないらしい。だが、このままでは一色の遺体を回収する手掛かりもなくなってしまうため、柊真らは地雷を撤去する許可をタリバンに求めた。柊真はもちろんのこと、同行している仲間にも技術も経験もあるからだ。タリバンも危険な作業だけに、快《こころよ》く許可を出した。同行の検察隊の兵士は二人だけで、実質的には柊真らを乗せた二台のテクニカルの運転手のようなものである。

柊真らはテクニカルの荷台から地雷探知機を降ろした。政府庁舎にはなかったので、タリバンの監視付きでカブール北郊にあるバグラム空軍基地まで取りに行ってきた。政府庁舎から往復で三時間掛かるが、アフガニスタン軍の武器庫がほぼ無傷で残っていると聞いていたからだ。

バグラム空軍基地はタリバンの監視下に置かれているが、タリバンは空軍を設立できるほどにはパイロットが揃《そろ》ってはいない。タリバンが鹵獲《ろかく》した航空機の運用は、市内のカブール国際空港だけで充分なのだろう。バグラム空軍基地は閉鎖され、兵士がゲートを見張っているだけに過ぎない。

米軍は撤退する際にかなりの武器を破壊したが、アフガニスタン軍はカブールを脱出することで頭がいっぱいだったらしい。おかげでタリバンは、アフガニスタン軍が残した武器で近代化に成功した。もっとも、消耗品である武器はメンテナンスを必要とするので、やがて米国製の武器は使えなくなるだろう。

ちなみにＣＩＡは、カブール北郊デー・サブズ地区にあったＣＩＡ基地を徹底的に破壊して立ち去っている。バドリ第３１３大部隊の指揮官ハスナイン師は、廃墟と化した基地を見て「これが彼らの本当の姿だ。何も残さなかった」と怒りを露《あら》わにしたそうだ。

「地雷は敷地じゅうに敷設してあると思うか？」

瀬川は柊真に尋ねた。

「たぶん、事務所がある小屋まで敷設しただけと思いますよ」

柊真は米国製地雷探知機ＶＭＣ１を手に取った。壊れていない探知機を探し出し、充電したものを、三台持ってきている。

敷地は二千坪ほどで、事務所は出入口から十五メートルほど先にある。ファラージュは、部下を従えて出入口から四メートルほどのところで地雷を踏んだらしい。ファラージュの死体の損傷が一番酷《ひど》く、彼の近くにいた部下が巻き添えを喰《く》らったようだ。

「事務所に金目の物があるか、確かめようとしたやつを殺害するためのものだろう。意図は分かるが、一体誰が敷設したんだ？　死体を盗んだ一団？　ＩＳＩＳ？　あるいはタリバンに恨みを持った市民か？」

瀬川は自問するように呟《つぶや》きながらＶＭＣ１を手にし、探知機とコードで繋《つな》がるヘッドホンを装着した。直江は訓練を受けているようだが実践経験はないので、柊真は自分たちに任せるように言ってある。

地雷には探知が難しいプラスチック製もある。アフガニスタンにはプラスチック製の地雷が数多く埋設されていることも事実だ。その多くは中国製で、大量に購入すれば一つ百円前後と安価なため、アフガニスタンに限らず世界中に普及している。プラスチック製の地雷は、画像で確認できるGPR（地中レーダー）でなければ発見は困難だ。

だが、昨夜地雷で負傷した兵士の体から金属片が見つかっており、旧来の金属探知機で対応できることは分かっていた。

「地雷を調べれば分かるかもしれませんが、少なくとも米軍ではないでしょうね。こんな場所に敷設しても軍事的に意味がありませんから」

柊真は折り畳まれたVMC1を組み立てて右手に持った。フランスの外人部隊に所属していた頃、アフガニスタンに駐留した経験がある。爆弾処理班ではなかったが、地雷の撤去作業に何度か駆り出された。

「二人とも下がってくれ。事務所までの動線を確保するだけなら、一人で充分だ。それに巻き添えを喰らわないようにするなら一人の方が安全だろう」

加藤が右手に持ったVMC1の電源を入れた。効率を考えて三台持ち出したものの、同時に使う際には十メートル以上間隔を空ける必要がある。

「一理ある。加藤に任せよう。彼が一番適任だ」

瀬川はあっさりと言った。それだけ信頼があるということだ。監視役でもある二人のタリバン兵は、乗ってきたテクニカルの陰に隠れている。

「分かりました。お任せします」

柊真も頷《うなず》くと瀬川とともに出入口から離れた。加藤は潜入のプロというだけあり、これまでも地雷原を突破したことが何度もあると聞いている。

ＶＭＣ１は、幅十四センチ、長さ三十三センチのセンサーヘッド部分が、スティック状のハンドルの先に付いている形状のものだ。探知機のセンサーは正方形や円形のプレート状の物が多いが、ＶＭＣ１は豪雪地帯や登山で使うカンジキのように枠だけの簡易な造りである。

加藤はハンドルを左右にゆっくりと振りながらセンサーが捉える音を頼りに進む。乾いた地面には血の跡が残っており、肉片と思われる異物もそこここに散らばっていた。四メートルほど進んで、地雷で開いた穴をよけてさらに加藤は歩を進める。自分の足跡を残すためポケットからナットを踵《かかと》に合わせて地面に置いていく。ナットには赤い紐《ひも》が結び付けられて目立つようになっている。ＶＭＣ１で金属製の地雷は検知できるが、プラスチック製は見つけられない。そのための目印である。

加藤が事務所の三メートル手前で突然立ち止まり、振り返った。

「どうした？」

瀬川が尋ねた。

「地雷を踏んだらしい。探知機の反応がなかったからプラスチック製なのだろう。爆発しないから不発かもしれないが、手製か旧式かもしれない」

加藤が淡々と説明した。古いタイプの地雷は一度踏んで足を上げた瞬間に爆発する物もあったが、多くの対人地雷は圧力を感知して爆発する触発信管を用いている。

「不発にしろ何にしろ、対処した方がいいですよ。待っていてください」

柊真は近くに駐車してあるテクニカルまで戻り、荷台に地雷探知機を載せると、ヘルメットと鉄板と鉛《なまり》の錘《おもり》を取り出した。

瀬川もハーネスとロープを降ろして担《かつ》いだ。

「準備は私がやります。経験がありますから」

柊真は鉄板を担いで、加藤が残した目印のナットに従って歩き、加藤のすぐ後ろに鉄板を敷いた。鉄板は柊真の作業スペースである。気休めだが、地雷が爆発しても被害を少なくするためでもある。

「右足の踵で踏んでいる」

加藤は微動だにせずに言った。

「了解です」

柊真はワイヤーも切断できるハサミで、加藤の右足のタクティカルブーツを靴紐ごと切断した。靴が簡単に脱げるようにするためである。次に靴に一個五キロの重さがある鉛の錘を六つ、結びつける。合計三十キロの重量が右足に追加された。信管が爆発するタイミングを少しでも遅らせようというのだ。

「ふう」

柊真は短く息を吐くと額《ひたい》の汗を袖口《そでぐち》で拭《ぬぐ》い、加藤にヘルメットを被《かぶ》せた。

「うまくいったね」

背後でサポートしてくれていた瀬川が、高所作業用のハーネスを渡してきた。

「もうすぐですよ」

柊真がハーネスの腰ベルトを加藤に装着させると、加藤は自分でも股《もも》と肩のベルトを締めた。

「合図でジャンプです」

柊真は背中のD型金具にロープを結びつけ、小走りに立ち去った。

「分かっている」

加藤はヘルメットのベルトを締めると、中腰になる。加藤は終始冷静なようだったが、額には大量の汗が浮かんでいた。

「みなさん、頼みますよ」

柊真はすでにロープを握っている瀬川と直江の前に立ってロープを掴《つか》んだ。加藤からは十メートル以上離れている。破片は飛んでくるかもしれないが、これ以上離れるとロープを引っ張る力が弱くなるのだ。

「3、2、1、ゼロ！」

柊真の掛け声で加藤がジャンプし、宙に浮いた体を三人の男が後方に走りながら勢いよく引っ張る。一テンポ遅れて爆発が起こり、閃光《せんこう》とともに土と鉄板が吹き飛んだ。加藤は数メートル後方に転がり、敷地の外まで引っ張られた。

「大丈夫か！」

瀬川が加藤の元に駆け寄った。

「靴以外は、大丈夫そうだ。助かった。ありがとう」

加藤はヘルメットを外すと、大きな安堵《あんど》の溜息《ためいき》を吐《つ》いた。

2

午後一時五十分。

運送会社跡の敷地の出入口から事務所までの地雷撤去作業は、柊真を中心に終えることができた。

事務所のすぐ手前に金属製の地雷が敷設してあり、昨日爆発した分も含めれば三個あった。出入口から事務所まで幅二メートル、全長十五メートルの安全地帯を確保している。

出入口のドア前に立った柊真はポケットから携帯エンドスコープ（内視鏡）を取り出し、ＵＳＢで自分のスマートフォンに接続した。市販品だが、先端のＬＥＤライトの点灯や明るさも調整できる優れものだ。武器は持ち込まなかったが、これは下着に隠してタリバンの税関を通過した。

紛争地では突入前にドアを破って手榴弾を投げ入れ、内部を爆破してから突入する強行突破が多用される。交戦を避け、一方的に敵にダメージを与えることができるからだ。とはいえ、隠密で行動する場合ももちろんある。ドア下から差し込んだエンドスコープで内部を確認し、音を立てずに潜入するのだ。

柊真はエンドスコープをドア下の隙間《すきま》から差し込んで室内をスマートフォンで確認し、次に先端を回転させてドアの内側の状況も確かめた。紛争地では出入口にブービートラップが仕掛けられている可能性があるからだ。

「いい物持っているね。それ欲しいな」

加藤がスマートフォンの画面を覗《のぞ》き込んで感心している。彼の場合は、正面玄関から潜入することは滅多《めった》にないので必要ないと思うが、エンドスコープは市街戦でも使えるので便利なのだ。

「ピンキリですが、アマゾンで売っていますよ。もっとも内視鏡ですから、レンズをカスタマイズしないと使えませんが」

柊真はスマートフォンとエンドスコープをポケットに仕舞いながら笑うと、ドアを蹴破《けやぶ》った。

事務所と聞いていたので受付カウンターのようなものがあるのかと思っていたが、埃《ほこり》を被った段ボール箱や木箱が無造作に積み上げられており、まるで倉庫のようだ。

「パソコンとまでは言わないが、書類でもあればと思ったんだがな」

建物に入った瀬川は頭を掻《か》きながら言った。

「私は奥を調べます」

柊真は直江に目配せして、ハンドライトを出した。窓に板が打ち付けられているので、室内は暗いのだ。

「それじゃ、我々は出入口から調べるよ」

加藤は近くにある木箱の蓋《ふた》をこじ開けながら言った。

「プラスチック製と金属製の地雷を同時に埋設するって戦略的には優れていますが、イスラムのテロリストの仕業《しわざ》ですかね？」

ハンドライトを手にした直江が、柊真に尋ねてきた。地雷探知機で簡単に見つけることができる金属製の地雷と、探知が困難なプラスチック製地雷を混ぜて埋設すれば、撤去作業に時間が掛かることになる。そこまで考えてテロリストが行動するのかという単純な疑問なのだろう。

「イスラム過激派といっても、バックにロシアや中国が関わっている組織もある。遺体を盗んだ連中はタリバン以外の、ＩＳＩＳなどのイスラム過激派の隠れ蓑《みの》だった可能性もあるだろう。米国が政権の後ろ盾になっていた頃は、カブールにはタリバンやＩＳＩＳなどのテロ組織が潜り込んで情報活動やテロを起こしていた。反米という思惑が一致する中露が、テロ組織を支援していたとしてもおかしくないからね」

柊真は暗い廊下を進み、突き当たりにあるドアのノブに手を掛けた。

「待てよ」

ドアノブから手を離した柊真は跪《ひざまず》き、ドア下からエンドスコープを差し込んでスマートフォンに映し出した。なぜか悪寒《おかん》がしたのだ。本能的に危険を察知した場合によくあることだが、こういう場合は臆病《おくびょう》になるべきである。

「ほお」

スマートフォンの映像を見て鼻先で笑った柊真は、立ち上がって直江にも見せた。

「こっ、これは、Ｍ18のブービートラップじゃないですか」

直江は両眼を見開き、啞然《あぜん》としている。ドアノブに結ばれた紐がドアの一メートル先にある米国製指向性対人地雷、〝Ｍ18クレイモア地雷〟の信管に繋がっているのだ。

湾曲した弁当箱のような形をしたＭ18クレイモア地雷は、内部に仕込まれた七百個の鉄球が、Ｃ４爆薬により前面に飛び散る。鉄球は最大二百五十メートル飛ぶと言われ、有効加害範囲は五十メートルである。起爆方法は、リモコン、ワイヤートラップ、時限起爆から選ぶことが可能だ。もし、柊真が迂闊《うかつ》にドアを開けていたら、自分のみならず、加害範囲の直江と加藤と瀬川の命も奪われていただろう。

柊真はドアから二メートルほど左横の壁を蹴り破った。厚さは六、七センチで乾燥した土壁である。二度、三度と蹴って穴を大きくすると、通り抜けて地雷からワイヤーを外した。

「こいつは、M18じゃない。MON-50だ」

柊真は地雷を手にして、口笛を吹いた。

暗いので米国製のM18だとばかり思っていたが、形は似ているものの裏側にロシア語でMON-50と書いてある。

「本当にM18に似ていますね。初めて実物を見ましたよ」

直江が苦笑した。似ているのは当たり前で、ベトナム戦争の折、ベトコンが鹵獲した米軍のM18クレイモア地雷をソ連が模倣して生産し、アフガニスタン侵攻でも多用されたいわくつきの地雷である。ロシアでは、より強力な後継のMON-90とともに今もなお生産されている。

「地雷を仕掛けたやつは、ロシアと中国の武器を手に入れることができたことは確かだな」

柊真は独り言のように呟きながらハンドライトを当てて周囲を見回した。

正面の出入口がある部屋は八十平米ほどあったが、この部屋は二十平米ほどと狭い。受付こそなかったが、表の部屋は荷物が積み上げられていたので荷造りをする作業場だったのかもしれない。今いる部屋は窓こそないが、キッチンや小さな食卓らしきテーブルもあり、生活感がある。それに、外に出られる裏口があった。誰かがこの部屋で暮らしていたのかもしれない。

「うん？」

柊真はハンドライトが照らし出した壁に取りつけられたカーテンを見て首を捻《ひね》った。何かを隠しているように見えるのだ。

直江がハンドシグナルで自分がカーテンを引くと合図をしてきた。銃を持っていればバックアップするところだが、武器は携帯していないので柊真は直江と反対側に立った。

「なっ！」

カーテンを勢いよく引いた直江が、眉《まゆ》を顰《ひそ》めた。現れた三畳ほどのスペースにベッドがあり、一部白骨化した乾涸《ひから》びた死体が横たわっていたのだ。

側頭部に銃創がある。状態から見て死後二、三ヶ月は経《た》っているだろう。ベッドの下を覗くと、ベレッタ92が落ちていた。銃創の周りが焼けているので、至近距離からの発砲に間違いない。銃で自殺したのだろう。

柊真はベレッタを拾ってベルトの後ろに差し込むと、死体の近くに落ちているメモ帳を拾い上げた。ページを捲《めく》ると、日付と名前の後ろにパシュトー語で「ムーラ2」や「ブラール4」など妙な単語がずらりと記されている。「ムーラ」は母親を、「ブラール」は父親を意味し、単語にチェックマークが付いているものとそうでないものがある。

「何のリストでしょうかね」

直江は柊真の手元を覗き込んで首を傾《かし》げた。

「あっ！　これは、ひょっとするぞ」

最後のページを見た柊真は裏口から飛び出ると、野ざらしのコンテナに向かって歩き出した。

「柊真さん！　地雷があるかもしれませんよ！」

直江が慌てて追い駆けてきた。

「大丈夫なはずだ。最後のページの日付が一色を埋葬した昨年の八月二十七日だった。メモの持ち主は、一色さんの遺体を盗んだもののタリバンへの恐怖で地雷を敷設したのだろう。だが、結局自殺したに違いない。地雷は事務所前だけで充分抑止力がある。敷地全体に敷設する意味はないはずだ。メモ帳の最後のページに『日本人・ムーラ3』と記されている。日付からして一色さんのことでしょう」

柊真は打ち捨てられたコンテナのドアを見ながら答えた。地雷があると分かれば、誰も敷地には入ってこない。だが、敷地中に敷設すれば、使用している連中まで身動きが取れなくなってしまう。

「日本人と分かっていたということは、死体泥棒は墓守か棺桶《かんおけ》を頼んだ葬儀屋の関係者かもしれませんね」

直江は何度も頷いた。

「あったぞ！」

柊真はドアに「ムーラ」とペンキで書かれたコンテナを見つけた。隣りのコンテナには「ブラール」と記されている。

「入りますよ」

直江は止める暇もなくコンテナのドアを開け、中に入って行った。さすがにブービートラップはないとは思うが、肝が冷えた。

柊真は苦笑を浮かべてコンテナに足を踏み入れる。

「見つけました！　一色二佐です」

直江は床に跪き、大声で叫んだ。

コンテナ内部には、白布で包まれた遺体が三つあり、胸の辺りに数字が書かれてある。直江は3と書かれた遺体の傍にいるのだ。

「確かに一色さんだね」

遺体を包んだ布を見た柊真は、何度も頷いた。遠い異国で埋葬された一色が寂しくないようにと、直江と三人の部下が死体を包んだ白布に自分たちの名を書き込んだのだ。

「ただいまお迎えに参りました」

敬礼した直江の頬《ほお》を涙が伝った。

3

午後三時二十分。イスラマバード。

浩志らはヌール・カーン空軍基地の空港ビルのウェストウィングで、ミーティングをしていた。ミーティングと言っても椅子《いす》があるわけではないので、全員立って浩志の話を聞いている。

さきほど柊真から一色の遺体を発見したという報告を受けていた。潰《つぶ》れた運送会社の敷地内に放置されていたコンテナからは、一色だけでなく五体の遺体が見つかったそうだ。

直江は念のために顔に掛かる白布を取って、ミイラ化した一色の遺体を確認したらしい。柊真も見たそうだが、一色の顔には死してもなお強い意志と威厳が感じられたそうだ。

アフガニスタンは、イスラム教国であるために火葬はタブー視されている。唯一神であるアッラーに信仰を誓った者は、火葬にしようとしても遺体に火が点《つ》かないと信じる者さえいるという。

そのため火葬場は不浄とされ、イスラム教のアフガニスタン人が近寄ることすらない、ヒンズー教のインド系住民が住むカブールの西の外れにあるそうだ。

柊真からは二台のハイラックスで火葬場に向かうと連絡を受けた。一色の遺体を火葬して灰を骨壺《こつつぼ》に収めたら、彼らは政府庁舎に戻ることになっている。

「啓吾はタリバンに明日の九時半に出発する便を申請したが、空港は今日の午後に閉鎖されたから現段階では出国できるかどうか不確定だ」

浩志はアフガニスタンの現状を説明した。

カブールからイスラマバード行きの便は、九時三十分発のアリアナ・アフガン航空と十四時発のカーム航空の二便しかない。だが、午前中に空港職員と兵士から新型コロナの陽性者が出たために、午後には空港が閉鎖されている。普通なら国際空港の閉鎖は、経済的に打撃を受けるものだが、もともと地方空港並みに便数が少ないので、タリバンは簡単に門戸を閉じるのだ。

「カブール以外の空港は運行しているようですが、タリバンから国内の移動を禁じられているんでしょう？」

辰也は太い腕を組んで不満げに尋ねた。気温が二十度まで上がったので、一人だけ半袖のTシャツを着ている。

「啓吾らはカブールから他の都市への移動を禁止されている。そこで、イスラマバードの航空会社のヘリのチャーター便を使えるよう申請を出しているようだ。それが却下されたら、空港が再開されるまで待つほかないがな」

浩志は意味ありげに笑った。

啓吾らは日本からの客人として政府庁舎の一室をあてがわれている。だが、宿泊施設でもなく、会議室のような部屋に毛布と粗末な食事を与えられてるのみで、軟禁されているようなものだ。帰国が決定するまでは、全員での外出すら許されていないらしい。

「ひょっとして、俺たちの出番ですか？」

辰也はにやりと笑った。

「そういうことだ。地元の傭兵代理店が、イスラマバード航空のロゴマークを手に入れてくれる。俺たちが整備したヘリのボディにシートを貼れば怪しまれないだろう。現地に向かうのはMi－17、ブラックホークは途中まで護衛。だが、さっきも言ったように申請が却下されたら、啓吾らは気長に待つしかない」

浩志は小さく頷いた。タリバンとのトラブルは避けたい。なぜなら新たな任務があるからだ。イスラマバード航空とは、地元の運送会社である。

「ヘリはいつでも飛ばせる状態ですが、タリバンが却下したら、加藤と瀬川は合流できなくなる可能性が出てきますね」

辰也は頭を掻きながら言った。

「なるべく早くウクライナに行きたい。日本の残留組は、明日の早朝にウクライナに向けて出発する。加藤らには悪いが、タイミングが合わなければ俺たちは先に出発することになるだろう」

浩志は表情も変えずに言った。

加藤がタリバンの政府庁舎で手に入れた監視映像から、浩志は昨年目撃したロシア人を確認していた。

友恵は監視映像に映っていた八人のロシア人全員の身元を特定している。浩志が目撃したのは、セルゲイ・ダビドフ。元スペツナズの大尉で、ワグネルに所属している。年齢は四十二歳、他の七人は同じく元スペツナズの隊員でダビドフの部下らしい。また、友恵は彼らの潜伏先まで特定していた。そのため、浩志は出発を急いでいるのだ。

「それにしても友恵ちゃんは、ダビドフの情報まで得るなんて凄《すご》すぎるな」

宮坂が首を振って感心している。

「ロシアのサンクトペテルブルクにワグネルの秘密事務所があるそうだ。彼女はそこのサーバーをハッキングしたらしい。だが、情報は断片的なので、ダビドフがウクライナのキーフに潜伏しているというだけで、詳しい情報は得られなかったようだ」

浩志は友恵から聞いた話をできるだけ忠実に淡々と仲間に話している。

この時点でワグネル・グループは事務所の準備をしていた段階だったらしい。そのため、情報もまとまっていなかったのだろう。

「ウクライナで俺たちは活動できますかね?」

辰也は浮かない顔で尋ねた。紛争地でない国では、銃の携帯すら違法になってしまう。それを心配しているのだろう。

「敵の敵は味方という言葉があるだろう」

浩志はにやりとした。啓吾の知人であるウクライナの外交官を通じ、すでに政府要人に入国を打診してある。歓迎されるかは分からないが、協力は得られそうだ。

4

午後四時五十分。カブール西部郊外。

柊真らはヒンズー教徒のインド系住民が住む街に来ている。

「こっちも無人でしたね」

日干し煉瓦《れんが》の家から出た柊真は、振り返りながら直江に言った。

「参りましたね。悪い予感が当たるとは」

直江が渋い表情で付いてきた。

インド系住民のエリアに行くにあたって、タリバンの検察隊の許可は得ている。もっとも柊真らの行動に干渉しないとは言われたが、安全は保証しないとも言われていた。だが、このエリアには住人がいないとは聞いていない。口にするのすらも嫌だったのだろう。

啓吾からは対応した職員の態度が悪かったので、火葬が受け入れられない可能性もあると聞かされていたのだ。

柊真はスマートフォンの地図アプリを出した。旧政権時代の資料をもとにやってきたので、どこまでがインド系住民の居住区なのかは定かではない。しかも、二台のハイラックスに乗ってきたのだが、運転していた兵士からこのエリアには入りたくないと五百メートル手前で降ろされた。仕方なく、柊真らは徒歩で街に入ったのだ。

「北側のブロックはまだ確認していませんね」

直江も自分のスマートフォンを見て言った。

「資料ではそこもエリアに入っている」

柊真は改めて周囲を見回した。カブールの郊外は、日干し煉瓦の貧しい家が多い。だが、このエリアはことさら貧相な街並みである。

アフガニスタンにおける非主流派であるシーア派のハザラ人や非イスラム教徒であるインド系は、長年民族浄化の対象とされている少数民族である。強固な迫害者であるタリバンの二度目の侵攻により、彼らは危機的な状況に陥《おちい》っていた。

タリバンは、原理主義であるスンナ派のデーオバンド派以外の宗教はたとえイスラム教であっても認めておらず、人であることも許さない。少数民族は改宗するか国外退去のどちらかを選ぶほかないのだ。

「タリバンを恐れて、住民は逃げ出したようだね」

近付いてきた瀬川が、首を振った。彼は加藤と組んで別の場所を調べていた。火葬場を捜したが見つからないので、住民から聞き出そうと手分けして家々を回っていたのだ。ところが、そもそも人が生活している街ならタリバン兵が街角に立っているが、誰も見かけない。無人のゴーストタウンになっているようだ。

「加藤さんは？」

柊真は瀬川に尋ねた。

「ここまで一緒に来たんだが、1ブロック手前の交差点ですぐに戻ると言って走って行ったんだ。いつものことだが、勘が働いたのだろう」

瀬川は苦笑してみせた。紛争地で兵士の単独行動はタブーである。だが、加藤は人並み外れた身体能力の持ち主のため、他人は足手まといになるだけなのだ。

「なるほど」

柊真は加藤と組んで何度か偵察を経験している。柊真の身体能力は加藤よりもはるかに上だが、それでも加藤の身のこなしは軽く、柊真も舌を巻くほどだった。また、加藤のネイティブインディアンから学んだという五感を使った超自然的な追跡術と偵察術は、真似《まね》できるものではない。

――こちらトレーサーマン。バルムンク応答せよ。

加藤から無線連絡が入った。〝バルムンク〟は柊真のコードネームである。

「こちらバルムンク。どうぞ」

柊真は無線に応えた。

――火葬場を発見。街の北西部の空き地近くです。コマンド1と分かれた交差点から百五十メートル北です。

コマンド1とは瀬川のことである。

「了解。すぐに行きます」

柊真は返事をすると、瀬川に頷いてみせた。無線は全員が聞いているので、説明はいらないのだ。

瀬川を先頭に、柊真らは加藤の指定した場所まで走り抜いた。

加藤は建物の瓦礫《がれき》の前に佇《たたず》んでいる。

「これは？」

柊真は胸騒ぎを覚えながらも尋ねた。

「火葬場跡らしい。火葬用のボイラーが瓦礫に埋まっている。タリバンの仕業だろう。この国ではもはや宗教の自由はないからね」

加藤は溜息を吐きながら答えた。

「住民はタリバンを恐れて脱出した可能性もありますが、殺害された可能性もありますね」

直江は眉間《みけん》に皺《しわ》を寄せて言った。

「いずれにせよ、タリバン政府は知っているのに我々に無駄足を踏ませたのだろう」

瀬川は瓦礫の状況を見て舌打ちをした。土台は日干し煉瓦ではなく、コンクリートで造られていたようだ。大量の爆薬を使ったはずだ。組織的に破壊したに違いない。

「撤収しましょう」

柊真は険《けわ》しい表情で言った。

5

午後九時三十五分。カブール。

深閑としたタリバン政府庁舎は正面ゲートの兵士を除き、警備兵の姿も見えなくなった。外気温はマイナス三度、夜明け前にはマイナス六度前後まで下がる。警備どころではないのだろう。

正面玄関北にある建物の裏口から、加藤を先頭に啓吾、瀬川、一色の遺体を背負った直江、しんがりに柊真が足音を忍ばせて出た。脱出するため、警備兵がいなくなるのを待っていたのだ。

全員、ターバンかパコールを被り、アフガンストールで顔を覆っている。また、武器庫から盗んだＡＫ47を手にしていた。庁舎内だけでなく市内を移動するのにも、武器を持ったタリバン兵に扮《ふん》するのが一番安全だからである。

ヒンズー教徒の火葬場は破壊されており、だからといって一色の遺体をその辺で焼いて遺灰にすることもできない。これ以上、カブールに留まる理由はなくなった。

タリバンの急進派の中には、一色の遺体を火葬にすると知って宗教裁判にかけるべきだという者もいると穏健派から聞いた。身の危険を感じたという理由もある。それに、火葬場がなくなったことを訴えても、それならカブール川の河川敷で焼けばいいと啓吾は言われたそうだ。

アフガニスタンの国民はタリバンの統治で極度の貧困に見舞われている。中でも職も家も失った市民は浮浪者となり、物乞いが日課という者や橋の下に身を寄せて暮らしている者も数多くいるそうだ。絶望した彼らはやがてアフガニスタンに蔓延《まんえん》している麻薬に手を染める。

タリバンはかつて農民にケシの栽培をさせて麻薬を生産することで軍資金とした。そのため、アフガニスタンは麻薬の一大生産国となったのだ。同時に国中に麻薬患者が増えたが、タリバンが取り締まることはない。

汚水が流れるカブール川の河川敷には、死体と区別がつかない市民が寒空の下、転がっている。橋の下は麻薬の煙で咽《む》せるほどで、近寄るだけで麻薬の成分を吸引してしまうため危険だからと一般市民は近付かない。もっとも汚水の腐臭と麻薬の異臭で近寄ることもできないそうだ。

「死体を焼くのならカブール川」というのは、河川敷の浮浪者に頼めばイスラム教徒でも火葬を手伝うだろうという冗談だったらしいが、温厚な啓吾もこれには堪忍袋の緒が切れたらしい。これ以上、この国にいることは時間の無駄以外の何物でもないと、啓吾は柊真に脱出する作戦を立てるように要請したのだ。

加藤は人目を避けてあえて中庭の林を抜け、建物がない北に向かう。二百メートルほど進み、低いフェンスを乗り越えてスル・ロードに出た。

車道に停めてあるマイクロバスのドアが開き、男が身を乗り出して右手を忙《せわ》しく振って合図をよこした。地元の武器商が雇った運転手である。マイクロバスも武器商に用意させたものだ。

武器商は傭兵代理店の社長だった男が、政情不安を憂え、社員に店を譲って今は銃の密売のみしている。だが、リベンジャーズとは古い付き合いなので、何かと便宜を図ってくれたのだ。それにタリバンに背《そむ》くことなら彼らは喜んで協力してくれる。

先頭の加藤が周囲を窺《うかが》いながら啓吾と直江を先に乗せると、加藤、瀬川、そして柊真の順に乗り込んだ。

「車を出してくれ」

柊真は運転席の隣りに立ち、先ほどの男に命じた。

マイクロバスはカブールを西に抜け、ＡＨ76／サラク・エ・カブール・チャリカル通りを北に向かった。目的地はバグラム空軍基地である。イスラマバードで待機している浩志にも連絡を入れ、彼らはすでに二機のヘリで空軍基地に向かっていた。

閉鎖された空軍基地でピックアップしてもらうのだ。カブール市内にもヘリが離着陸できる広場はいくらでもあるが、夜間の行動は怪しまれる。また、ヘリの爆音で就寝中のタリバン兵が叩《たた》き起こされるだろう。敵とみなせば、タリバンなら間違いなくロケット弾を撃ち込んでくる。だが郊外の空軍基地なら、夜間だろうとヘリの離着陸による騒音を怪しまれることもないはずだ。ゲートを見張っている警備兵ですら、疑わないかもしれない。

一時間半後、マイクロバスはバグラム空軍基地の南ゲートに到着した。運転は柊真がしている。政府庁舎まで運転していた男は、カブール市内で降ろしていた。

ゲートは閉じられ、見張りの兵士もいない。

啓吾はアフガンストールで顔を隠し、鉄製のゲートの前に立った。

「ここを開けろ。外交部のファッド・カンノだ」

啓吾は大声を張り上げ、門を叩いた。

「大胆ですね」

後ろの席に座っている直江が小声で感嘆している。

「片倉さんの発音は完璧だ。心配はいらない」

柊真は小声で言った。塀を乗り越えて警備兵を事前に倒すのが一番簡単であるが、啓吾は自分の話術で切り抜けられると言い張った。柊真は怪しまれたら兵士を殺すことになると反対したが、それでもトラブルは極力避けたいと押し切られた。

門が開き、ＡＫ47を手にした二人の兵士が現れた。門の内側にあるボックスで仮眠をとっていたようだ。

「こんな時間にどうしたんですか？」

兵士の一人が怪訝《けげん》な表情で尋ねてきた。

「ムタキ外務大臣代行が、大怪我《おおけが》をされた。マリの病院に行くことになったのだ。迎えのヘリが間もなく到着する。このことは秘密だ。誰にも言うんじゃないぞ！」

啓吾はものすごい剣幕で怒鳴《どな》った。ムタキ外務大臣代行とは、マウルヴィ・アミール・カーン・ムタキのことである。

アフガニスタンでは医療体制も崩壊しており、重篤《じゅうとく》な患者を扱えるような医師も病院もない。そのため、タリバンと友好関係にある隣国トルクメニスタンの州都にある病院に搬送すると啓吾は説明したのだ。実際に搬送した例は聞いたことはないが、あり得ない話ではない。

「わっ、分かりました」

兵士は慌てて端に寄り、マイクロバスを通した。

「引き続き警戒するように」

啓吾は兵士らに命令すると、マイクロバスに乗った。

一キロ先の滑走路を目指し、柊真の運転する車が敷地内のエアポートロードを疾走する。

メインの滑走路は南北に三千五百メートルあり、南側のメインの滑走路から二百五十メートル西にヘリポートがある。車を停めると、加藤と瀬川が飛び出し、ハンドライトを夜空に向けて振った。

数分後、ヘリのエンジン音が響き、同時に航空灯が上空に現れた。隠密で飛行するために航空灯を消していたらしい。

航空灯はみるみるうちに近付き、Ｍｉ－17とブラックホークの二機がヘリポートに着陸した。

「まずい」

周囲を窺っていた柊真が銃を南に向けて構えた。

滑走路の南側から二台の車が走ってくる。啓吾の嘘《うそ》がバレたのかもしれない。だが、時間稼ぎにはなった。

「急げ！」

ブラックホークから降りてきた浩志が、柊真らに駆け寄ってきた。

「瀬川さんと片倉さんと直江さんはブラックホークに、加藤さんは私とM-17に！」

柊真は浩志に手を振ると、近くに着陸したブラックホークに瀬川らを向かわせた。瀬川と直江は一色の遺体を乗せた担架を担ぎ、ブラックホークに乗り込んだ。

「撤収！」

浩志は頷くと、瀬川らと一緒にブラックホークに戻った。

二台のテクニカルがすぐ近くに停車し、荷台の狙撃手が重機関銃の銃口をヘリに向けた。

柊真と加藤が同時に狙撃手を撃つと、二機のヘリから猛烈な銃撃が二台のテクニカルを襲った。テクニカルの運転手と助手席の兵士は銃を構えたが、あっという間に銃弾を浴びて倒れた。

「我々も乗りましょう」

敵兵の状況を確認した柊真と加藤は、ブラックホークの脇を抜けてM-17に駆け込んだ。

「こちらブラボー、離陸します」

操縦席の田中が無線連絡をしながら早くも機体を上昇させた。後部荷台に乗り込んでいた辰也が、AK47を構えながら親指を立ててみせた。ブラックホークはマットが操縦しているようだ。

二機は一気に上昇し、高度を稼ぎながら東に向かって進む。すでに二千メートルを超えていた。RPG7の射程距離はとっくに過ぎているものの、地対空ミサイルの射程内のため安心はできない。二機は航空灯を消した。

辰也が通信用のヘッドセットを無言で渡してきた。

――柊真。グッジョブ！

浩志の声がヘッドホンから聞こえてきた。

「ありがとうございます」

柊真は笑顔で答えた。

侵攻前夜

1

二月二十三日、午後一時五十分。

北の方角から侵入したウクライナ国際航空のエンブラエルE190LRが、高度を落とし、キーウ近郊のボルィースピリ国際空港に着陸した。

浩志はシートベルトを外しながら、窓の外を見た。

ボーディングブリッジが機体に接続される作業が行われているが、誘導している職員は笑いながら急ぐ様子もなく仲間に手を振っている。午前中に政府からウクライナ全土に非常事態宣言が出されているが、首都キーウの南東郊外にある空港はいたって平穏である。

プーチンはウクライナ東部で親ロシア派組織が名乗っている〝ドネツク人民共和国〟と〝ルガンスク人民共和国〟の独立承認の大統領令に署名した。昨年からロシアやベラルーシの国境にロシア軍を集結させてウクライナに威圧行為を行っている。だが、プーチンの凶行にもウクライナ人は慣れているようだ。

一昨夜、浩志と仲間はMi-17とブラックホークの二機で、カブール郊外のバグラム空軍基地に待機していた柊真のチームの救出に成功した。

イスラマバードでもヒンドゥー教徒の迫害は激しく、火葬はできないことが分かっていた。そこで啓吾と直江は、昨日の早朝の国内線でパキスタン東部パンジャーブ州のラホールまで行き、ラホールからは車をチャーターして隣国インドのアムリトサルに昨日の午後には到着している。一色の遺体は、イスラマバードの葬儀屋で発注した棺桶《かんおけ》に収めて移動した。ラホールとアムリトサルは直線距離で五十キロもないので、手続きは面倒だったが移動には時間はかからなかったそうだ。

アムリトサルは、人口百万の都市で、十六世紀後半にシク教徒によって造られた街である。シク教徒の埋葬は火葬を前提としており、啓吾はアムリトサル地方政府に荼毘《だび》に付すための手続きを昨日のうちに申請したという。

啓吾と直江は、一色を火葬できる場所を求めて旅をしているようなものだ。日本への航空便での遺体移送を申請した方が簡単ではある。だが、「俺を持ち帰るな」――つまり遺体を持ち帰ることでマスコミに嗅《か》ぎつけられないようにして欲しいという一色の遺言を守るために二人は苦労しているのだ。

浩志らはウクライナ側の受け入れ態勢が整うまでイスラマバード市内のホテルで待っていたため、今日の出発になった。六時四十五分発のイスラマバード国際空港発のターキッシュエアラインズの便に乗り、イスタンブール空港には十時四十五分に到着している。トランジットで十二時十五分発のウクライナ国際航空機で、やって来たのだ。朝食と昼食を兼ねて空港内で食べることができたので移動に無駄はなかった。

乗客は機長のアナウンスを聞きながら出入口へと向かう。

浩志もバックパックを手に立ち上がった。

「緊張感はないな」

隣りの席に座っていたヘンリー・ワットが、周囲を見回しながら笑った。

イスタンブール空港で、米国在住のワットとマリアノ・ウイリアムスと合流している。二人は米軍最強と言われる特殊部隊〝デルタフォース〟の隊員だったが、退役後も予備役の将校として米軍で働きながら、リベンジャーズの一員としても活動している。

ワットはスキンヘッドを日本語で茶化した〝ピッカリ〟というコードネームを使い、彼の部下だったマリアノは医師の資格を持ち、コードネームは贔屓《ひいき》の野球チームからとって〝ヤンキース〟という。二人とも傭兵として最高ランクでありながら、ユニークで気さくな男たちである。

「緊張感がないのも、どうかと思うがな」

浩志は冷めた表情で応え、ボーディングブリッジを渡って入国審査に向かった。世界中でウクライナが危険に晒《さら》されていると報道されているが、現地は平和な空気が漂っている。違和感しかないのだ。

「パスポートとビザとPCR検査の陰性証明書を提示ください」

マスクをした入国審査官は、浩志の顔とパスポートの写真を見ながら質問を始めた。国によって新型コロナの水際対策は多少違うが、お馴染《なじ》みの風景になっている。

浩志は無言で渡した。

「入国の目的は、なんですか？」

入国審査官は訛《なま》りのある巻き舌気味の英語で尋ねてきた。

「取材です。ジャーナリストなんです」

浩志はカメラを構える仕草をした。

今やウクライナは世界中の注目を浴びており、同じ飛行機にも海外のジャーナリストらしきクルーが乗り込んでいた。

プーチンは、半年以上前からウクライナを非難し続けている。その主な内容は、一、東部でロシア系住民が迫害されている。二、各地に欧米の核兵器と細菌兵器研究所があり、ロシアを攻撃する準備をしている。三、ウクライナ人はナチス教育を受けており、軍隊もナチスである、という三つである。

根も葉もない主張だが、世界中が相手にしなくても、ロシア国民の大半はそれを信じている。この構図は、二〇一四年のロシアがクリミア半島を軍事制圧した前日とそっくりなのだ。現にロシアはベラルーシで一ヶ月にも及ぶ軍事訓練を行い、撤退させると言いながらもウクライナの国境沿いに部隊を集結させていた。

日本やNATO加盟国は、ロシアがウクライナに侵攻する危険性を警告し、同時にロシアに対して制裁をちらつかせている。

「どうぞ。お通りください」

ジャーナリストと聞いて審査官は、笑顔でパスポートを返してきた。彼もウクライナが良くも悪くも注目されていることがよく分かっているのだろう。

欧米の当局者やアナリストは、規模や装備でウクライナをはるかに上回るロシア軍は短期でウクライナ軍を駆逐し、主要都市を制圧すると予測していた。ロシアが侵攻を踏みとどまる可能性もあるが、ウクライナとしては国内の様子を世界に発信することに意義があるのだ。

ウクライナのウォロディミル・ゼレンスキー大統領は、数日前まで「ロシアは脅しているだけで侵攻するようなことはない。ロシアを刺激しないで欲しい」と海外に向けて発信していた。しかし、さすがに二十一日にプーチンがウクライナ東部で親ロシア派の独立国を承認したことで、目が覚めたのだろう。

彼は元俳優でありコメディアンでもあったようだ。だが、政治風刺ドラマをプロデュースするなど、政治には昔から関心があったようだ。

二〇一九年五月、圧倒的な支持を得てゼレンスキーは大統領に就任し、自身が立ち上げた〝国民の僕党〟は、四百二十四議席中、二百四十議席を獲得して第一党に一気に躍り出た。

だが、ウクライナが長年抱《かか》える経済不振、汚職問題、ロシアとの紛争などには対処できず、自身もオリガルヒの支援があったことから支持率は低迷する。また、プーチンが同席した会議ではロシア語を話すなどして、国内の民族派から猛反発を受けていた。

そこでゼレンスキーは、ロシアと袂《たもと》を分かつべく政策転換した。クリミア半島を占拠《ほ》したロシアが一方的に取り決めた、親ロシア派の分離独立を認める〝ミンスク合意〟を反故《ご》にし、NATO加入を欧米諸国に取り付けようとするなど、明確な反ロシア派へと舵《かじ》を切ったのだ。

ロシアにとって意趣返しのようなゼレンスキーの行動がプーチンを激怒させ、ロシア軍の威嚇《いかく》行動へと発展したというのが、世間一般の見方である。

だが、浩志は長年プーチンを観察し、なおかつ彼の謀略と闘ってきたので、その腹の中をよく知っていた。チェチェン紛争を利用して大統領になった時からプーチンは初代ロシア皇帝であるピョートル大帝（一世）を気取っており、その心情は今日に至るまで決してぶれていないのだ。

プーチンは大ロシア帝国時代の領土を取り戻してこそ、本来のロシアの姿があると思い込んでいる。だからこそ、チェチェンを殺戮《さつりく》の限りを尽くして手に入れ、次の標的はウクライナということになるのだ。いずれはベラルーシも彼なりの合法的手段で手に入れようとするだろう。

従ってウクライナ侵攻は既定路線であり、ゼレンスキーはプーチンの前でただ踊らされているに過ぎない。ロシア軍が国境を越えてくるのも、時間の問題だろう。

浩志は税関も問題なく通過し、到着ロビーに出た。

「待っていました」

村瀬政人《むらせまさと》が、柱の陰から現れた。仲間の鮫沼雅雄《さめぬままさお》も一緒である。彼らは海上自衛隊の最強特殊部隊と言われた特別警備隊員だったが、浩志の信念に賛同し、リベンジャーズに加わっている。二人は留守番組だったが、今回の任務では準備のために先にウクライナ入りさせていた。

「全員揃《そろ》ったな」

浩志は振り返って仲間を確認した。

リベンジャーズは辰也、宮坂、田中、加藤、瀬川、ワット、マリアノ、それにケルベロスの柊真とマットである。

「ホテルで合流しましょう」

柊真は、セルジオが顔を見せたので浩志らに軽く頷《うなず》いて離れて行った。セルジオとフェルナンドは、ウクライナに先乗りしていたのだ。

「俺たちもとりあえずチーム分けするか」

浩志は仲間を見て苦笑した。プロレスラーのような男たちが、ぞろぞろ固まって歩いていては人目を引くだけである。

「それじゃ、グー、パーで決めるぜ」

ワットが拳《こぶし》を握った。

2

午後二時四十分。

浩志はルノー・セニックRX-4の助手席に乗り、小雪がちらつくキーウの美しい街並みを眺めていた。

セニックRX-4は、ウクライナで準備を進めていた村瀬と鮫沼が、市内の中古車店から購入した二台のうちの一台である。レンタカーの方が手軽だが、観光で来ているわけではないので乗り捨てもできる中古車を買うのが一番である。それに銃撃戦でボディに穴が空く可能性もあるので、レンタカーは基本的に借りることはない。

「私は、ウクライナは初めてですが、藤堂さんは？」

ハンドルを握る柊真が尋ねた。

「八年ぶりだ。今と違って騒然としていたがな」

遠い目で答えた浩志の脳裏に、重武装した警察官が武器を持たない市民に向けて発砲する光景が浮かんだ。


二〇一四年二月。

ソ連の崩壊後、ウクライナは腐敗した親ロシア派政権下で経済成長が停滞し、市民の困窮は進んだ。そんな状況を打開すべく、ウクライナのEU入りに国民は希望を抱《いだ》いた。だが、親露派のヤヌーコヴィッチ大統領がEUではなくロシアに協力を得るべく、EUとの政治・経済協定の仮調印を勝手に反故にした。

この暴挙に学生デモが勃発《ぼっぱつ》し、やがて市民も参加する大規模なデモに発展する。

政府は収拾がつかなくなったデモに警察の特殊部隊〝ベルクト〟を投入し、徹底した暴力で鎮圧を図った。ベルクトの隊員は、市民を容赦《ようしゃ》なく特殊警棒で殴りつけ、平気で射殺した。だが、デモ隊はまったく怯《ひる》まず、独立広場に立て籠《こも》るなどの抵抗をしたのだ。

浩志は古い傭兵仲間でウクライナ人のアレクサンドル・ラキツキーの要請で、二月十日にキーウ入りしていた。ラキッキーは反ロシア派の政治家ヤロフサス・レブロフの護衛の責任者に就いており、浩志は個人的なことなのでリベンジャーズの仲間には声を掛けずに短期の護衛任務を引き受けたのだ。

ラキッキーが浩志に連絡を取ったのは、ロシアの諜報員が政権内部にも大勢いて、ウクライナ人を信用できないためである。実際、レブロフは一週間で三度も襲撃され、浩志はラキッキーとともに撃退した。

結局、ヤヌーコヴィッチはこの騒乱を抑えることができず、同月の二十二日にキーウを脱出してロシアに亡命した。浩志はヤヌーコヴィッチの亡命で騒乱が落ち着いたために帰国している。

だが、この市民革命にプーチンが激怒したことは言うまでもない。かねてより、計画していたクリミア半島の侵攻に踏み切ったのだ。

「二〇一四年のキーウにいたんですか？」

柊真は浩志から話を聞いて声を上げた。

車はドニエプル川沿いのナドニプリャンスク・ハイウェイから一般道に入っていた。道の両脇は雑木林になっており、自然が溢《あふ》れている。

「前回もウクライナに来て数日で騒乱が起きた。今回も胸騒ぎがする」

浩志は冗談っぽく言ったが、この手の勘はよく当たるのだ。

「胸騒ぎだけじゃすまないと思いますよ。プーチンは誰にも止められませんから。この道でいいんですよね」

柊真はスマートフォンの地図アプリで目的地までの経路を確認しながら尋ねた。

二人はチェックインした街中のホテル・キーウから移動し、五分ほどでハイウェイに入っている。この辺りは自然公園が広がり、都会とは思えない光景のため、柊真は戸惑っているのだろう。

「八年前とまったく変わっていない。雑木林を抜けた先に壁が薄緑の建物があるはずだ。その前に車を停めてくれ」

浩志はむっつりとした表情で答えた。二〇一四年のキーウでの、市民の勇気ある行動には胸打たれる思いもした。一方で、警察官の市民に対する暴力行為は未《いま》だに苦々しい記憶として残っている。浩志の任務はレブロフの護衛だけで、それ以外での発砲は許されていなかった。もっとも警察官の不当な暴力に対抗して銃撃すれば、軍隊が出動する騒ぎになり、市民の革命を台無しにしたことだろう。

「ありました」

柊真は壁が薄緑の建物の前に車を停めた。建物の横には広い野原があり、その片隅に穴だらけの鉄板や空き缶がいくつも置かれている。この野原は試射場で、建物はキーウの傭兵代理店なのだ。

浩志は車から降りると建物の北側にある鉄製のドアの前に立ち、その上に設置してある監視カメラに顔を向けた。見窄《みすぼ》らしい平屋の建物で、薄緑色の壁は所々剝《は》げ落ちており、外観からは倉庫のように見える。

ドアが自動で横にスライドした。フットライトだけの薄暗い廊下が続いている。

「雰囲気は怪しげなバーですね」

覗《のぞ》き込んだ柊真が苦笑した。

「通路で金属探知機とX線で入場者をチェックするんだ。ここは、十数年前に武器商から傭兵代理店に変わった。体質的にはまだ武器商人だがな」

浩志は鼻先で笑った。

二人が通路を過ぎると突き当たりの照明が点灯し、正面のドアが開いた。

「ミスター・トウドウ。ようこそ、ウクライナに」

ドアを開けた銀髪の男が、鋭い眼光を向けて笑った。

3

ウクライナ東部はソ連時代から重工業地帯で、軍需産業の一大集積地であった。

ソ連の崩壊後、ウクライナに多くの武器が残り、ウクライナは武器を正規のルートだけでなく、闇でも売り捌《さば》いた。

一九九八年に未完成のアドミラル・クズネツォフ級航空母艦〝ヴァリャーグ〞を中国に鉄屑《てつくず》として売却した。中国は当初カジノやホテルに再利用するという噂《うわさ》も流したが、五年の歳月をかけて改修し、二〇一二年九月二十五日に空母〝遼寧《りようねい》〞として就航させたことは有名である。中国が海洋進出した技術は、ウクライナが提供していたのだ。

二〇〇七年には、クリミア半島のセバストポリの旧ソ連海軍基地に係留されていた二隻のロシア潜水艦を分解し、北朝鮮に売却した。

ウクライナは長年、技術面で北朝鮮と協力関係にあった。ソ連崩壊の混乱に乗じてウクライナが勝手に売却したとされているが、当時は親ロシア政権だっただけにロシアにリベートがあったと考えるべきだろう。

負の面ばかりではない。ウクライナは核保有国であったが、一九九四年十二月にOSCE（欧州安全保障協力機構）会議で、米国、ロシア、英国の三ヶ国が署名した〝ブダペスト覚書〞で核を放棄した。

ウクライナが農業国として穀物をヨーロッパやアフリカ大陸に輸出していることは周知の事実であるが、同時に軍需物質や軍需技術の輸出で世界四位ということはあまり知られていない。輸出先は中国、北朝鮮、ロシアなどの反日国家だけでなくイランやパキスタンなど、反欧米国家であることはマスコミではあまり報道されてこなかった。多くのマスコミはウクライナを親日国家と言っているが、それは疑わしいのだ。

浩志と柊真はキーウの傭兵代理店の応接室に通された。

「お掛けください。ウクライナでのあなたたちの敵は、ロシアですか？」

銀髪の男が二人にソファーを勧め、いきなり尋ねてきた。男はドミトロ・ヴェロンニン、傭兵代理店の社長である。背後に一九〇センチ近い二人のボディガードを従えていた。二人ともジャケットの胸の辺りが膨らんでいるので、銃を携帯していることは確かである。

「個人的なことで来ている。ウクライナとロシアの問題に口を挟むつもりもない」

浩志は冷たく言い放った。どこの国の傭兵代理店も基本は胡散臭《うさんくさ》い。中には友人のように接する場合もあるが、たいていはビジネスライクに対応している。

「相変わらずクールですね。武器が御入用で？」

ヴェロンニンは煙草《たばこ》をポケットから出して尋ねた。

「とりあえず、グロック17を十四丁、予備のマガジンは二十八」

浩志は表情も変えずに答えた。リベンジャーズとケルベロスの人数分である。明日、ウクライナの政府関係者と会う予定がある。標的はロシア人なので、ウクライナから武器の貸与を期待しているが、最低限の武器は確保しておきたいのだ。それにロシアがいつ攻めてくるか分からない状況で、武器がないでは話にならない。

「なっ！　一個小隊連れてきたんですか？」

ヴェロンニンは火を点《つ》けようとした煙草を落とした。

「ある人物が、俺の友人の殺害に関与した。それを許せない仲間が集まった」

浩志は淡々と言った。一色にゆかりのある者が作戦に参加している。作戦の進行中、クライアントが付くかもしれない。だが、現段階では誰もが自腹で参加しているのだ。

「それは、随分と恨みを買ったものですね。リベンジャーズに狙《ねら》われたら、地の果てまで追われることを知らなかったということですか」

首を左右に振ったヴェロンニンは、煙草を拾ってライターで火を点けた。

「銃弾は五百発でよろしいですか？」

ヴェロンニンは煙草の煙を吐きながら足を組んだ。百発入りの箱を五ケース渡そうとしているらしい。

「五十発入りの弾薬ケースを十四だ」

浩志は抑揚のない声で答えた。ヴェロンニンの適当な態度は、ハンドガンの小口の取引だからだろう。元武器商人で計算高い男だけに、儲《もう》からない相手にはそれなりの態度を示す。傭兵代理店はボランティア事業ではないので、当然ではある。池谷も計算高い男であるが、彼は熱い心を持っており、今回のリベンジャーズとケルベロスの行動に全面的な協力を約束してくれた。今のところそれに甘えることはないが、その気持ちだけでも嬉《うれ》しい。

「了解です。宿泊先に配送します」

「持ち帰る」

仲間はシティーホテルで待機している。銃を携帯しないでは外出することもままならない。

「さようで。他に入用な物はありますか？」

ヴェロンニンは、ボディガードの一人に小さく頷いた。男は無言で部屋を出ていく。注文した銃の用意をするのだろう。

「M4とM82の追加注文をするかもしれないが、在庫はあるな？」

浩志はヴェロンニンを見据えて尋ねた。ウクライナ政府に協力を得られない場合は、武器の調達を自分ですることになる。アサルトライフルと狙撃銃は確保しておきたい。ちなみにM82は、12・7ミリNATO弾を使用する狙撃銃である。

「M4の在庫は充実しています。狙撃銃は、M82以外にも豊富に取り揃えていますし、事前に試射もできますので」

ヴェロンニンが卑屈な笑顔を浮かべた。追加注文があると聞き、態度を変えたのだ。

「注文の確約はできないが、在庫があればそれでいい」

浩志は頷いた。

五分ほどすると、先ほどのボディガードがアタッシェケースを両手に提《さ》げて現れた。

「決済は、日本の傭兵代理店に任せてある」

浩志は二つのアタッシェケースの中を確認すると言った。浩志は日本の傭兵代理店に口座を持っており、海外での代金決済は池谷に任せてある。

「ミスター・イケタニですか」

ヴェロンニンが溜息《ためいき》を吐《つ》いた。池谷は金に渋い。浩志らに限らず、海外の代理店にも徹底的にコストダウンを迫る。商売上手と言えばそれまでだが、一言で言えばケチなのだ。反面、心強い味方になる。

「すぐ連絡を取った方がいいぞ。レートは変動するからな」

口角を上げた浩志は、アタッシェケースの一つを柊真に任せて立ち上がった。

4

午後七時十分。キーウ。

浩志らがチェックインした四つ星のホテル・キーウは、ミハイロ・フルシェフスキー通りに面しており、道を挟んで緑豊かなマリンスキー公園の前にある。

ウクライナ最高議会堂（ヴェルホーヴナ・ラーダ）とは百メートルほど、隣接する大統領公邸・迎賓館でもあるマリア宮殿とも近い。立地条件として、これ以上の場所はないだろう。

四つ星ホテルなので、料金はそれなりにする。だが、このホテルを手配したのはウクライナの政府関係者のため、断ることはできなかった。

浩志らは全員個室で、十二階にチェックインしている。浩志の部屋は北東の角部屋で、ライトアップされたウクライナ最高議会堂とマリア宮殿まで見渡せるダブルスイートである。もっとも、職業柄カーテンを開けて外の景色を眺めるようなことはしない。

ドアの向こうに人の気配がする。

浩志はグロックを手に、足音を忍ばせてドア横に立った。傭兵代理店からホテルに戻り、予備のマガジンにも弾を込めてある。

足首に巻いてあるシースにはS＆W《スミスウエッソン》のタクティカルナイフを、ポケットにも折り畳みのフォールディングナイフを忍ばせるなど、最低限の装備は揃えている。

ドア下に封筒が差し込まれ、人の気配がなくなった。

浩志は封筒を拾ってフォールディングナイフで封を切った。直接中身に触らないようにテーブルの上で封筒を逆さに振ると、中から一枚の紙が落ちてきた。ネミロフ・ペルツォフカのラベルで、封筒の中を見たがそれ以外には何もない。〝ネミロフ〟はウクライナの酒造で、〝ペルツォフカ〟は唐辛子入りのウォッカである。

首を捻《ひね》った浩志は、ナイフの刃先でラベルをひっくり返した。「ブーヂモ！」とウクライナ語で「乾杯」とだけ書いてある。

「そういうことか」

ラベルを見た浩志は、苦笑した。

腕時計で時間を確かめると、浩志は防寒ジャケットを着て部屋を出た。ホテル前にタクシーが停まっていなかったので、Ｔａｘｉｆｙというウクライナの配車アプリを使う。ウクライナはＩＴ先進国で、買い物だけでなく公共交通やタクシーやウーバーなどにキャッシュレスで乗ることができる。基本的に現金を使うことはないのだ。

数分後、浩志はペトラ・サハイダチノホ通り沿いのナンバー21 ｂｙ ＤＢＩホテルの手前で車を降りた。周囲には三、四階建ての古い建物が並び、一階部分にはバーやレストランが入っている飲食店街である。

浩志はＰＲバーという店に入った。

天井と床は木製で、壁は煉瓦《れんが》造り、年季が入ったテーブルに赤いクッションの木製の椅《い》子《す》が並ぶ。若いカップルもいれば、カクテルを楽しむ年配の客もいる。食事も出す、気取らないバーである。

店の中央に木製のカウンターがあり、革のジャケットを着た髭面《ひげづら》の男が、スツールに座っていた。ストレートグラスの横にくし切りレモンが添えてある。ウォッカを飲んでいるのだろう。

「よく俺がキーウ入りしたことが分かったな」

浩志はバーテンダーにペルツォフカのストレートを頼むと、男の横に座った。男はアレクサンドル・ラキツキーである。八年前にこのバーに二度ほど来ている。護衛していたレブロフのお気に入りの店だったからだ。その時、二人でペルツォフカを飲んだ記憶があった。

部屋に届けられたラベルは浩志だけが分かるメッセージで、ラキツキーがあらかじめボーイに頼んでいたのだろう。八年前、ウクライナには二週間近くいたが、バーでウォッカを飲んだのはこの店だけだからである。

「今は政府で働いているから、情報は入ってくる。君は有名人なんだ。俺の耳にもすぐに入ってきたよ。ウクライナに来るなら連絡が欲しかったぞ。ブーチモ！」

ラキツキーはグラスを掲げて、グラスを一気に飲み干した。

「連絡先が分からなかった」

浩志もグラスを掲げ、ウォッカを飲んだ。

「そっ、そうか。傭兵を辞めて代理店のリストも抹消していたんだった」

ラキツキーは頭を掻《か》いてみせた。

「政府の役人をしているのか？」

浩志は横目で尋ねた。

「八年前にレブロフの命を守り抜いて恩を売る結果になった。三度も襲われて、俺も負傷したからな。もっとも、半分はおまえの手柄だが」

ラキツキーは低い声で笑うと、ウォッカを注文した。

「おまえに貸しがあることを忘れていた」

浩志は鼻先で笑った。

「リベンジャーズがロシア人狩りに来たと、情報機関の知り合いから聞いた。本当か？」

ラキツキーは小声で尋ねた。

「そういうことになるか」

浩志はカブールの爆弾テロ事件からの出来事をかいつまんで説明した。

「ワグネルのセルゲイ・ダビドフ？　よくそこまで調べ上げたな。だが、そいつが爆弾テロに関わったかどうかなんて分からないんじゃないのか？」

ラキツキーは首を捻った。ウクライナの情報機関から得られた情報だと知ったら度肝を抜かれるだろう。

「犯行声明を出したＩＳＩＳ-Ｋとハッカーニ・ネットワークが裏で繋《つな》がっていることは

分かっていた。そして、ハッカーニ・ネットワークとロシアが繋がっていることも把握している。爆弾テロにワグネルが関係しているというのは、俺の勘でしかなかったのだ。だが、一昨日、爆弾テロに使われた爆薬を現地のワグネルが調達したことが、ＩＳＩＳ-Ｋとハッカーニ・ネットワークのメールのやり取りから分かった」

浩志も声を潜《ひそ》めて答えた。友恵はタリバンのサーバーを徹底的に調べ、ネットワークに繋がる個人のパソコンまでも調べ上げたのだ。

タリバンの政府庁舎に忍び込んだ加藤が、監視カメラの映像を得る際に、友恵から預かった最新のウィルスを端末経由でサーバーに感染させていた。友恵はウィルスから送られてくるサーバー以外の個人のＩＰアドレスも解明したのだ。

「すごい調査能力だな。そこまで分かっていたら、ウクライナ政府としては全面協力できるな」

ラキツキーは、目を見開いて首を振った。

「明日、政府関係者と会って打ち合わせをすることになっている」

内務省の政務官と会うことになっているが、そこまで話すつもりはない。

「国防省情報総局も同席するはずだ。何か困ったことがあったら、連絡してくれ。呼び出しておいてなんだが、私は先に失礼するよ」

ラキツキーはグラスのウォッカを飲み干すと席を立ち、カウンターに名刺を置いていった。肩書きは国防省情報総局の第三室長と記され、手書きでモバイルの電話番号が書かれている。傭兵から政府職員になるとは、出世したものだ。

「なるほど」

浩志は小さく頷き、名刺をポケットに入れた。

5

午後七時四十分。ホテル・キーウ。

柊真はグロックをズボンの後ろに差し込み、防寒ジャケットを羽織ると部屋を出た。

「腹減った。急がないと店が閉まってしまうぞ」

廊下で待っていたセルジオが、情けない顔をしている。彼とフェルナンドは、パリからイスタンブール経由で先に到着していたが、忙しくて昼飯を食べていないのだ。柊真も先ほどまで浩志と打ち合わせをしていたので、夕食はまだだ。

マットとフェルナンドが、1ブロック北にある〝スカーフ〟というウクライナ料理の店に先に行って注文を済ませている。単独行動を控えているので、セルジオは柊真を待っていたのだ。

「慌てるな。今店に行けば、ご馳走《ちそう》が待っている」

柊真は苦笑しながら、エレベーターに乗り込んだ。リベンジャーズはホテルの西側の部屋に、ケルベロスはマリンスキー公園が見下ろせる北側の部屋にチェックインしている。一階でエレベーターを下りて東の正面玄関でなく、リプスカ通りに面した西側にあるエントランスに向かう。ホテルは交差点角にあり、エントランスは二ヶ所あるのだ。

「むっ」

柊真は立ち止まると、さりげなく壁際《かべぎわ》まで下がり、スマートフォンを出した。

「どうした？」

セルジオが小声で尋ねた。

柊真は軽く首を振ってセルジオに合図をすると、スマートフォンで電話をかける振りをしながらビデオ撮影を始めた。意を察したセルジオは壁にもたれ掛かり、スマートフォンを眺めている。

「今出て行った三人の中で、ダビドフの部下に似ている男がいた。念のために撮影した映像を日本の傭兵代理店に送ったんだ」

三人の白人が出入口から出ていくと、柊真は歩きながらスマートフォンを操作してポケットに仕舞った。

「そう言えば、三人とも身のこなしが只者《ただもの》じゃない。尾行するか」

セルジオは大きく頷いた。

「そのつもりだ」

柊真はガラスドアを開けて外に出た。

三人の男たちはリプスカ通りを渡り、交差点を左に曲がってミハイロ・フルシェフスキー通りを西に進んで行く。非常事態宣言が出されているので、夜の外出は基本的には禁止されており、通りに人影は少ない。通行人がまったくないわけではないのは、聞く耳を持たない観光客なのだろうか。

男たちは百メートルほど先のポリアコフ邸宅前にある街路樹の陰で立ち止まった。柊真とセルジオも五十メートルほどの距離をとって立ち止まる。

三人の男たちはスマートフォンを出し、道を挟んで反対側のウクライナ最高議会堂を撮影しているらしい。最高議会堂の周辺には警備兵が立っており、非常事態宣言を無視している男たちを睨《にら》んでいる。ただし、街全体がまだ緊張感に欠けているので、警察官も注意するほどではないと思っているのだろう。

男たちは数十メートル先の交差点で道を渡って、議会堂脇を今度は東に向かって歩き出した。

柊真らは道を渡らずに、反対側の歩道に戻る形で尾行する。

男たちは議会堂前の広場の端まで来ると、今度は北に方向を変えた。

「そうくるか」

柊真らは男たちの視界から外れるためにマリンスキー公園前まで戻り、道を渡って警備兵に見つからないように最高議会堂前広場の端に立った。

「しまった。見失ったか」

柊真は舌打ちをした。男たちも警備兵に見つからないように行動したのだろう。とすれば、公園に入ったに違いない。

「ここは見通しがいい。公園の森に紛れ込んだのだろう」

セルジオは闇を透かすように腰を低くして言った。

「駄目元で行くか」

柊真は右手の公園に入った。昼間降った小雪は残っていないが、森の中は冷え切っている。今日のキーウは最低気温が一度と、氷点下にはならなかったものの、最高気温も五度と冷蔵庫の中にいるような状態であった。

石畳の散策路が、森を抜けていく。散策路には街灯はあるが、非常事態宣言が出されたせいか点灯してない。そのため、公園内は闇に包まれている。

「まだ、そんなに遠くに行っていないはずだ」

周囲を見回した柊真は東に向かって進んだ。

五十メートルほど進むと不意に散策路脇の木々の陰から、四人の男が現れて行く手を阻《はば》んだ。全員が一八〇センチ以上の鍛えた体をしている。暗いので顔は分からないが、服装が追っていた男たちと違う。

「おまえたちは何者だ」

一番背の高い男が、英国訛りの英語で尋ねた。

「邪魔だ。どけ」

柊真は低い声で返した。

「おまえは頭が悪いのか？　こっちは四人だぞ」

背の高い男が肩を竦《すく》めると、他の男たちが笑った。ただ人数の違いを言ったのではなく、戦闘力がある男が四人もいるんだぞと言いたいのだろう。

「すまないが、おまえに任せる」

セルジオは腕を組んで後ろに下がった。彼も外人部隊で鍛えられているので、格闘技はそこそこ強い。柊真だけで充分だと勝手に判断したのだろう。

「任せろ」

柊真は苦笑した。疋田《ひきた》新陰流の宗家であり、武道研究家でもある祖父の明石妙仁《みようじん》に物心がつく前から武道を叩《たた》き込まれている。高校生の時にはすでに免許皆伝の実力があった。その甲斐《かい》あってフランスの外人部隊では入隊一年目で、教官に見込まれて助手になっている。実際、格闘技の教官が束になっても柊真には敵《かな》わなかったのだ。

「馬鹿は俺が相手してやる」

左端の男が前に出た。

「面倒だ。全員かかってこい」

柊真は右手で手招きをした。男たちは相当鍛えているようだが、柊真から見れば隙《すき》だらけだ。彼らの技量はすでに見切っている。

「馬鹿にするな」

左端の男が、いきなり左パンチ、前蹴《まえげ》り、間を詰めて掌底《しょうてい》打ちと、間髪《かんはつ》を容《い》れずに繰り出してきた。空手やボクシングとも違う。英国のフェアバーン・システムと呼ばれる格闘技に違いない。英国の特殊部隊ＳＡＳやＣＩＡをはじめ、世界中の軍隊で採用されている。

柊真は軽いステップでかわすと、男の蹴りからの手刀を摑《つか》んで投げ飛ばした。しかも、攻撃の勢いを利用したために、男は二メートル先の木に激突して気絶している。

「何！」

男たちがどよめいた。

「言っただろう。まとめてかかってこい」

柊真は冷たく言い放った。

「力自慢はここまでだ。黙って立ち去れ」

背の高い男が、いきなり銃を柊真に突きつけた。瞬間、柊真は左手で銃身を摑んで捻り、右手で奪い取った。考えるよりも前に体が反応している。長年の修練で、武器には本能的に反射してしまう。男はトリガーに指をかけていなかったが、もしトリガーを引く寸前ならこれぐらいのスピードが必要である。

「英国の特殊部隊は、銃の扱い方も知らないのか？」

柊真はマガジンを抜き、スライドを引いて銃身に残っている弾丸も抜き出すと、銃を足元に投げ捨てた。銃はステンレス製のシグ・ザウエルＰ２２６である。

「なっ！」

男たちが顔を見合わせている。図星のようだ。柊真には通用しないが、高度なフェアバーン・システムを使いこなし、シグ・ザウエルＰ２２６を所有する英国軍人となれば、自《おの》ずと特殊部隊のＳＡＳの隊員ということになるだろう。

「敵対する必要はないだろう」

柊真は男たちの脇を抜けた。

「驚いたな。あいつら本当にＳＡＳなのか？」

セルジオは慌てて付いてくると、フランス語で捲《まく》し立てた。

「そうらしいな。ウクライナはロシアにクリミア半島を略奪された反省から、欧米の軍隊から訓練を受けて軍事力を高め、諜報機関もノウハウを得ている。ＳＡＳの隊員がいてもおかしくはない。もっとも、あいつらは年齢からしても教官じゃなくて現役の隊員だろう。彼らもロシア人を尾行していたのかもしれないな」

柊真は首を傾《かし》げた。ロシア人を尾行していたからこそ、柊真らに邪魔されたくなかったのだろう。妨害してきた連中とは別に、今もロシア人を尾行しているチームがあるに違いない。

「恐れ入った。どうする？」

セルジオは心配顔で尋ねた。

「ホテルに戻る。俺たちの飯は、マットにテイクアウトを頼もう」

柊真はホテルに帰って浩志に報告するつもりである。

「だよな」

セルジオはがくりと肩を落とした。

キーウの危機

1

二月二十三日、午後十時二十分。ホテル・キーウ。

浩志は自室で柊真からの報告を受けた後、友恵から送られてくる情報をノートPCで確認していた。

柊真がホテルのエントランスで撮影した映像を友恵が解析している。彼が目撃したのはダビドフの部下のユーリ・カプリゾフだと判明した。一緒にいた二人はデータがなく身元は分からなかったが、ワグネルの傭兵なのだろう。

ワグネルはロシアの元軍人だけでなく、海外からも命知らずの兵士を募集し、時には監獄で囚人を集めることもあるという。そのため身元が分からない者が多いのだ。軍隊経験があることはもちろんだが、金で命を売れることが条件である。また、命令があればどんなことでも無慈悲に実行できる冷血さが求められた。

カプリゾフらは、三日前からホテル・キーウの五階に部屋を借りていた。友恵にこのホテルの全宿泊者リストを調べさせたところ、三人以外にロシア人らしき宿泊客は二十人も確認できた。

身元がすぐに確認できたのは四人――二組のロシア人夫婦でパスポートも正規のものだった。五十代と年齢も高く、観光客とみなしても問題ないだろう。カプリゾフらも含めて残り十六人は、二十六歳から三十四歳までと年齢も様々な男たちで全員が偽名であった。友恵は監視カメラの映像から十六人の顔写真を抜き取っている。顔認証をしたところ、新たに十一人の身元が判明した。いずれも元ロシア陸軍出身であった。

ノートPCを柊真に渡した浩志は、立ち上がって冷蔵庫からミネラルウォーターのペットボトルを出した。バーで飲んだウォッカは残っていないが、喉《のど》は渇いている。

テーブルのスマートフォンが振動した。

「そうか。十一時まで続けてくれ」

浩志は電話を取ると、険《けわ》しい表情で頷《うなず》いて通話を切った。辰也からの連絡である。ホテルの従業員に怪しまれないように、一時間前からラウンジで辰也と田中と村瀬と鮫沼が見張りをしていた。友恵から十六人の顔写真は送られている。四人も出しているのは、二組で二ヶ所の出入口を見張る必要があるからだ。

偽名の十六人は、十時半を過ぎてもホテルには戻っていないという報告だった。緊急事態宣言が出されているので、飲食店は遅くとも十時までには閉店すると聞いている。彼らはいずれも観光客ではないということだろう。

「やはり、戻りませんか。変ですね」

リビングスペースのソファーでノートPCを見ていた柊真が首を傾《かし》げた。

「寒空の下で集会というわけじゃないはずだ」

浩志は苦笑した。ホテル以外の場所にアジトがあるのだろう。

「私が遭遇したSASの隊員は、ロシア人たちの監視活動をしていたんでしょうか？」

柊真はノートPCのデータを見ながら尋ねた。

ドアがノックされた。

「欧米の特殊部隊がウクライナで軍事訓練を行っていると聞いたことがあるが、身分を偽って国防省情報総局に協力していたとしてもおかしくはない」

頷いた浩志はズボンからグロックを抜き、ドアの横に立った。

「トウドウ。私だ」

ラキツキーの声である。柊真の報告を聞いて彼に連絡をしていたのだ。打ち合わせのために手が空き次第、ホテルに来ると言っていた。

ドアを開けると、ラキツキーが見知らぬ背の高い男と入ってきた。

「あっ！」

背後で柊真が声を上げた。

「おまえは！」

背の高い男が柊真を指差して顔を強張《こわば》らせた。

「おまえら、知り合いか？」

浩志は柊真と背の高い男を交互に見て言った。

「この男はマリンスキー公園で出会ったＳＡＳですよ」

腕組みをした柊真は、男を睨《にら》んだ。

「君が言っていた公園で出会ったフランス人というのは、彼のことか？」

ラキツキーは、振り返って男に尋ねた。柊真とセルジオは、フランス語で会話していたためフランス人だと思ったのだろう。ケルベロスの仲間同士の会話は、基本的にフランス語である。

「そっ、そうです」

男は小刻みに頷いた。かなり動揺しているようだ。

「彼からとんでもなく腕が立つフランス人に遭遇したと聞いたが、君のチームのメンバーというのなら納得だ。紹介してくれないか」

ラキツキーは柊真を見ながら苦笑を浮かべた。

「彼はシュウマ・アカシ、ケルベロスというチームのリーダーだ。リベンジャーズは、ケルベロスと共同作戦をしている。彼に勝負を挑んだというのなら無謀だったな。彼は武道マスターだ。俺よりも腕が立つ」

浩志は簡単に紹介すると、背の高い男を指差した。柊真は浩志の〝武道マスター〟という言葉に苦笑している。

「彼はウクライナ政府に協力してくれている英国のリネカー大尉なんだ」

ラキツキーは男に頷いてみせた。自己紹介するように促したのだろう。

「私はSASテロ対策ユニットのスティーブン・リネカーです。公園での無礼な態度は謝る。君の倒した男は、うちのチームの最強の兵士だっただけに驚かされたよ」

リネカーは、柊真に右手を差し出した。

「普段は、アキラ・カゲヤマと名乗っている。フランスの外人部隊出身の日本人だ」

柊真はリネカーの右手を力強く握りしめた。

「仲直りしたところで乾杯といきたいところだが、話を聞かせてくれ」

ラキツキーは浩志に向き直って言った。

「電話でも話したが、このホテルにチェックインした十六人のロシア人が、未《いま》だにホテルに戻っていない。大半は元ロシア兵で、ワグネルの傭兵だと思う。彼が公園で追っていたのはその一人で、ユーリ・カプリゾフだと分かった。我々が探しているセルゲイ・ダビドフの部下だ。奴らは何かを企《たくら》んでいる」

浩志は立ったまま話し始めた。

「そこまで調べ上げたのか。驚いたな。ユーリ・カプリゾフは、我々が追っていたワグネルの工作員だ。リネカーの部下が尾行し、アジトを摑《つか》んでいる。すまないが我々に手を貸してくれないか」

ラキツキーは早口で説明した。かなり急いでいるのだろう。

「望むところだ。いつでも動けるぞ」

浩志は表情も変えずに返事をした。

「ありがたい」

ラキツキーは笑みを浮かべ、浩志と握手をした。

2

午後十一時十分。

浩志らはキーウの中心部にあるキーウ・スポーツ宮殿に移動していた。

宮殿と言っても城をモチーフにしたデザインというわけでなく、ソ連時代に建設された巨大なスポーツセンターだ。屋内競技場やジムだけでなく、ウクライナ最大のコンサート場も備えており、海外の有名なアーティストのコンサートも開催される。

リベンジャーズとケルベロスは、ラキツキーの要請でスポーツ宮殿内のバスケットコートに顔を揃《そろ》えた。コートは特設のもので、国内のトーナメントでも行われているのだろう。

コートの反対側には、リネカーの他に柊真が公園で遭遇した男たちも含めて十人のＳＡＳの隊員が集まっている。

コート脇に大型の樹脂製コンテナが八個並べてあった。装備を整えるためにスポーツ宮殿に集められたと聞いている。反対側のコートの脇には、ホワイトボードが置かれていた。

「遅くなってすみません」

ラキツキーが二人の部下と現れ、手分けしてコンテナの施錠を解除した。

「一つのコンテナに四人分の装備が入っています。とりあえず武装してください」

すべてのコンテナの鍵を開けたラキツキーが、コートの中央に立って言った。

リベンジャーズは、浩志とワット、それに残りの仲間が四人ずつに分かれてコンテナから装備を取り出す。

「お馴染《なじ》みの装備じゃないか」

コンテナを覗《のぞ》き込んだワットが苦笑している。

個人装備は、ハンドガンはシグ・ザウエルP320をベースとしたM17、アサルトライフルはサプレッサーが装着されたM4、ボディアーマーはSPC（スケーラブル・プレート・キャリア）、ヘルメットはACHバリスティックヘルメット、それにPRC-148無線機である。

「ウクライナ軍の特殊部隊の装備のおこぼれだろう」

浩志はSPCを手に取り笑った。

「タリバンの装備よりは、かなり上等ですよ」

柊真はSPCを装着してにやりとした。だが、M17を手にしたものの、首を傾げてコンテナに戻した。M17は小型で扱いやすいが、隠し持ってきたグロック17の方が手に馴染《なじ》むからだ。ベルトのホルダーにグロックを差し込み、頷いた。

「どうせなら暗視スコープ付きだったら良かったがな。まあ、AK47よりはいいが」

セルジオが文句を言いながらM4のマガジンを点検している。

リベンジャーズとケルベロスのメンバーは、まるでピクニックにでも行くようにリラックスした状態で装備を整えている。一方でリネカーらSASの隊員は、無言で用意していた。いかにも正規軍という雰囲気である。

「みなさんお集まりください」

ラキツキーがホワイトボードの前で手を振ると、二人の部下がホワイトボードに市内の地図を貼り出した。すると、リネカーが油性ペンを手にホワイトボードの前に立った。彼が戦術ブリーフィングをするようだ。

装備を整えた男たちは、ホワイトボードの前に集まった。

「市内のホテルに散らばっていたワグネルの傭兵は、十月宮殿、民間の洗車場、キーウ歴史博物館の三ヶ所に集結しており、現在、ウクライナ情報総局が監視しています」

リネカーは、市内の三ヶ所にペンで印を入れた。

「どこも夜間の警備が手薄になる施設だ。襲撃前に集合し、武装を整えるには好都合だな。狙《ねら》いは大統領府か」

ワットが三つのポイントを指差して言った。

「われわれもそう見ています。大統領府を中心に、北に十月宮殿、西にキーウ歴史博物館、南に洗車場があります。一ヶ所に二十人以上、現在も人数は増えているようです」

リネカーは地図上の大統領府を指先で叩《たた》いた。ワグネルの傭兵は観光やビジネスのためと偽って、少人数のグループでウクライナに入国したに違いない。

「狙いは大統領暗殺か？」

ワットは首を傾げた。傭兵とはいえ、他国の大統領を暗殺すればロシアはいくら言い訳しようが国際法違反どころではなくなる。世界中から制裁を受け、国連の常任理事国の地位も失うだろう。

「可能性はありますが、おそらくゼレンスキー大統領の拉致《らち》でしょう。大統領をロシア国内で洗脳し、親ロシア派に作り替えて送り返すか、無理やり辞任を宣言する姿を撮影させるかして、亡命中の親ロシア派の前大統領をウクライナに戻すことも考えられます」

　ラキツキーがリネカーの代わりに答えた。

「ウクライナの特殊作戦軍の第五特務連隊が、三班に分かれて対処します。第五特務連隊は、我々が特訓したチームですが、連隊と言っても訓練を終えたのはたったの十八人です。彼らを我々と、リベンジャーズ、それにケルベロスでサポートします。我々ＳＡＳは大統領の警護に私も含めて五人出しますので、リベンジャーズとケルベロスで二ヶ所の敵に対処して欲しいのです」

　リネカーは、浩志と柊真を交互に見て言った。第五特務連隊の隊員がたったの六人ずつでは、リベンジャーズとケルベロスが主体にならざるを得ないだろう。

「キーウには特殊作戦軍司令部がある。司令部付きの兵士はどうした？　相手はワグネルの傭兵だぞ」

　ワットは肩を竦《すく》めた。

「すべて大統領府と周辺に配置しています。それに警察や陸軍には命令できない事情があるんです」

　ラキツキーが人差し指で額《ひたい》を掻《か》いた。二十人以上の敵に対し、浩志ら傭兵と第五特務連隊の混成チームが取り逃したとしても、大統領府で必ず食い止めるという作戦ということになる。

「残念ながら、この国には親ロシア派がどこにでもいるんです。命令を伝えるだけで、ロシアに情報が漏《も》れるんですよ。今頼れるのは、英国から派遣された我々と、ロシアとはまったく無関係のあなたがただけということになるんです」

今度はリネカーが溜息《ためいき》を吐《つ》きながら答えた。

「そういうことか。我々はチームを二つに分ける。どのポイントに対処すればいいか教えてくれ」

浩志は答えると柊真を見た。リベンジャーズから三人を選んでケルベロスに合流させるつもりだ。

「任せてください」

柊真は僅《わず》かに頷いた。

3

七十人規模のＳＡＳと百五十人規模の米海軍特殊部隊ネイビーシールズが、ウクライナの近隣国であるリトアニアの軍事基地で訓練を重ねながら待機している。ゼレンスキー大統領の要請で出動し、救出作戦行動をとるためだ。また、多数のＳＡＳの隊員が軍事顧問として、ウクライナで特殊部隊に訓練を施していた。

リネカーのチームは、キーウ近郊にある陸軍基地で第五特務連隊の訓練を行っていたそうだ。一週間前にロシア軍が侵攻する可能性が高くなったという情報を得て、大統領の警護のため第五特務連隊で訓練を終えた兵士を連れてキーウに入ったという。

リトアニアにはＳＡＳとネイビーシールズの部隊が控えているが、彼らを侵攻前に展開することはロシアを刺激するためできないらしい。偶然とはいえ、リベンジャーズとケルベロスがキーウにいたことが彼らにとって救いになったようだ。

英国のボリス・ジョンソン首相は二〇一九年七月に就任して以来、新型コロナの対応に失敗し、人気を低迷させていた。だが、プーチンが執拗《しつよう》にウクライナ侵略に執着するのに欧米のどの国よりも鋭く反応した。その狙いは人気回復のためかは分からないが、ＳＡＳの隊員を実戦的に投入することで対応している。

午後十一時四十分。

キーウ・スポーツ宮殿の裏側にある搬入口前に、ウクライナ陸軍の三台のＫｒＡＺ－６３２２〝ソルダート〟が停まった。

ウクライナの自動車メーカーであるアウトクラーズ社が開発した大型トラックで、海外にも輸出されている。

施設の裏口から出た浩志は、辰也、宮坂、加藤、田中、村瀬、鮫沼を引き連れて二台目のソルダートの荷台に乗り込んだ。荷台奥には、重武装した第五特務連隊の四人の兵士が乗っている。二十代半ばの若い兵士ばかりだそうだ。残りの二人は運転席と助手席なのだろう。

柊真は、セルジオ、マット、フェルナンド、それにワットとマリアノと瀬川を伴い三台目のソルダートの荷台に乗った。

浩志らはブラボーチーム、柊真らはチャーリーチーム、それに一台目に乗り込んだリネカーの部下であるゴードン・ヒューズのSASチームは、アルファチームとした。ヒューズは少尉でリネカーのチームのサブリーダーらしいが、柊真に叩きのめされた男である。

――こちらアルファ1、出発する。各チームの健闘を祈る。

ヒューズから無線連絡が入った。チームリーダーは単純にチームのコードネームの1としている。ちなみに2から7までは、第五特務連隊の隊員が使うことになっていた。傭兵仲間は、いつものコードネームを使うのだ。

「こちらブラボー1、了解」

浩志は無線で答えた。

――こちらチャーリー1、了解。

柊真からの無線連絡が入った。ブラボーとチャーリーのチームの第五特務連隊の隊員は実戦経験が少ないため、浩志と柊真の指揮下に入る。

三台のソルダートが出発した。

「コウジ・トウドウだ。誰か英語は通じるか？」

浩志は荷台の奥に座る兵士に尋ねた。

「私が話せます。第五特務連隊の少尉のオレフ・フォメンコです。小隊のリーダーです。よろしくお願いします」

フォメンコは、握手を求めてきた。年齢は三十前後、他の三人に比べて落ち着いているので、実戦経験があるのかもしれない。

「戦闘経験はあるか？」

浩志はそれとなく尋ねた。

「私はドンバスで戦闘経験があります」

フォメンコは、強張った表情で答えた。

ウクライナ東部ドンバス地域のドネツク州とルガンスク州では、二〇一四年から親ロシア派の分離主義グループとウクライナが武力衝突を繰り返しており、ドンバス戦争と呼ばれている。親ロシア派の分離主義グループは強力な火器で支配地域を広げていた。

分離主義グループはロシアとは関係なく独自に活動していると主張しているが、武器や弾薬は明らかにロシアから供給されているので、ロシアが分離主義者を煽動《せんどう》していると考えるのが妥当だろう。

二〇一四年七月十七日に分離主義者は、ドンバス地域上空を飛行中のウクライナ軍のAn－26輸送機を撃墜したと発表した。携帯の地対空ミサイルでなく、ロシアから供給された最新鋭の地対空ミサイル〝9M38ブーク〟を使用したのだ。首謀者はロシア人でFSB（ロシア連邦保安庁）の元将校であるイーゴリ・ギルキンとされている。

だが、彼らが撃墜したのはマレーシア航空十七便、ボーイング777－200ERであった。通常の飛行経路なら高度は一万メートルあったはずだ。ブークの射程は三千メートルから三万二千メートルある。分離主義グループは、自分たちの戦闘能力をウクライナに見せつけるために攻撃は自分たちによるものだと誇らしげに主張したのだ。

だが、現実は十七便が撃墜されてドネツク州グラボベ近郊に落下し、何の罪もない乗員乗客二百九十八人の命を奪った。ドンバスの分離主義者らは誤射だと知った途端、主張を撤回して今日まで謝罪すらしていない。

ロシアは、戦争空域で民間機の飛行を許可したウクライナ政府の落ち度だと批判し、分離主義者を擁護した。この一つの出来事をもってしても分離主義者らに正義はなく、その背後にいるロシアの野望にも一片の正当性はないのだ。

ウクライナはこの非情な分離主義者と彼らに陰で協力するロシアの傭兵と闘う必要があ

った。そのため、ドンバス地域には戦闘経験がある兵士が大勢いる。だが、プーチンはドンバス地方で分離主義者と闘う兵士や私兵のみならず非ロシア系住民まで、ロシア系住民を迫害するナチスだと主張している。

「現場では、俺の命令に従うんだ。絶対だぞ」

浩志はフォメンコに強い口調で言った。初めての指揮官の下で闘うのは、困難なことである。だが、戦闘中の命令が生死を左右するので、重要なことなのだ。

「リネカー大尉からそう命令されています」

フォメンコは真剣な表情で答えた。

「命令だから？　死にたいのか？」

浩志は眉《まゆ》を吊《つ》り上げた。上官の命令だから浩志に従うというのなら、頭で考えていないということだ。自分で判断し、自分の意志で闘う気持ちがなければ、戦場では生き抜くことができない。

「いっ、いいえ、あなたが上官だと思って行動します」

フォメンコは背筋を伸ばした。他の三人の隊員は目を見開いている。明らかに動揺しているようだ。

「ちょっといいですか」

辰也が浩志の背中を叩いた。

浩志が背後に下がると、辰也が四人の前に立った。

「俺たちは、世界最強のチームだ。一時的だが、おまえらは仲間になるんだ」

辰也は、スマートフォンの翻訳アプリを使ってウクライナ語で伝えた。

「はっ？」

フォメンコらが首を傾げた。ちゃんと翻訳されていないのかもしれない。

「俺たちは世界中で闘ってきた傭兵特殊部隊だ。何度も世界を救ってきた。その仲間にしてやると言っているんだぞ。喜べ！」

辰也は両手を振って英語で捲《まく》し立てた。

「はっ、はい」

フォメンコは戸惑いながらも答えた。

「なんだ。その返事は、こういう時はなあ、『おー！』と声を張り上げるんだ！　一緒に闘う気持ちはあるのか！　己の魂を震わせるんだ！」

辰也は右手を前に出して声を上げげた。

フォメンコらは、顔を見合わせながらも言われるがままに右手を突き出した。

「闘うぞ！」

辰也が叫んで拳《こぶし》を突き出した。

「おー！」

フォメンコらも辰也の拳に自分の拳をぶつけて声を上げた。どうやら、息が合ったらしい。

浩志は辰也の背中を叩いて笑った。

4

二月二十四日、零時三十分。

浩志は、ウクライナホテルの北側に植えてある大木の陰から暗視双眼鏡で十月宮殿を見下ろしていた。

キーウは起伏に富む地形で、ウクライナホテルの百メートルほど坂を下ったところに〝十月宮殿〟と呼ばれる国際文化芸術センターがある。一八四二年に建てられ、ロシア帝国時代は高貴な女性専用の教育施設として使われ、ソ連時代の第二次世界大戦前は反体制派の政治犯や芸術家などの処刑刑務所としても使われたこともあるという。現在は主にコンサートホールとして使用されている。

ギリシア神殿を彷彿《ほうふつ》とさせるコリント式の柱で支えられた立派な円形のエントラスが、宮殿と呼ばれるに相応《ふさわ》しい風格を漂わせている。

「いつもはライトアップされていますが、今は緊急事態宣言で消灯されているんです」

フォメンコは浩志の傍で説明した。

坂道であるハーロイーブ・ネベスノイー・ソトニー通りから小高い場所に建っている十月宮殿の裏側は、森のように樹木に囲まれている。リベンジャーズの六人は宮殿の裏側、第五特務連隊の五人は宮殿前の樹木の陰で監視を行っていた。

先に監視活動をしていたウクライナ情報総局の職員は、戦闘の可能性があるため下がらせてある。職員の話によると、建物に集結したロシア人は二十人から三十人だが、三十分ほど前から人の出入りは無くなっているらしい。

「援軍はまだか？」

浩志は暗視双眼鏡を覗きながらフォメンコに尋ねた。敵の数が多すぎると、ラキツキーが参謀本部に援軍を要請したのだ。ウクライナ政府は密《ひそ》かに首都防衛のために軍を配備したらしい。だが、市内の三ヶ所に援軍を送り込むには、配置された部隊から人員を選ばなければならないため、時間が掛かっているのだろう。

援軍が到着する前に武装したロシア兵が宮殿から出てきたら、自分たちだけで対処しなければならない。リベンジャーズだけでも抑え込めるとは思っているが、敵は建物に逃げ込み、膠着《こうちゃく》状態になるだろう。敵を一気に殲滅《せんめつ》するのなら、こちらも同等かそれ以上の数が必要になる。援軍に後方支援を任せるだけでも闘いやすいのだ。

「首都防衛のために軍の編成をしているので、時間が掛かっているようです。敵が動き出す前に来てくれればいいんですが」

フォメンコは不安げな表情で答えた。

――こちら、トレーサーマン。ブラボー1、どうぞ。

加藤から無線連絡が入った。

「ブラボー1だ」

浩志は暗視双眼鏡を下ろして答えた。

――二十四人の武装兵を確認。全員、コンサートホールの客席にいます。ダビドフもカプリゾフもいません。

加藤は十月宮殿に潜入しているのだ。

「動き出しそうか？」

浩志はさりげなく尋ねた。加藤は自分の安全を確保した上で監視しているはずなので、心配はしていない。

――携帯食料を食べていますので、待機中という感じです。

「出撃命令を待っているのかもな。監視を続けてくれ」

浩志は頷きながら命じた。

――了解です。

加藤からの通話は終わった。

「こちら、ブラボー1。全員に告ぐ。敵の数は二十四人。おそらく駐車場がある東の出入口から出てくるだろう。リベンジャーズは駐車場で待機。第五特務連隊は、正面玄関で攻撃態勢を整えて待機」

浩志は第五特務連隊の五人には丁寧に伝えた。リベンジャーズの仲間なら、待機というだけで周囲を警戒しながら狙撃できる場所を確保するだろう。敵が正面玄関に車を付ける可能性もあるが、その時はリベンジャーズを移動させるだけだ。十月宮殿の東側には棟続きの別館があり、その前に駐車場があった。

――こちら爆弾グマ、了解。

――ブラボー3、了解。

フォメンコの部下からも返事がきた。

「それでは、私は部下と合流します」

フォメンコはホテルの植え込みの裏側を抜けて行った。

「こちらブラボー1。爆弾グマ、どうぞ」

浩志は辰也を呼び出した。

――こちら爆弾グマ。

「駐車場に車はあるか？」

浩志はM4を肩に掛け、道を渡った。駐車場はハーロイーブ・ネベスノイー・ソトニー通りからは植え込みが邪魔で見ることができない。大勢が移動するのに絶好の場所である。

――六台の車が駐車されています。そのうちの二台がトラックです。

兵士は市内に潜伏しており、六台の車に分乗してやってきたのだろう。出撃する際は二台のトラックを使うに違いない。

「駐車されている車のタイヤをすべてパンクさせるんだ」

浩志は命じると、歩道の街路樹を抜けて十月宮殿の駐車場に入った。


柊真のチャーリーチームは、大統領府から八百メートル南に位置する三階建てのビルの近くに展開している。

メチニコワ通りに面しているビルの一階には、五台の自動洗車機が設置してある。洗車機を管理している事務所は、ビルの右側の一階にあった。営業時間は午前九時から午後八時までで、今は営業時間外となっている。

ビルの管理会社の情報では、二階には不動産会社と旅行代理店が入っているが、むろんこの時間は営業していない。三階は貸し倉庫と登録されているが、二年前から使用されていないそうだ。

「夜間の洗車場をアジトにするなんて、考えましたね。少なくとも営業時間までは隠れていられる。三階と二階が臭いですね」

柊真はすぐ近くにいるワットに小声で言った。

「まったくだ。三階の貸し倉庫に、武器や弾薬を密かに運びこんでいたのかもな。ここから他の場所に武器を移動させたのだろう。しかも集合場所を三ヶ所にすることで、リスクも分散できる。狡賢《ずるがしこ》い連中だな」

ワットは鼻先で笑った。

二人は、道路を隔てた反対側に駐車されている車の陰に立っている。背後に六階建ての古いアパートがあり、住民の車が歩道脇にびっしりと停められているのだ。

一階の洗車機の前には駐車場スペースがあり、五台のワンボックスカーが停められている。また、二階の窓からは時折内側から微《かす》かな光が浮かび上がっている。何者かが作業をしているのだろう。武器や弾薬の準備をしているのかもしれない。

「敵は二、三十人らしいですが、援軍を待たなければなりませんか？　車に乗り込まれたら厄介ですよ」

柊真は腕を組んで渋い表情で言った。洗車機の前の駐車スペースは、ビルの中から丸見えで近付けないのだ。

「事前に車のタイヤの空気を抜いておきたいが、そういうわけにもいかないな」

ワットも険しい表情で首を傾げた。

「とりあえず、我々も配置につきますか」

柊真はワットに尋ねた。洗車場があるビルは、道路に沿って東西に長い。二、三階への出入口はビルの両端にあり、西側の出入口を第五特務連隊、東側をケルベロスの三人と瀬川とマリアノが配置についていた。

「そうだな」

ワットは頷くと、東に向かって歩き出した。いきなり道を渡れば、敵に姿を晒《さら》すことになる。

「すみません。私が行ってもいいんですが、第五特務連隊の西側に行ってもらえませんか？　優秀な指揮官さえつけば、戦闘能力は何倍にもなります」

柊真はワットを呼び止めた。第五特務連隊の六人だけでは心もとないのだ。

「おだてるのがうまいな」

ワットは苦笑を浮かべて踵《きびす》を返した。理由を説明するまでもなく、理解したようだ。

「申し訳ない」

柊真は軽く頭を下げて東に向かって歩き出した。

5

二月二十四日、零時五十分。

静寂に包まれた十月宮殿は、凍《い》てついた闇に閉ざされている。

気温は二度。風はなく、夜空は雲に覆われていた。

「奴らは何を待っているんでしょうね」

辰也はパンクさせた車に寄りかかって尋ねてきた。この場所に来て三十分近く見張っている。すぐに攻撃できなくて、飽きてきたのだろう。それに援軍が到着すれば、出番が少なくなることを心配しているに違いない。

「やつらが出撃命令を待っていることは確実だろう。それが無線連絡なのか、伝令が来るのかは分からない。だが、敵が動き出してからでは、一歩出遅れる」

浩志は攻略法をすでに考えていた。加藤が施設内の敵の場所と動きを逐次報告してくれている。建物の構造も非常口や非常階段に至るまですでに分かっていた。リベンジャーズだけで、二十四人の敵を制圧できるはずだ。

——こちら、サメ雄《お》。車が来ます。

鮫沼をハーロイーブ・ネベスノイー・ソトニー通りの見張りに立たせてあった。

「制圧するぞ」

浩志の命令で仲間は、身を潜《ひそ》める。ただ身を隠すのではなく、二人一組になっており、駐車場の出入口の近くやトラックの陰などに分かれて待機している。

一台のアウディのワゴン車が、駐車場出入口の移動式柵の前に停まった。車の中はよく見えないが、ロシア兵と無関係ではないはずだ。

運転席から戦闘服を着た男が降りてきた。

辰也が歩道の植え込みから飛び出し、戦闘服の男を羽交い締めにして捻《ね》じ伏せる。

「動くな！」

運転席に飛び込んだ宮坂が、後部座席の男にグロックを突きつけた。

すかさず田中が後部ドアを開けて男を引き摺《ず》り出した。やはり戦闘服を着ている。

「車を通りまで戻せ」

浩志は運転席の宮坂に命じると、辰也と田中が押さえつけている男の顔を確認した。

宮坂は車のライトを消すと、ハーロイーブ・ネベスノイー・ソトニー通りまでバックさせる。仲間の行動に遅滞はない。

「こいつは、ユーリ・カプリゾフですよ」

顔を見た田中が、押さえつけている男の腕を後ろに捻じり、樹脂製の結束バンドで縛り上げた。ダビドフの部下のカプリゾフである。リベンジャーズとケルベロスのメンバーなら、これまで判明したワグネルに所属する傭兵の顔を覚えている。ちなみに捕虜を獲得する可能性もあるので、全員が二十本ずつ結束バンドを携帯している。

「おまえたちワグネルは、ゼレンスキー大統領を殺しにきたのか？」

浩志は表情も変えずにカプリゾフの後頭部に膝《ひざ》を乗せて尋ねた。

「うう！　なんで……私の名前を知っている？」

カプリゾフは苦しそうに頭を持ち上げようとする。気管を圧迫されているので、息ができないのだろう。

「我々はすでに十月宮殿を包囲している。おまえが目的を言わなければ、中の兵士は皆殺しにする。もちろん、おまえもな」

浩志は膝の力を強めて、冷たく言った。

「やっ、止《や》めてくれ。……本当のことを言ったらこの国で死刑になる。ロシアに帰っても同じだ」

カプリゾフは地面に顔を埋めるように項垂《うなだ》れた。

「セルゲイ・ダビドフは、どこにいる？」

浩志は膝をどけて尋ねた。

「今回の作戦には参加していない。本当に知らないんだ」

カプリゾフは首を振った。

「おまえが、作戦のゴーサインを出すのか？」

浩志はカプリゾフの胸ぐらを摑んで座らせた。

「……言えない」

カプリゾフは、俯《うつむ》いて首を横に振った。

「こちら、ブラボー1。ブラボー2、ロシア語が話せる兵士はいるか？」

浩志はフォメンコを呼び出した。

——私が話せます。

フォメンコが即答した。

「すぐに駐車場まで来い」

——了解。

返事をしたフォメンコは、三十秒後にハーロイーブ・ネベスノイー・ソトニー通りから現れた。敵に見られないように遠回りして来たらしい。

「あの男は、ワグネルのユーリ・カプリゾフだ。ロシア語で尋問してくれ」

浩志はカプリゾフから離れると、顎《あご》を向けて言った。

「ワグネル！」

フォメンコは眉を吊り上げた。

「誰の命令待ちか、いつ受けるのか聞いてほしい。飴《あめ》と鞭《むち》を使い分けろ」

浩志はフォメンコの目を覗き込むように言うと、辰也と宮坂の二人に手を振って合図した。二人はカプリゾフを両脇から抱《かか》えて、駐車場の隣りの建設現場に連れて行った。叫び声を上げても、十月宮殿まで届かないようにしたのだ。

「分かりました」

フォメンコは険しい表情で頷くと、指の関節を鳴らしながらカプリゾフに近付き、いきなり顔面を殴りつけた。カプリゾフは勢いよく砂利《じゃり》の上に転がった。

「おっと。これは鞭の方ですよね」

辰也がわざとらしく肩を竦めた。ジュネーブ条約に反しているとでも言いたいのだろう。だが、それを言えた義理ではない。

フォメンコがロシア語で捲し立てた。カプリゾフがロシア語で答えると、フォメンコは再び拳で殴りつける。彼は浩志の言葉に従っているのではなく、ロシア人にかなり強い恨みがあるのだろう。だが、暴力で得られる情報はたいしたことはない。

フォメンコがまた何かを捲し立て、拳を振り上げた。

「やめてくれ！……〝プラトフ〟の……命令待ちだ」

カプリゾフが呻《うめ》くように英語で答えると、大の字になって倒れた。

「プラトフ？　ワグネルの幹部か？　聞かない名前だ。ワグネルの幹部の名前は知っているんですがね」

フォメンコが拳を下ろして首を捻《ひね》った。

「恩赦《おんしゃ》でも約束したのか？」

浩志はカプリゾフを見ながら尋ねた。

「そうです。ポーランドに亡命させてやると言ってやりました」

フォメンコは腰に手を当てて答えた。右手の拳に血が滲《にじ》んでいる。容赦なく殴りつけたようだ。

「そういうことか」

苦笑した浩志は、フォメンコを手招きした。

「プラトフを知っているのですか？」

フォメンコが小声で尋ねてきた。

「プーチンだ。彼はKGB時代に〝プラトフ〟や〝アダモフ〟というコードネームを使っていた」

浩志はカプリゾフを見つめながら答えた。

一九八〇年代にプーチンはKGB職員として〝プラトフ〟や〝アダモフ〟というコードネームを駆使し、旧東ドイツのドレスデンで諜報活動をしていた。

NATOの機密情報の収集のみならず、欧米の先進技術や製品を盗み出し、ソ連に密輸していたのだ。その際、ロシアンマフィアであるタンボフグループの手助けを受けていたとされる。また、プーチンはタンボフグループと麻薬の密輸にも手を染め、膨大な利益を得たという。

プーチンはしがない東ドイツ支局のKGB職員として働き、旧ソ連崩壊後は生活苦でタクシードライバーをしていたと言っている。だが、大統領にまでのし上がるのには運やオ気だけではなれるものではない。その裏には、潤沢な闇の資金があったのだ。

「プーチンの命令待ちなんですか！」

フォメンコは声を上げ、慌てて右手で自分の口を塞《ふさ》いだ。

「絶対認めないだろうがな。プーチンは、ウクライナ侵攻の正式な命令を、国境で待機する軍隊とウクライナで潜伏するワグネルに同時に下すということだ」

発令者がプーチンなら、ゼレンスキー大統領を暗殺し、十五万の軍隊であっという間にウクライナを制圧するつもりに違いない。

「ワグネルの作戦を阻止しなければ、ウクライナに未来はありませんよ」

フォメンコの顔から血の気が引いた。ワグネルがゼレンスキー大統領を暗殺し、ロシア軍が首都を制圧すれば、命令系統を断たれたウクライナ軍はあっという間に壊滅し、全土が制圧されるだろう。

「作戦を実行するぞ」

浩志はおもむろに衛星携帯電話機を出した。

6

二月二十四日、午前七時十分。市谷、傭兵代理店。

友恵はスタッフルームのデスクでキーボードをリズミカルに叩いている。

自作のスーパーコンピュータのおかげで、彼女は自分の部屋でなくてもネットワークを介して最高のパフォーマンスで仕事ができるのだ。彼女の席にはメインモニターだけでなくサブモニターも左右に設置され、特別仕様になっている。

メインモニターには、数字と英字を組み合わせたコードがずらりとリストアップされている。

「これで、よし」

キーボードから手を離した友恵は、ブルートゥースイヤホンのスイッチを押した。

「こちらモッキンバード。リベンジャー、応答願います」

友恵はウクライナにいる浩志をIP無線機で呼び出した。IP無線機はインターネットを利用するため、距離に関係なく使える。

——こちらリベンジャー、どうぞ。

一テンポ遅れて浩志が応答した。

「ウクライナ上空の英国の軍事衛星をハッキングしました。指定された三ヶ所の監視活動を始めます」

友恵はキーボードを叩き、メインモニターの画面をサブモニターに移し、軍事衛星のコントロールシステムをメインモニターに表示させた。同時に部屋の奥にある一〇〇インチディスプレーにも表示させる。

――ターゲットは、チーム名をそのまま使う。

アルファはキーウ歴史博物館、ブラボーは十月宮殿、チャーリーは民間の洗車場がある雑居ビルということだ。

「了解です。それぞれのターゲットをロックします。ただ、三ヶ所同時に交戦状態になれば、私だけでは追えませんので、三人で対処します。アルファはコマンド3、ブラボーは私、チャーリーはスパローです」

友恵は近くのデスクで作業する岩渕麻衣と中條修をチラリと見た。麻衣は〝スパロー〟、中條は〝コマンド3〟というコードネームを使っている。

――作戦開始は、追って連絡する。それから、ロシアの軍事衛星をなんとかできないか？　ロシア軍とワグネルが作戦を開始したら、彼らの目になるはずだ。

「現在、ウクライナを監視しているロシア軍事衛星と偵察衛星は一機ずつあります。すでにロスコスモスのコンピュータにウィルスを送り込みました。今から二分後にウィルスは発動します」

友恵はサブモニターを見ながら淡々と答えた。ロシアの人工衛星のリストである。

――ウィルスが発動すると、どうなる？

「ロスコスモスのサイバー担当者のレベルによりますが、最低でも三、四時間は麻痺《まひ》するはずです」

友恵は鼻先で笑った。

――ついでにやつらの無線網を破壊できないか？

「それは無理ですね。ロシア軍は、ウクライナと同じ規格のはずです。破壊したらウクライナ側も困りますから。ただロシア軍の無線はスクランブルがかかったデジタル通信ではないと思いますから、盗聴は簡単でしょう。それはウクライナの情報局がしているはずです。むしろ、破壊しないほうが、情報が手に入りますよ」

友恵は諭すように言った。

――なるほど。また連絡する。

浩志の通信が切れた。

「心配です。キーウにこのまま浩志さんたちが留《とど》まっていてもいいのでしょうか？」

無線のやりとりを傍で聞いていた池谷は、腕組みをして唸《うな》った。ロシアが仕掛ける戦争に、リベンジャーズが巻き込まれないか心配しているのだ。

「ロシア軍の通信を傍受していますが、まだウクライナへの侵攻は確認できていません。おそらくプーチン大統領が、直接軍に命令するのか、あるいは国営放送を通じて侵攻作戦を発表するか、いずれかの形で全軍に命令が出されるのでしょう。ただ、国営放送で気になるニュースの原稿を先ほど見つけました」

友恵は左のサブモニターにロシア語のテキストを表示させ、一〇〇インチのディスプレーの左端にも反映させた。

「ロシア語は片言くらいなら話せるが、テキストは辞書がなければ読めないな」

池谷は眼鏡《めがね》を上げて首を横に振った。

「これはロシア国営通信である〝RIAノーボスチ通信社〟のサーバーから見つけた二月二十六日に放送予定の原稿です。『我々の目の前で新たな世界が生まれている』ではじまり、『ロシアは、大ロシア人たち、ベラルーシ人たち、小ロシア人たちを統合することで、その本来の姿を取り戻している』など、ロシアとベラルーシとウクライナを占領し、悪影響を及ぼした欧米を嘲笑《ちょうしょう》する内容です」

友恵はロシア語のテキストを日本語に変換して言った。あらかじめ翻訳して目を通していたようだ。ちなみに大ロシア人はロシア人を意味し、小ロシア人はウクライナ人を貶《おとし》める言葉だ。

ロシアでは、二〇一四年の親欧米派の台頭により生まれたウクライナは自分たちより劣った民族であるというプロパガンダで国民を洗脳している。その理論をもとにウクライナはロシアの属国になるのは当然という内容の原稿なのだ。

「これは、どちらかというとニュース原稿ではなく演説の文章で、勝利宣言ですね。しかも、記者が書く内容じゃない」

「発信者は不明ですが、ニュース原稿の草稿はクレムリンからメールで送られています。プーチンに近い人物か、あるいは本人かもしれませんね」

友恵は鼻面《はなづら》に皺《しわ》を寄せた。

「これは、紛れもなくプーチンの言葉ですよ。プーチンは二十六日までに侵攻作戦を成功させる自信があり、ノーボスチ通信社に勝利宣言の原稿を送ったのでしょう。とすれば、作戦命令が出されるのは時間の問題ですね。猶予はあと数時間でしょう」

池谷は眉を吊り上げた。

「ニュースとして公表するための時間設定がしてありますので、ノーボスチ通信社の社員も見ていないはずです。ただ、この内容の通りなら、プーチンはゼレンスキー大統領を血祭りに上げるつもりでしょう。藤堂さんには、先ほどこのニュース記事を送っておきました」

友恵は険しい表情で言った。

露軍の凶行

1

二月二十四日、午前一時二十分。キーウ。

浩志を先頭に十月宮殿の東にある別館の裏側の壁に沿って、ハンドライトで足元を照らしながら森の闇を進む。

五十メートルほど先で浩志は立ち止まった。足元に鉄製の扉がある。浩志が扉を軽く叩《たた》くと、中から開いて加藤が顔を覗《のぞ》かせた。閉鎖された防空壕《ぼうくうごう》に通じる地下通路があることを彼が見つけたのだ。

浩志はハンドシグナルで、仲間たちから先に、地下に通じる階段を下りるように指示する。

辰也、宮坂、田中、村瀬、鮫沼の順に階段を駆け下りた。最後に浩志が鉄製の扉を閉じて階段を下りる。村瀬と鮫沼には、工事現場で調達した一メートルほどの長さの鉄骨を二本ずつ持たせていた。人数で上回る敵を一網打尽にする秘密兵器である。

フォメンコ率いる第五特務連隊のチームは、十月宮殿の正面と東の出入口の二手に分かれて待機させている。浩志らが攻撃位置につく前に、敵が建物から出た際の備えである。

階段を降りると、高さ二メートル、幅一メートルほどの天井が丸いアーチ状の通路が西に向かって続いていた。

「こちらです」

加藤が小走りに西の方角に進むと、数十メートル先で開けた場所に出た。

「ほお」

浩志はハンドライトで周囲を照らし、感心した。南北に鉄製のかなり頑丈な扉がある。冷戦時代に防空壕として使われていたのだろう。ウクライナでは、冷戦時代に核戦争に備えて大規模な防空壕が造られている。

彫刻が施された複数の太い石柱で支えられているところからすると、元々あった地下壕を防空壕に改修したようだ。時代によって地下牢など使い道は変わってきたのだろう。

「なるほど」

浩志は南北にある鉄製の扉を開けて階段を確認して頷《うなず》いた。加藤の報告によると、北の階段はコンサートホールのステージの裏側に通じており、南の階段はエントランスホールにある彫像の裏側に通じている。ステージ裏の出入口は舞台道具をしまっておく棚の背後にあるそうだ。加藤が内側からでも出られるように棚にあった道具は片付けたらしい。

「辰也、田中、村瀬、鮫沼」

浩志は四人を選び、北の階段に行くように指示をした。二つのチームに分けてコンサートホールの客席で待機している敵兵を攻撃する。村瀬と鮫沼が担《かつ》いでいた四本の鉄骨は、浩志と宮坂が引き受けた。

加藤を先頭に、浩志と宮坂の順に階段を上がる。

「確認してきます」

階段の途中で立ち止まった加藤はシースからタクティカルナイフを出すと、音もなく駆け上がって行く。彼のタクティカルブーツの底は特注で、吸音性に優《すぐ》れた特殊な素材でできている。普通のソールと違って摩耗が激しいらしいが、彼には必需品なのだ。

「お待たせしました」

二十秒ほどで加藤は戻ってきた。

浩志は頷くと階段を上り切り、直径十四メートルほどの円形の大理石のエントランスホールに出た。二つの彫像があり、近くの彫像の後ろにロシア兵が倒れている。加藤が見張りに立っていた兵士を倒したようだ。

正面玄関と反対側に、二階の客席に通じる大階段とその左右に両開きのドアがある。一階の客席出入口は、客席のサイドの廊下にも一つずつ、合計四ヶ所あった。

浩志と宮坂と加藤の三人は、手分けして四ヶ所のドアに鉄骨を挟み込み、内側から開けられないようにした。

「行くぞ」

浩志は宮坂と加藤とエントランスホールで合流すると、大階段で二階に上がった。二階の客席の正面と両サイドに分かれる。

一階の客席に、二十三人の武装兵が座っていた。ほとんどの兵士が椅子《いす》に座って寛《くつろ》いでいるようだが、銃は膝《ひざ》の上に置いていつでも移動できる体勢になっている。指揮官であるカプリゾフが到着していないので、作戦はまだ始まらないと思っているのだろう。だが、油断はしていないようだ。

「こちらブラボー1。爆弾グマ、位置についた」

浩志は無線でステージの裏側で待機している辰也に連絡をした。同時にバラクラバを被《かぶ》った。重装備でバラクラバを被れば、威圧感を与えることができる。作戦開始前にバラクラバを被ることになっていたので、辰也らも被っているはずだ。

――こちら爆弾グマ。こっちはいつでもいいですよ。

辰也の落ち着いた声が聞こえる。

「始めろ」

浩志は辰也に命じると、M4の銃口を一階の客席の兵士たちに向けた。

「動くな！」

ステージの袖《そで》から辰也がロシア語で叫んだ。「動くな」「武器を捨てろ」「手を上げろ」など、戦闘で必要なロシア語ならリベンジャーズのメンバーたちは誰でも話せる。ロシア語に限らないが、紛争地の言語は、会話ができなくとも戦闘慣用句とでもいうべき単語は記憶しているのだ。

素早く銃を構えてステージに向けて発砲した二人の兵士を二階席の浩志らが狙撃した。仲間が撃たれたにもかかわらず銃を構えた三人をさらに銃撃する。

数人が出入口のドアを開けようとしても開かないため、体当たりを始めた。

「抵抗は止《や》めろ！　手を上げろ！」

辰也が大声で命令した。彼らは姿が見えないようにしている。銃撃は二階席からなので、兵士らは顔を見合わせて戸惑っているようだ。すでに五人の仲間を失い、外に出ることもできない。これで抵抗するという者はいないだろう。

「撃つな！」

一人の兵士が両手を上げると、他の兵士も一斉に武器を捨てた。

「一人ずつステージに上がれ！」

辰也が新たな命令を出したが、兵士は首を捻《ひね》っている。ロシア語の発音が悪すぎるのだろう。

「一人ずつ。ステージ。上がれ！」

怒鳴《どな》るように言った浩志は、ステージに一番近い兵士の足元を銃撃した。文章ではなく、単語で言えば伝わりやすい。英語でも「銃を捨てろ」と言うよりも、形容詞や修飾語も無視して「ガンズ（銃）！　グランド（土）！」と怒鳴った方が、効果があるのと同じである。

「分かった！」

兵士は慌てて両手を上げたままステージに上がってきた。ステージに現れた辰也と田中がM4を客席の兵士らに向けて構え、村瀬と鮫沼が兵士を押し倒して、あっという間に後ろ手に結束バンドで縛り上げる。捕縛術は、元特別警備隊員の村瀬と鮫沼が得意とするところだ。

「次！　前に出ろ！」

浩志は声を張り上げ、十八人の兵士を次々とステージに上げた。

村瀬らが結束バンドで両手を縛る間、辰也らが銃を構えて睨《にら》みを利《き》かせる。縛り上げられた男たちは、ステージの片隅に集められた。

「こちら、ブラボー1。ブラボー2、応答せよ」

浩志はフォメンコを呼び出した。

「作戦完了。あとは任せるぞ」

浩志は表情もなく報告すると、二階客席を後にした。

2

午前二時十分。

加藤が運転するソルダートは、メチニコワ通りを走っていた。

浩志は助手席に座り、辰也、宮坂、田中、村瀬、鮫沼は荷台に乗っている。

リベンジャーズはカプリゾフの部下を六人倒し、十八人を拘束して十月宮殿を制圧した。捕虜は軍刑務所に移送しなければならないため、フォメンコら六人の第五特務連隊の兵士に任せてある。援軍は結局間に合わなかった。首都防衛で再配置されるなどして混乱していたため、命令すら届いていなかったらしい。だが、第九特務連隊が新たに第五特務連隊のサポートの任を受けたようだ。

「交差点の手前で停めてくれ」

浩志はスマートフォンの地図アプリを見ながら言った。

「了解です」

加藤はレニーダ・ペルヴォマイスキー通りとのT字路の交差点手前で車を停めた。交差点の三十メートル先に、一階が洗車場の雑居ビルがある。

「早々と片付けたそうですね」

近くのビルの陰から瀬川が上機嫌で現れた。浩志らのチームが作戦を完了させたことを素直に喜んでいるらしい。仲間には事前に連絡し、合流することも伝えてある。

「攻撃に適した場所だったというだけだ。ここの敵はまだ動いていないな？」

浩志は歩きながら尋ねた。

十月宮殿は極秘の集合場所としては最適だったが、敵に侵入されたら防ぎようがない。彼らは所在を察知されるリスクをまったく考えていなかったようだ。

「そうです。柊真くんが雑居ビルに潜入して探っています」

瀬川は並んで答えた。

柊真は生まれつき身体能力が極めて高く、身長一八四センチ、九十キロという体格だが身のこなしは軽やかで、何度も加藤と組んで偵察や敵地潜入をしたことがある。超人的な加藤と行動を共にできるのは、柊真だけだろう。

「こちらブラボー1。チャーリー1、応答せよ」

浩志は無線で柊真を呼び出した。

——チャーリー1。どうぞ。

柊真が小声で答えた。

「到着した。敵の位置と人数は分かるか？」

――二階の左右の出入口に二人ずつ見張りがいます。三階はエンドスコープで確認できた範囲で、二十四人の武装兵がいました。私は二階の旅行代理店に隠れていますが、やつらは社内の金品を物色しただけで、三階に移ったようです。

社会主義のひずみなのか理由は分からないが、ロシア軍はソ連時代から、略奪、民間人の殺害、レイプなど人道に背《そむ》くことを戦略として行う。それはワグネルでも同じなのだ。

瀬川が交差点角のビルの陰で立ち止まった。近くには、セルジオらケルベロスの三人とマリアノがビルエントランスの暗闇に佇《たたず》んでいる。マリアノが浩志に右手を軽く上げて笑いかけた。ワットは雑居ビルの西側にある健康保護局の建物の裏側で、第五特務連隊のチームを指揮するべく一緒に待機している。

「最低でも二十八人ということか」

浩志は、ビルの角から雑居ビルを見て頷いた。二、三階に通じる階段は建物の両端にある。二階は左右二つのフロアに分かれており、左右の階段が個々の部屋の出入口になっていた。だが、三階の倉庫はワンフロアのため、敵はどちらから出てくるかは分からない。

また、階段の幅は一・二メートルほどだそうだ。人数を揃《そろ》えて階段下から攻めても、上から銃撃されたら防御のしようがない。人質がいないからといって、強行突破ができる構造ではないのだ。それは、アルファチームのキーウ歴史博物館でも同じらしい。

柊真らチャーリーチームは、ワグネルの傭兵が建物の外に出た際に攻撃すべく待機していたのだ。

浩志が先手を打って十月宮殿を攻撃したのは、三ヶ所に分散した味方の兵力をまとめつつ敵を倒すためだ。それに、友恵がロシアの通信社からハッキングして得たニュース原稿のことも気になっていた。その情報通りなら攻撃は電撃的に行われるはずで、発表される明後日までに作戦を終了させるつもりなら命令は数時間以内に出されるだろう。先手を打って行動しなければならないのだ。

洗車場がある雑居ビルを制圧でき次第、キーウ歴史博物館に急行すると、現地で待機しているSASのヒューズには伝えてある。

――三階に突入するのは、構造的に難しいと思いますが、攻略法はありますか？

雑居ビルの構造はあらかじめ聞いている。三階は倉庫のため、小さな明かり取りの窓しかなく、窓を破っての突入はできない。

「三階に催涙弾を打ち込み、出入口から突入するのが常套《じょうとう》手段だろう。だが、催涙弾はあるが、肝心のガスマスクの数が足りない。中途半端な攻撃になる」

支給された武器に催涙弾はあったが、ガスマスクはたったの三つしかなかった。大統領府を守る部隊の装備を整える関係で、不足しているようだ。出入口が二つある倉庫にたった三人で突入するとなれば、自殺行為である。

――やはり、彼らが命令を受けてビルから出てくるまで待ちますか？　しかし、全員が外に出てきた場合、抵抗するでしょうから多くの死傷者が出るでしょうね。

柊真の溜息《ためいき》が聞こえた。長きにわたって兵士を続けていると、死に対して鈍感になるものだ。死の理由すら問わなくなった兵士は、ただの殺戮《さつりく》マシンになってしまう。だが、柊真は敵兵の死に対しても尊厳を忘れない。どんな作戦だろうと敵兵の死を前提にすることはないのだろう。

「二つのチームに分ける。一つは二階に潜入し、もう一チームは、外で待ち伏せするんだ。敵が降伏しなければ、殲滅《せんめつ》もありえる」

敵を誘《おび》き寄せて、外で待ち伏せしているチームと二階からのチームとで挟撃すれば一網打尽にできる。

――いい考えですが、二階に潜入するのに結構骨が折れました。私が言うのもなんですが、敵に悟られずにここに来られるのは、トレーサーマンだけだと思います。

柊真が言いづらそうに答えた。

「それもそうだ。それじゃ、すぐにトレーサーマンを送り込む」

浩志は苦笑を浮かべて言うと、加藤に雑居ビルの二階に潜入するようにハンドシグナルで命令した。彼も無線を聞いていたので、口頭で指示する必要はないのだ。

加藤は頷くよりも早く、雑居ビルの裏側の闇に消えた。

午前二時二十分。

「こちら、ブラボー1。ブラボー2、応答せよ」

浩志は無線機でフォメンコを呼び出した。

加藤は柊真とは違う不動産業者のオフィスに潜入している。合流した方が戦力になるが、敵が二手に分かれて左右両方の階段を使った場合を考えてのことだ。当初は挟撃を考えていたが、後方がたった二人しかいないため、彼らには外に出たワグネルの傭兵が建物に戻ろうとしたら威嚇《いかく》射撃をするように指示を出してある。

――こちらブラボー2、こちらの準備は整っています。

フォメンコは、即答した。捕虜はすでに、カプリゾフを除いて軍刑務所に移送されているそうだ。ここでも第九特務連隊が協力しているらしい。

「こちらの準備も整った。いつでもポイズンを出してくれ」

浩志はフォメンコに確認した。〝ポイズン〟とは、雑居ビルで待機している兵士にカプリゾフが偽の攻撃命令を出すことである。

カプリゾフは、短波放送の暗号でプーチンの攻撃命令を受けることになっていた。暗号放送の解読は誰にでもできるわけではないため、暗号解読の訓練を受けていたカプリゾフは、キーウの三ヶ所に集結した攻撃部隊に命令を伝える役を担《にな》っていたらしい。ちなみに十月宮殿の部隊はカプリゾフが指揮することになっており、宮殿で待機しながら暗号放送を聞く手筈《てはず》だったと自白した。

カプリゾフは部下が軍刑務所に送られる中で、一人だけ残されたために観念して機密を話し始めたそうだ。十八人の部下は、カプリゾフの裏切りと捉えるためである。ロシアに帰ることができたとしても、裁判を受けることなく処刑されるのは目に見えているからだ。そのため、積極的に自供し、ウクライナ政府から恩赦《おんしゃ》を受ける道を選んだらしい。

——了解です。お任せください。

フォメンコは、力強く答えた。

——こちら、チャーリー1。動き出しました。

三十秒ほどで柊真から無線連絡が入った。カプリゾフが出した偽の攻撃命令で兵士らが反応したようだ。

——こちらトレーサーマン。敵は左右の階段を使うようです。

ほぼ同時に加藤からも報告された。人数が多いので単純に二手に分かれたのだろう。

「こちらブラボー1。チームに告ぐ。敵兵が全員車に乗るまで攻撃はするな」

浩志は第五特務連隊にも指示するため、チームとしてのコードネームを使った。

——ピッカリだ。全員が乗車する前に出発する車があったら攻撃していいのか？

ワットが質問してきた。答えは分かっているはずだが、ウクライナ兵のために質問をしたのだろう。

「臨機応変にな」

浩志はふっと息を漏《も》らすように答えると、バラクラバを被った。今回は敵兵への威圧というよりも、近隣に住宅があるためである。外国の傭兵が働いていることを市民に絶対気付かれてはならないからだ。

雑居ビルの左右の出入口から重武装の兵士が出てくると、次々と五台のワンボックスカーに乗り込む。一台目の車に四人の兵士が乗ると、早くも動き出した。

「針の穴、ヤンキース。全車両のタイヤを狙《ねら》え」

浩志の命令で、宮坂とマリアノが五台のワンボックスカーのタイヤを撃ち抜く。二人はメチニコワ通りを挟んで、雑居ビル向かいにある六階建ての古いアパートの植え込みから狙撃したのだ。

走り出した車は急停車し、中から飛び降りた兵士が乱射してきた。建物の陰からリベンジャーズとケルベロスのチームが一斉に応戦する。銃を構えた兵士は瞬《また》く間《ま》に倒され、車から出られなくなった兵士は身を隠した。

「行くぞ！」

浩志の号令で三人のチームが五台の車を取り囲み、乗車している兵士に銃を向けた。浩志は最初に動き出した車を田中と村瀬と囲んで、車内の兵士らに銃を突きつけた。

「動くな！」

「武器を捨てろ！」

各チームからロシア語の命令が飛び交った。

車から降り損ねた兵士らが、車内で両手を挙げる。

「一人ずつ、降ろし、捕縛しろ」

浩志はロシア語で他のチームに命じた。

3

午前三時。

二台のソルダートが、プーシキンスカ通りとの交差点の百二十メートルほど手前のボフダン・フメリニツキー通りに沿いに停まった。

交差点向こうの左角にキーウ歴史博物館があるが、博物館側からは二台の車は見える位置ではない。

先頭のソルダートの助手席から浩志が降りると、リベンジャーズとケルベロスの仲間が車から降りた。

洗車場の雑居ビルで捕虜にしたワグネルの傭兵は、チャーリーチームの第五特務連隊に任せてきた。十月宮殿と違い、住民からの通報で駆けつけた警察官に現場周辺を封鎖させて事態の収拾を図っている。また、捕虜になった兵士と負傷者は、駆けつけた第九特務連隊が軍刑務所に移送した。

浩志らは石畳の坂道を渡って進み、交差点の手前にある国立レーシャ・ウクライーンカ・アカデミーロシア劇場の前で立ち止まった。

交差点の信号機は点灯しているが、この交差点を中心に3ブロック分の街灯が消えている。表向きの理由は非常事態宣言が出されていることにしているが、キーウ歴史博物館を監視しているSAS隊員と第五特務連隊の兵士らを闇に隠すためらしい。

劇場の出入口から出てきたバラクラバを被った兵士が、右手を小さく回転させた。レーシャ・ウクライーンカ・アカデミーロシア劇場はキーウ歴史博物館とプーシキンスカ通りを隔てて向かいにあるため、見張り所として使っているのだ。

浩志らは音もなく、彼の合図に従って薄暗い劇場のロビーに入る。

先ほどの兵士が外を窺《うかが》いながら出入口のドアを閉じると、照明が点《つ》けられた。

劇場は一九二六年に建てられ、一九四一年に現在の名前になった。パリの〝オペラ座〟やロンドンの〝ロイヤル・オペラ・ハウス〟といった有名なオペラハウスほどの豪奢《ごうしゃ》な建物ではないが、それなりに風格はある。

「三時間で二拠点を制圧するとは驚きです。『マーベラス』とはあなた方のためにある言葉だ。自分は、あなたの訓練を受けたことはありませんが、噂《うわさ》通りですね」

兵士はバラクラバを剝《は》ぎ取って褒《ほ》め称《たた》えた。SASのヒューズである。

浩志はSASに依頼されて、臨時教官を何度も務めたことがある。SASの正規教官はSAS出身者であるが、戦場での実績がある軍人を教官として臨時に雇うことで、訓練の内容をより実戦的にするのだ。また講義形式で聴く戦場体験談も重要な情報となる。そういう意味で、死地を何度もくぐり抜けてきた浩志は適任であった。

ヒューズがいまさら褒めるのは、噂では聞いていたもののその実力を疑っていたのかもしれない。

「仲間のポテンシャルは高い。難易度も低かっただけだ」

浩志はつまらなそうに答えた。人質もなく、敵は油断していたので手応えもなかった。市街戦では市民への巻き添えを考慮しなければならない。それだけの話だ。

「さすがですね。チャーリーでは偽情報で誘き出したと聞きました。こちらも、できればその作戦でお願いできますか？　突入できれば一番いいのですが、建物だけでなく、収蔵品も傷つけたくないというウクライナ側の要請がありますので」

ヒューズは苦笑してみせた。キーウ歴史博物館は、国立ウクライナ歴史博物館に比べれば建物も収蔵品もかなり見劣りするらしいが、建物内で銃撃戦をすれば収蔵品はおろか建造物にもかなりのダメージとなる。ウクライナの政府要人が室内での交戦を許可しないのだろう。

「それにしても、皮肉な話だな。ウクライナ人がキーウ歴史博物館に潜《ひそ》んでいるロシア人をロシアの劇場から監視するとはな。この劇場の方が集合場所としては向いているだろう。違うか？」

劇場の観客席と舞台を見てきたワットが、首を傾《かし》げた。ロシア人のワグネルの傭兵がロシアの名を冠した施設を使わないのはおかしいと言うのだが、冗談を言いたかっただけだろう。

「ワグネルは銃撃戦になった場合を想定して、ソ連時代の建造物を避けてウクライナの博物館を選んだのでしょう。ウクライナ文化の破壊を企《たくら》むやつらならやりかねません」

ヒューズは生真面目《きまじめ》に答えた。

「ウクライナにはロシアの名を冠した建造物が沢山《たくさん》ある。二〇一四年以来いがみ合っているのに、なぜロシアの名前を抹消しなかったんだ？」

ワットは肩を竦《すく》めた。真面目に答えられたので白《しら》けたようだ。

「紛争後もウクライナはロシアに気を遣っていたようです。でも、もしロシアが侵攻してきたらもう黙っていないでしょう。ウクライナ全土からロシアの名前はなくなりますよ」

ヒューズは苦笑した。歴代のウクライナの政治家はロシアの顔色を窺ってきた。ゼレンスキー大統領も領土を奪われながらも、プーチンを怒らせないようにしてきたのだ。

「世間話はもういいだろう。アルファチームの配置を教えてくれ」

浩志はヒューズに冷めた表情を向けて言った。ワットの緊張感のなさはいつものことだが、まともに相手にするものではない。アルファチームをバックアップするために、仲間をチーム分けする必要があった。無駄話をしている時間はないのだ。他の仲間も手持ち無沙汰《ぶさた》そうにしている。

カプリゾフからは、上官であるダビドフが今回の作戦に参加していないと聞いている。だが、信用したわけではない。ひょっとするとキーウ歴史博物館の指揮をとっている可能性もある。そのため、作戦を一刻も早く実行したいのだ。

「失礼しました。こちらへ」

ヒューズはロビーの片隅にあるテーブルに浩志を案内した。テーブルの上にはこのエリアの地図が表示されたタブレットPCが置いてあり、ヒューズは地図を指差しながら説明を始めた。

「歴史博物館北側のボフダン・フメリニツキー通りを挟んだ向かい側に三階建ての商業ビルがあり、その屋上に私の三名の部下を配置しています。残り二名はこの劇場の屋上です」

歴史博物館は交差点角にあり、その北と東に狙撃チームを配置したことに問題はない。

「第五特務連隊の六名は？」

浩志は頷きながら促した。

「博物館の出入口は二ヶ所ありますが、どちらもボフダン・フメリニツキー通りに面しています。そこで、向かいの商業ビル前にある地下鉄の出入口に六名とも待機させました。気温も下がってきましたので、屋上ではテントを張るなど暖が取れるようにしています」

ヒューズは浩志の顔色を窺いながら言った。三十代前半でまだ若く、実戦経験もあまりないのだろう。それだけに世界中で闘ってきた古参の兵士である浩志に臆《おく》しているのかもしれない。

外気温は零度まで下がっている。見張りや狙撃に立つのも交替時間を短くするなど、臨機応変にしなければ現場の兵士はいざという時に役に立たなくなる。そこまで考えられるのなら、指揮官としては合格である。

「博物館の裏に通りがあるが、ここに配置しないのか？」

小さく頷いた浩志は、地図を見ながら指摘した。

「博物館の南側ですね。建物の南側には窓はありませんが、三階のテラスから裏通りが丸見えですので、あえて避けました。見張りが立っている可能性が高いです」

ヒューズは頷きながら答えた。あらかじめ質問されるのは分かっていたのだろう。だが、敵に察知されることを恐れて建物の周囲を充分に調べていないというのなら問題である。

「こちらブラボー1。トレーサーマン、どんな感じだ？」

浩志は加藤を呼び出した。

――こちらトレーサーマン。ターゲットの南西に非常階段があります。見張りはいないですね。

加藤が英語で報告してきた。他のチームと合同作戦なので、無線だけでなく会話はすべて英語である。到着早々、浩志は加藤を斥候《せっこう》に出していた。ターゲットとは歴史博物館のことで、その南西なら裏通りの奥になる。

「非常階段？　こちらブラボー1だ。モッキンバード、応答せよ」

今度は友恵をIP無線機で呼び出した。リベンジャーズは現地で使っている無線機とは別に、全員IP無線機で日本にいる友恵と連絡が取れるようになっている。

――無線はモニターしています。今、そちらに博物館の設計図を送りました。

友恵はすぐに反応した。

「さすがだ。早いな」

浩志はにやりとすると、自分のスマートフォンに送られてきた画像を見た。

「えっ。博物館の設計図！　第五特務連隊に聞いたら明日にならないと手に入らないと言っていましたよ」

ヒューズの声が裏返った。友恵はウクライナ政府のどこの機関のサーバーをハッキングすればいいのか、もう分かっているのだろう。

「この非常階段を使われたら、見失うぞ。二つのビルの屋上にリベンジャーズとケルベロスから二人ずつスナイパーを出そう。残りは二チームに分けてソルダートを使う。一台は博物館の隣りにある医療センターの駐車場に。もう一台は博物館の裏手にある商業ビルの前で見張りにつかせ、敵の動きを封じるべきだ」

浩志はタブレットPCの画面を指先で叩きながら言った。

「お言葉ですが、敵の足である車は、歴史博物館前に停車したままです。非常階段から出たとしても車を捨てるとは思えません」

ヒューズは苦笑してみせた。大袈裟《おおげさ》だと言いたいのだろう。歴史博物館前に六台のセダンやワンボックスカーが停められていた。近くに住宅がないことを考えれば、ワグネルの傭兵が乗ってきたのだろう。

「それはどうかな。すぐに分かる」

浩志は鼻先で笑った。

――こちらトレーサーマン。ターゲットに敵兵はいません。もぬけの殻です。

一分と掛からず、加藤から無線連絡があった。彼には潜入できるのなら建物の内部を調べるように指示していたのだ。

「何！」

浩志は右手を振って仲間とともに劇場を出ると、交差点を渡って歴史博物館の正面玄関まで走った。

正面の両開きのガラスドアを加藤が内側から開けた。

「気配が残っていないので、敵兵が脱出したのは数十分前だと思います」

加藤は首を振った。その手にはロシア製手榴弾であるＲＧＤ－５とピアノ線が握られている。ドアにブービートラップが仕掛けてあったらしい。ＳＡＳか、第五特務連隊の兵士の見張りが見つかったのか、あるいは周囲の街灯が消されたので異変に気付いたのだろう。

「馬鹿な！」

声を上げたヒューズが建物に中に駆け込んだ。

「非常階段から脱出したのか？」

浩志はヒューズの背中を目で追いながら加藤に尋ねた。

「非常階段から裏通りに出て、建物の隙間《すきま》を縫って1ブロック南のタラス・シェフチェンコ大通りに向かったのでしょう。それにしても、アルファチームの監視網は穴だらけです。敵に察知されて当然ですよ」

加藤が頭を掻《か》きながら答えた。

4

二月二十四日、午前十時二十分。市谷、傭兵代理店。

スタッフルームの一〇〇インチディスプレーに、偵察衛星による暗視モードのキーウ歴史博物館周辺の映像が映り込んでいる。

「それにしても、二十人以上の兵士が忽然《こつぜん》と消えるなんてあり得ませんよ」

ディスプレーの前で池谷は腕組みをしてぼやいた。

十分ほど前にキーウの浩志から、攻撃対象になっていたキーウ歴史博物館で二十人以上のワグネルの傭兵を見失ったと連絡を受けている。

傭兵代理店ではリベンジャーズのバックアップを偵察衛星でしていた。

「すみません。私のミスです」

中條は厳しい表情で自分のパソコンの画面を見ている。歴史博物館の監視は彼が担当していたのだ。監視映像は録画されているので、中條は三時間前まで遡《さかのぼ》って映像を確認している。

「あなたに言っているんじゃありません。現場を指揮していたSASに腹を立てているんです。加藤さんが確認しなければ、朝まで彼らは気付かなかったでしょう」

池谷は振り返って言った。

「それにしても、建物から人が出れば赤外線センサーが反応するはずなんですが」

中條はモニターの映像を見ながら首を左右に振った。

「これを見てください」

友恵が一〇〇インチディスプレーの映像を拡大した。

歴史博物館の近くにオレンジ色の点と仄《ほの》かに黄色い点がいくつか映っている。

「オレンジ色はウクライナの第五特務連隊の兵士だと思います。黄色い点は、リベンジャーズのメンバーです。オレンジ色は赤外線に反応しているということです。リベンジャーズはセンサーに検知されていません」

友恵は簡単に説明した。

「リベンジャーズは、うちが支給した赤外線に反応しにくい素材でできたバラクラバと戦闘服を使用しています。拡大しなければ分かりませんでした。ひょっとしたら、脱出したワグネルの傭兵も赤外線を遮蔽《しゃへい》する戦闘服やバラクラバを着用しているかもしれませんね」

池谷は大きく頷いた。

「そういうことか。それじゃ、歴史博物館の裏通り側の非常階段を中心に映像を拡大すればいいんだ。脱出できるのはここだけですよね」

声を上げた中條はキーボードを勢いよく叩いた。

「中條さん、待って。今、赤外線のアルゴリズムを変更して、映像を解析できるようにプログラムを走らせた」

友恵はキーボードのリターンキーを軽く叩いて言った。


午前三時十五分。キーウ。

リベンジャーズとケルベロスは、加藤を先頭にキーウ歴史博物館の裏通りから隣接する医療センターの裏を通り、近くにあるウクライナ国立文学博物館の裏側の通路を抜けた。どれも歴史ある建物で、フェンスで遮《さえぎ》られている場所もあるが、裏庭や通路では繋《つな》がっている。

さすがに不法侵入で通報されないように第五特務連隊のフォメンコを伴っていた。彼は十月宮殿と洗車場の雑居ビルの後始末を終えて駆けつけてきたのだ。

「彼は、本当にワグネルの傭兵の逃走経路を辿《たど》っているんですか？」

浩志の傍を歩くフォメンコは、数メートル先を進む加藤を疑っているようだ。第五特務連隊の隊員は、歴史博物館の内部に手掛かりがないか調べている。

また、ヒューズらSASの隊員は、上官であるリネカーと合流すべく大統領府に向かった。歴史博物館で取り逃がしたワグネルを捕らえることを断念し、大統領府の防衛に加わったのだ。

「通常の人間では判別がつかない足跡や匂いを手がかりに追っている。彼の追跡技術は世界屈指だ」

加藤の能力を浩志でさえも未《いま》だに不思議に思っている。ヒューズに説明したところで理解できるとは思っていない。加藤は五感を使っているというが、人間の限界を超えているのだ。

「そうなんですか」

フォメンコは気の抜けた表情で言った。信じていないのだろう。

加藤が突き当たりの煉瓦《れんが》の塀の前で立ち止まり、右手を上げた。

古い建物が左右にあり、その間隙が作り出す、幅一メートル五十センチほどの通路に仲間はいる。

「どうだ？」

浩志はハンドライトを下に向けて近寄った。

「傭兵たちは、この塀を飛び越えて行ったようです。ここまでの足跡などを見る限り、二十四人前後だと思います。特定できませんでしたが」

加藤は高さ一メートル五十センチほどの煉瓦塀の向こうを覗きながら答えた。

「すみませんが、根拠は何ですか？　後学のため教えてください」

フォメンコが首を捻った。

「壁の傷、それに塀の上が僅かに擦《こす》れている」

加藤は右手にある建物の壁に残された引っ掻き傷を指差し、次に煉瓦塀の左側の白くなっている場所を指差した。引っ掻き傷は、地面から一八〇センチ前後の高さにいくつもある。

「一八〇センチを超える傭兵が何人かいたということだな」

浩志は壁の傷を見て頷いた。

「すみません。説明してもらえますか？」

フォメンコには分からないらしい。

「アサルトライフルを担いで塀を飛び越えた。その際に銃口が壁を削り取ったんだ。塀の上にあるのは靴跡だ。銃を下ろして飛べばよかったのだろうが、気にしなかったのだろう」

浩志は簡単に説明した。ワグネルの傭兵たちは機敏に行動しているように見える。痕跡を残さないことよりも時間を優先したのだろう。

「……なるほど。驚きです」

納得したのか、フォメンコは後ろに下がった。

加藤は煉瓦塀を軽々と飛び越した。

浩志も飛び越えると、仲間が次々とそれに続く。最後にフォメンコが煉瓦塀を越えた。SASが鍛え上げた部隊の指揮官だけに身のこなしは軽い。

煉瓦塀を越えた先の通路は、狭い車道に繋がっていた。

「国立タラス・シェフチェンコ博物館の裏道に出たようです」

フォメンコは周囲を見回して言った。

「ワグネルは脱出経路を用意していたんですね」

加藤は裏道を抜けて広い通りに出た。博物館と同じ名のタラス・シェフチェンコ大通りである。タラス・シェフチェンコは十九世紀の詩人であり画家で、ウクライナの農奴の解放に尽力し、皇帝ニコライ一世を批判して流刑生活を送った人物である。

タラス・シェフチェンコ大通りは片道三車線あり、中央分離帯は公園のような並木の遊歩道になっている。

「脱出用のトラックか小型バスでも置いてあったのだろう」

浩志は通りを見回して言うと、IP無線機で友恵を呼び出した。博物館に監視カメラがあることに気が付いたのだ。

――連絡しようと思っていたところです。偵察衛星の映像を解析したところ、ワグネルは今から二十七分前に歴史博物館から脱出しています。今、タラス・シェフチェンコ大通りに面した博物館の監視カメラの映像を調べているところです。

友恵は早口で捲《まく》し立てるように報告してきた。

「それを聞こうと思っていたんだ。やつらの足が何か分かるか？」

浩志は苦笑した。裏道を抜けてきたことは無駄ではなかったが、友恵に先に言われて拍子抜けしたのだ。

――それが、六台のＰＨＥＶのパトカーです。人数は二十四人で、全員警察官の格好《かっこう》をしていました。ナンバープレートは確認できませんでした。

友恵の声が珍しく動揺している。ＰＨＥＶとは、三菱《みつびし》自動車のアウトランダーのことである。

京都議定書に基づくＧＩＳ（グリーン投資スキーム）を介して行われた事業で、二〇一二年にトヨタが千台以上のプリウスの警察車両をウクライナに納入した。だが、環境問題には寄与できたものの、違反車両の追跡などでは出力が足りないプリウスは、現場警察官からは不評だったらしい。

そこで二〇一七年、同じくＧＩＳの事業で、三菱自動車がウクライナ警察に六百三十五台の４ＷＤシステム搭載のアウトランダーＰＨＥＶを納入し、好評を得ている。

「そのパトカーを捜し出してくれ」

浩志は険《けわ》しい表情で言った。

5

午前九時三十分。市谷。

マンション〝パーチェ加賀町〟の二階にある傭兵代理店の応接室のソファーに、陸上自衛隊の制服を着た二人の男が座っていた。

一人は直江で、もう一人は特戦群長である工藤聡である。二人とも防衛省の北門から徒歩でやってきた。

一昨日の真夜中に、直江は啓吾とともに一色の遺骨を携えて特別機で極秘に帰国している。昨日のうちに身内だけで葬儀を行い、一色の遺髪が収められている護国寺《ごこくじ》の近くの寺に納骨した。その報告を兼ね、工藤が改めて池谷に礼を言いたいとやってきたのだ。

幕僚長への報告を済ませてきた帰りらしい。もっとも、一色の死と遺骨の件を知っているのは、防衛省でも一部の制服組だけである。大臣をはじめとした政治家には一切知らせていない。一色の死を政治利用されては、彼の死を無駄にするばかりか自衛隊の尊厳さえも損なわれるからだ。

「それにしても、おまえは傭兵代理店をよく知っていたな。私も噂では知っていたが、まさか防衛省の目と鼻の先にあるとはね」

部屋の中をぐるりと見回した工藤が、隣りに座る直江に言った。

「アフガンで一色さんから紹介されました。日本のどこの省庁よりも情報を持っているから、何かあったら頼れと言われていました。群長は、まさか初めてなんですか」

直江は工藤の様子を見て首を傾げながらも尋ねた。

「そのまさかだよ。二代目、三代目の群長の頃は、代理店を通じてリベンジャーズと合同演習をしていたそうだ。一色も訓練に参加していたから、よく知っていたんだ。だが、この代理店が下北沢《しもきたざわ》にあった頃に外国の犯罪組織に襲撃された事件があったらしい。私も前任者から話を聞くまでは知らなかった。事件は闇に葬《ほうむ》られたそうだが、以来、疎遠になったようだ」

工藤は言い辛《づら》そうに答えた。

「リベンジャーズと是非とも合同演習してみたいですね。彼らの実戦で鍛えられたノウハウを少しでも吸収できればと思いますよ。外国の特殊部隊が彼らをわざわざ講師として呼んでいるのに、我が国で何もしないのは勿体《もったい》ないですよ」

直江は右眉《みぎまゆ》を吊《つ》り上げて言った。それとなく工藤を責めているのだろう。

「機会があればとは思っているんだがね。防衛省の上層部にはよく思わない連中もいるんだ。だが、一色の遺骨を回収した件で、少なくとも陸自の上層部で文句を言う者はいなくなっただろう」

工藤は荒々しく鼻息を漏らした。一色の遺骨回収を提言した際には様々な軋轢《あつれき》があり、相当に嫌な目に遭ったようだ。

エレベーターのドアが開き、池谷が現れた。

「すみません。少々取り込んでおりまして、お待たせしました。今、コーヒーを淹《い》れますので」

池谷が直江と工藤の前に立ち、深々と頭を下げた。

「すぐにお暇《いとま》しますので、お構いなく。昨日、一色の葬儀を無事執《と》り行うことができたお礼をと思いまして、立ち寄った次第です。本当にお世話になりました。ありがとうございます」

工藤は立ち上がると、深々と頭を下げた。

「一色さんも帰国できて、さぞかし喜んでいらっしゃるでしょう。お役に立てて何よりです。もっとも、実際に働いたのは傭兵の皆さんですが」

池谷は白い歯を見せて笑った。

「つかぬことをお尋ねしますが、藤堂さんはロシア人を追っているんですか？」

工藤と一緒に頭を下げた直江は、上目遣いで尋ねた。

「口止めされているわけではありませんが、お二人に今の段階でお教えしていいものか悩みます」

池谷は二人に座るように勧めて、彼らの前のソファーに腰を下ろした。リベンジャーズらがカブールで見たロシア人工作員を追っていることは、直江には詳しく話していないと浩志から聞いている。彼に余計な心配をさせないためだろう。

「知ったところで私には何かできるとは思えませんが、藤堂さんの行動を知らずに過ごすことは無責任であるように思えるのです」

直江は真剣な眼差《まなざ》しで迫った。

「ひょっとして一色のことで、私に報告していないことがあるのか？」

工藤は直江をじろりと見た。

「申し訳ございません。ご報告できるだけの情報がなかったのです。昨年の八月二十六日に、一色さんが巻き込まれたカブールの爆弾テロ事件の真犯人を、藤堂さんはロシアのワグネルだと睨んでいます。そうですよね」

直江は身を乗り出して言った。

「あの事件は、ＩＳＩＳ－Ｋが犯行声明を出している。ロシアが噛《か》んでいるのか？」

工藤は池谷と直江を交互に見て尋ねた。

「ちゃんとお話しした方が、よさそうですね。リベンジャーズは、タリバンの政府庁舎から情報を盗み出し、爆弾テロに関わったのはワグネルの小隊だと突き止めました。現在、リベンジャーズとケルベロスの皆さんが、犯人を追ってウクライナまで行っています」

池谷はこれまでの状況をかいつまんで説明した。いずれ内調を通じて政府に報告することになっている。高度な機密情報を提供することで、池谷は政府から情報代として報酬を得ているのだ。

「カブールにいたワグネルの傭兵が、今はキーウにいるんですか?」

直江は声を上げて工藤を見た。

「リベンジャーズは、真犯人を追ってウクライナまで行ったのですか。つまり、一色の弔《とむら》い合戦をしているのですね」

工藤は目を丸くし、腰を浮かした。

「古風な言い方ですと、そうなりますが、リベンジャーズとケルベロスはもっとグローバルな視点で捉えています。彼らは、謀略で世界を間違った方向に導く組織と闘っているのです」

池谷は咳払《せきばら》いをして答えた。

「一色のためだけじゃないということですか」

工藤は頷いた。

「彼らは、キーウでワグネルの二つの部隊と交戦し、ゼレンスキー大統領の暗殺計画を阻止しました。現在は、残り一つの部隊をウクライナの特殊部隊と一緒に捜索しているそうです」

池谷は世間話でもするように何気なく話した。

「えっ！　いくらロシアがワグネルの存在を否定していても、大統領を暗殺すれば、戦争になりますよ」

工藤は首を振った。

「そうです。プーチン大統領は本日中にウクライナに進軍を命令するでしょう。その証拠もあります。ウクライナ側もそれを察知し、密《ひそ》かに戦時体制に入っています」

池谷は顔を引き締めた。

「世界はまだロシアが侵攻するとは思っていませんよ。いったいどこからの情報ですか？」

工藤はなぜか声を潜めた。世界中の軍事研究者やマスコミも、プーチンがウクライナに脅しをかけているだけだと言っている。日本政府もそれを疑ってはいない。二十一世紀の世の中で、前近代的な侵略戦争など起こらないと誰しも思っているからだ。工藤にとって池谷の言葉はあまりにも衝撃的だったのだろう。

「クレムリンです」

池谷は顔を強張《こわば》らせて答えた。

大統領警護

1

二月二十四日、午前四時二十分。キーウ。

リベンジャーズとケルベロスを乗せたソルダートが、ルターランスカ通りとバンコバ通りの交差点手前で停まった。左折してバンコバ通りの右手が大統領府である。

キーウ歴史博物館のワグネルの傭兵を見失ったため、浩志と仲間はレーシャ・ウクライーンカ・アカデミーロシア劇場に戻り、新たな戦闘に備えて一時間ほどの仮眠を取った。

バンコバ通りとルターランスカ通りとの交差点から三百五十メートルほど北までを大統領府特別警戒エリアとし、道路の両端に常時検問所とゲートを設けている。

二台のソルダートは交差点の検問所を通過した。一台目の荷台には浩志と辰也と宮坂とケルベロスの四人が乗り、二台目の荷台には七人のリベンジャーズの仲間が乗り込んでいた。運転席と助手席には、第五特務連隊の兵士が乗っている。

二十四人のワグネルの傭兵が野放しになっているため、一時間前から市内の要所には検問所が設けられており、浩志らはトラックの荷台での移動になった。武装したままではホテルに帰れないこともあるが、大統領府でSASと合流するようにラキッキーから要請があったのだ。

「ハンバーガーが食いたい」

辰也がぼそりと言った。傭兵仲間は、十時間ほど水分以外の飲食はしていない。通常は戦闘中に血糖値が下がらないように、チョコバーなどをタクティカルポーチやバックパックのポケットに入れるものだ。だが、SASと急遽《きゅうきょ》行動することになり、携帯しているのは、装備と一緒に提供されたペットボトルの水だけである。

「大統領府でディナーとまでは言わないが、レーションぐらい食わせてくれるだろう」

隣りで膝《ひざ》を抱《かか》えて座っている宮坂が、辰也を慰めた。

「どこの軍隊のレーションもいらない。俺はただハンバーガーが食いたいだけだ。バーガーキングなら文句なしだ」

辰也が両手でハンバーガーを食べる仕草をした。

「俺は〝インアンドアウト〟のハンバーガーだ」

マットが会話に加わった。米国で人気のハンバーガーチェーンである。

「俺は〝キング・マルセル〟のハンバーガーの気分だ」

フェルナンドが手を上げた。フランスのリヨン生まれのバーガーチェーンである。

「おまえらスペインの〝TGB〟バーガーの美味《うま》さを知らないらしいな」

セルジオが得意げに言った。

「所詮《しょせん》チェーン店の程度は知れている。やっぱり、横須賀《よこすか》バーガーだろう」

宮坂がわざとらしく肩を竦《すく》めた。

「呑気《のんき》な連中だ。逃走しているワグネルをどう見る？」

少し離れた場所に座っている浩志が、傍の柊真に尋ねた。

「我々の手際《てぎわ》が良かっただけかもしれませんが、ブラボーとチャーリーの敵は、アルファのように脱出手段を用意していたとは思えません。そう考えるとアルファのワグネルは、特別な感じがしますね」

柊真は首を傾《かし》げながら答えた。

「俺もそう思う。ブラボーとチャーリーの敵は、大統領府に奇襲をかけて大統領を暗殺する予定だったらしい。八十人前後の兵士が奇襲をかければ、それなりの成果は得られるだろう。だが、大統領府はＳＡＳと二百人前後の特務連隊の兵士で守られている。成功するとは思えない」

浩志は渋い表情で言った。カプリゾフは、軍刑務所ではなく、尋問を続けるために大統領府に連れて行かれたそうだ。

「リベンジャーズとケルベロスだったら、可能でしょう。人数ではありませんよ」

　柊真はにやりとした。

「だとしても、作戦は必要だ。正面から攻撃してもどうにもならないだろう。ワグネルの三つのチームのうち、二つが正面から玉砕覚悟の攻撃をする作戦だったとしたら、陽動作戦だった可能性がある。残りの一チームには別の作戦があるはずだ」

　腕組みをした浩志は苦笑した。

「もしその一チームが、違う作戦で大統領暗殺を企《たくら》んでいたとしても、すでに二チームは我々が確保しました。作戦の継続は困難だと思います。正規軍でない傭兵なら、今頃国外に脱出しているかもしれませんね」

　柊真は小さく頷《うなず》いた。信念もなく金で雇われただけの傭兵なら、これ以上のリスクを負わないと判断しているようだ。

「アルファにいた傭兵は、二十四名。全員警察官の格好《かっこう》をしていたそうだ。六台のパトカーは目立たないように分散したのだろう。攻撃を仕掛けるにも脱出するにも誰も怪しまないな」

　浩志は溜息《ためいき》を漏《も》らした。友恵に行方を追うように頼んだが、彼女もまだ見つけられないでいる。

車が停まった。

「降りてください」

助手席に乗っていたフォメンコが荷台を覗《のぞ》き込んで言った。

「飯だ。降りるぞ」

辰也が勇んで降りると、仲間が次々と続いた。腹は減っているが、仮眠をとって疲れは取れたようだ。

「元気があり余っているな」

笑った浩志も荷台を降りた。

「腹が減った子供ですね。私もそうですが」

笑みを浮かべた柊真は、荷台からふわりと飛び降りた。

2

午前十時二十分。市谷、傭兵代理店。

「おはよう。ガラハッド」

友恵はスタッフルームの隣りにある自室に戻った。

——おはようございます。友恵。

デスク脇のスピーカーから機械的な声が響くと、部屋の照明が点灯し、同時にすべてのコンピュータのモニターが同時に立ち上がった。

共同作業の必要がない場合は、自室で仕事をする。スーパーコンピュータをネットワーク経由で使えるため、社内ならどこでも同じパフォーマンスで仕事ができるのだが、自室には以前から使っている六台のモニターに加え、奥の壁には一〇〇インチのディスプレーがあるため作業がはかどるのだ。

また、昨年までは、パソコンのログインはセキュリティを高めるためスマートフォンの生体認証を使っていたが、今年のはじめに室内に設置されたカメラで顔認証され、さらに「ガラハッド」と名を呼ぶだけで音声認証されてログインできるようにした。二段階の認証が簡単にでき、より厳しいセキュリティが可能となったのだ。

〝ガラハッド〟は友恵が設計したAIの一種で、スーパーコンピュータの管理システムのコールサインだ。アーサー王伝説や聖杯伝説に登場する、円卓の騎士の名前に由来している。他のスタッフもAIを使用できるようにした。「ガラハッド」と呼べば、友恵と同じくパソコンのマイクが拾って音声認証し、モニターに付いているカメラで顔認証するのだ。

「どうして見つからないの？」

友恵は椅子《いす》に座ると、背もたれにもたれ掛かった。

キーウ歴史博物館から脱出した二十四名のワグネルの傭兵は、六台のパトカーに分乗した。そこから西に向かい、ボロディミルスカ通りとの交差点で三方向に分かれたところまでは街角の監視カメラで追えたのだが、その先が分からないのだ。六台の車列を追うのなら偵察衛星ですぐに見つけられそうだが、二台ずつ三組に分散したため見つけられないでいる。ハッキングしている偵察衛星が市内全域の映像を録画しているわけではないので、逃走した車両の軌跡も追えない。ひょっとすると、さらに分散して各車両は単独でいるのかもしれないのだ。

「パトカーのパラメーターを入れればできあがり」

友恵は独り言を呟いてキーボードを叩《たた》き、最後にリターンキーを小指で叩く。

メインモニターを除く、五台のサブモニターからそれぞれ十二分割された映像になった。キーウ市内の監視カメラの映像をハッキングして映し出している。友恵は「パトカー」という条件で絞り込み、さらに二台組みなら最優先で検出するようにプログラムを組んだ。

浩志を介してウクライナの警察にも協力を求めている。傭兵が偽警察官になりすましているため、夜勤の警察官のパトロールを中止させて警察署から出ないように要請した。代わりに陸軍が市内のパトロールを行う。警察官の姿を見れば敵と認定できるのだ。

「そうだった」

友恵はテーブルのマグカップが空《から》になっていることを思い出し、立ち上がった。自室での作業で唯一面倒なところは、スタッフルームにコーヒーメーカーがあることである。もっとも、自室に籠《こも》りっきりになることがないのでいいのかもしれない。

マグカップを手に部屋を出た友恵は大きな欠伸《あくび》をした。リベンジャーズが海外で活動している時は、毎日ではないが、サポートで徹夜することが多い。昨夜は二時間ほど仮眠したが、午前一時から起きている。疲れが残っているようだ。

スタッフルームに入ると、二台あるコーヒーメーカーの左側のソーサーにマグカップを載せてボタンを押した。以前は一台だけだったが、コーヒー豆の種類を選べるように二台に増やしたのだ。

右側はキリマンジャロがセットしてあり、左側は凝《こ》り性《しょう》の池谷が、自らアラビカ種の豆をブレンドしたコーヒー豆専用である。それが、意外と香りが良く、渋みが少なくて飲みやすいので友恵は気に入っていた。だが、こればかり飲んでいると、池谷をつけあがらせるのでキリマンジャロも飲むようにしている。

「お疲れ様です」

麻衣が右側のコーヒーメーカーにカップを置いてボタンを押した。

「傭兵ブレンドじゃなくてよかったの？」

友恵が苦笑した。池谷が〝傭兵ブレンド〟と名付けているのだ。名前からイメージすれば、渋みと酸味が立つ力強いコーヒーに思えるがその逆である。

「眠い時は、キリマンジャロが私にはいいんです。傭兵ブレンドはリラックスして、逆に眠くなってしまうんですよ」

麻衣が明るく笑った。彼女が正式に代理店のスタッフになってから二年ほど経《た》つが、頭が良く体力もあるので何かと助かっている。何より性格がいいので、職場が明るくなった。

ドアが開き、池谷が入ってきた。コーヒーメーカーが載せられている台の隣りの棚から自分のコーヒーカップを取った。

「お客さまは帰られたのですね。社長も飲まれるんですか？」

麻衣が、首を傾げた。二階の応接室にも同じタイプのコーヒーメーカーがあり、池谷が自慢の傭兵ブレンドコーヒーを振る舞わなかったのかと訝《いぶか》っているようだ。

「お客様と一緒にいただくつもりでしたが、お急ぎのようなのでお話だけ伺ったのです。それから、プーチンがいよいよウクライナに侵攻するという話も簡単に説明しました」

池谷は友恵が自分のマグカップを手にすると、コーヒーメーカーに載せた。

「お客さまは、特戦群の方とお聞きしましたが、内調にも報告していないことを伝えて大丈夫ですか？」

麻衣は防衛省の情報本部出身のため、首を捻《ひね》った。

「政府に教えたところでどのみち何もしないでしょう。CIAにも情報を流しておきました。もっとも彼らは数時間前に、別の情報筋から侵攻の情報を得ていたようですが」

池谷は長い顔を歪《ゆが》ませて笑った。浩志の妻である森美香《もりみか》の実の父親で、米国在住の片倉誠治《せいじ》はCIAの幹部である。美香ではなく、浩志を通じて傭兵代理店も誠治とパイプが繋《つな》がっている。

「そうですね。米国も英国のように特殊部隊をキーウに派遣していればよかったのに残念です」

友恵は浩志らが戦闘に巻き込まれていることを懸念しているのだ。

「私は、米国の民主党は支持していますが、従来からロシアとのトラブルを避けて距離を取っています。ウクライナ侵攻が現実となれば変わると思いますが、バイデンさんはお年寄りですから、なおさら慎重のようです。ロシアがウクライナ周辺に軍を集結させた段階で、思い切った制裁をすると同時にウクライナ国内に兵を展開していれば、プーチンも矛《ほこ》を収めた可能性はあります。ただ、プーチンは悪魔に魅入られています。侵攻は必然だったのでしょう」

池谷は近くの椅子に腰掛けて言った。

「『悪魔に魅入られている』って、またまたご冗談を」

麻衣は笑いながら右手を振った。

「一九二〇年二月二十四日、アドルフ・ヒトラーは、ドイツ労働者党の政治目標〝二十五か条綱領〟を発表し、ナチス党としての骨格を形成しました。その中でヒトラーはユダヤ人の『排除』を主張したのです。ユダヤ人を虐殺したヒトラーと同じく、プーチンはウクライナ人を〝ナチ〟と呼んで民族浄化をしようとしているのでしょう」

池谷はコーヒーを啜《すす》りながら言った。

「ナチス党の旗揚げがまさに二月二十四日だったんですね。ゼレンスキー大統領も確かユダヤ系でしたよね。ウクライナにはユダヤ系が多いと聞いています。プーチンは民族浄化したヒトラーに取り憑《つ》かれているのかもしれませんね。だとしたらウクライナに徹底的なミサイル攻撃と砲撃で焦土作戦を行うかもしれませんよ」

麻衣が真剣な表情になった。

「プーチンもまさか理由もなくウクライナ人を殺せとは兵士に命令できません。だから、ロシアに従わない者を〝ナチ〟と呼ぶのです。数ヶ月前からプーチンは、ことあるごとにウクライナはナチ化されたと言って国民を煽動《せんどう》しています。軍ではさらに徹底した洗脳教育がされていると聞きます。相手が〝ナチ〟なら、ロシア兵はむごたらしい殺し方をしても心を痛めずに済みます。むしろ喜んでウクライナ人を虐殺するでしょう。恐ろしい指導者ですよ、プーチンは」

池谷は鼻から荒々しく息を吐き出した。

友恵のポケットのスマートフォンが、妙な電子音を上げた。

「ガラハッドが呼んでいますよ」

麻衣が友恵のポケットを指差して言った。スーパーコンピュータの呼び出し音なのだ。

「例のパトカーが、見つかったかもしれません」

スマートフォンの画面を見た友恵は、自分のデスクのパソコンを立ち上げた。

3

午前四時四十分。キーウ。

二台のＭ１０９７が、ペレモイ・アベニューからヴィアチェスラヴァ・チョルノヴォラ通りへ右折した。

Ｍ１０９７は、米国がウクライナに輸出した〝ハンヴィー〟と呼ばれる高機動多用途装輪車のことである。荷台に装甲板が取り付けられており、見た目はピックアップトラックのような形状をしていた。兵員移送用に取り付けたのだろう。

三百六十メートルほど進んだヴィアチェスラヴァ・チョルノヴォラ通りとの交差点手前で二台のＭ１０９７は停まった。

先頭の車から第五特務連隊の六人の兵士が降りると、二台目の荷台から柊真らケルベロスの四人が飛び降りた。

友恵から浩志の元に、逃走中のパトカーかは定かではないが、二台で行動するパトカーが三ヶ所で見つかったと連絡があったのだ。

ウクライナ国内にいるロシアのスパイに知られないように、ワグネルの傭兵が偽警察官に化けているという事実は伏せられていた。表向きには、ロシアの軍事行動が予測されるために軍隊を市内に配備するという理由で、警察官の外出禁止命令は出されている。

もっとも、警察の非力な火力ではワグネルの傭兵には対処できないため、妥当な命令ではあった。今現在、警察署以外に停められているパトカーは、逃走中のワグネルである可能性が高いのだ。警察総本部に問い合わせたところ、無断で行動している警察官もパトカーの盗難もないという。

潜伏しているワグネルは、事前に偽パトカーと警察官の制服を用意していたのだろう。周到に計画を準備していたということだ。

ケルベロスと二チームに分かれたリベンジャーズは三ヶ所のパトカーを調べるべく、第五特務連隊の三チームをサポートする形で出動したのだ。浩志が率いるチームはアルファ、ワットが率いるチームはブラボー、柊真のチームはチャーリーとコールサインを決めている。

　ペレモイ・アベニューの交差点からマーシャラ・リバルカ通りの交差点までの左手には
キーウ専門教育大学があり、右手には九階建てと二十階建ての高層住宅が並んでいる。街
路樹の緑が豊かな落ち着いた場所である。
　二台のパトカーは、交差点角にある九階建ての古い住宅前に停められていた。
　六名の第五特務連隊の兵士が三人ずつに分かれ、Ｍ４を構えながらパトカーの両側面か
ら近付く。柊真はセルジオと北側から、マットとフェルナンドは南側から第五特務連隊の
援護につく。
「クリア！」
「クリア！」
　第五特務連隊の兵士らは、パトカーの内部を確認した。
　柊真らも周囲を警戒しながらパトカーに近付く。
「乗り捨てたのでしょうか？」
　このチームのリーダーとなっているレオニド・サーボ軍曹が柊真に尋ねてきた。
「まだ、この辺りに潜伏している可能性がある。我々は隣りの建物を、君たちは目の前の
建物を調べてくれ。異変を感じたらすぐに我々を呼ぶこと。絶対自分のチームだけで対処
するな」
　柊真は右手を北の方角に振って、マットらに合図を出しながら答えた。逃走しているワ

グネルの傭兵は一チーム八人の三チームに分かれた可能性がある。ケルベロスの仲間なら問題ないが、サーボら経験が足りない六人では対処できないだろう。

「了解です」

サーボは素直《す なお》に従い、九階建ての建物の正面玄関に向かった。リベンジャーズとケルベロスの活躍を目の当たりにしているということもあるが、彼らは自分たちの実力も分かっているのだろう。

柊真は隣りの建物に移動した。二十階建ての集合住宅の一階には、理髪店や皮膚科の医院やインターネットショップなどの店が入っている。正面エントランスは皮膚科のクリニックとインターネットショップの間にあった。マットとフェルナンドはすでにエントランスの前で中を窺《うかが》っている。夜明け近いということもあるが照明が点《つ》いている部屋はなく、ビル全体がすっぽりと闇に包まれて静まり返っていた。

柊真とセルジオは一階の店舗の出入口に異常がないか調べながら、エントランスまで進んだ。

「異常はない」

マットがエントランスの戸締まりを確認して言った。

――こちらチャーリー1。ケルベロス1、どうぞ。

サーボから無線連絡が入った。

「ケルベロス1。どうぞ」

柊真は無線で答えた。サーボらはチャーリー1から6、柊真はケルベロス1で仲間は順に2、3、4と簡単にコールサインを決めてある。

——正面エントランス異常なし。これからビルの裏口を捜します。

九階建ての古い住宅のビルには、店舗は入っていない。出入口だけ確認すればいいはずだ。彼らは右回りにビルの反対側も調べるだろう。

「了解。気を付けて」

柊真は簡単に答えると、セルジオとエントランス前を過ぎて隣りの皮膚科のクリニックの出入口のドアを調べた。ビルを左回りに進むことになる。クリニックのガラスは外から見えないようにシートが貼ってあった。

「おい」

ドアに手を掛けたセルジオが眉《まゆ》を吊《つ》り上げて柊真を見た。鍵が壊されてドアが開いているのだ。

柊真は音を抑えたフィンガーレスホイッスルで、マットとフェルナンドに合図を送った。二人は柊真らに駆け寄り、援護の体勢に入る。

柊真とセルジオはM4を背に掛けてハンドライトを左手に、右手にグロックを構えて室内に足を踏み入れた。

マットとフェルナンドはＭ４を構えながら柊真らの援護につく。室内ではＭ４は小回りが利《き》かない。火力が勝《まさ》るＭ４を援護につけることで、効果的に敵に対処できるのだ。

受付と待合室を抜けて通路に入る。左右に四つのドアがあり、それぞれ柊真とセルジオが交互に部屋に踏み込んで確認した。

「クリア！」

「クリア！」

「クリア！」

手前と右奥はベッドがある施術室であった。

「クリア！」

左奥の診察室も確認する。

四つの部屋を確認した柊真とセルジオは、廊下の突き当たりのドアの前に立つ。

セルジオがドアを開けると、地下へと続く階段が現れた。

柊真は階段を下りて広い空間に出ると、仲間の安全を確保すべく周囲に銃口を向けて警戒態勢をとった。地下駐車場に出たようだ。階段が長かったので地下シェルターを兼ねているのだろう。

柊真はマットとフェルナンドに左手に行くようにハンドシグナルで指示し、セルジオと右手に向かう。三十台ほど車が停めてあるが、人影はない。

車を一台一台調べながら駐車場の奥へと進んだ。

「おお！」

マットが声を上げた。

「どうした？」

柊真が無線で尋ねた。

——こっちに来てくれ。

マットが無線で答え、ハンドライトを回転させて位置を知らせてきた。

「了解」

柊真とセルジオは、急いでマットの元に急行する。

フェルナンドが膝をついて小さなコンテナを調べており、その背後でマットがＭ４で警戒に当たっている。高さと奥行きが四十センチ、幅は八十センチほどある樹脂製のコンテナだ。

「これは……」

コンテナを覗き込んだ柊真は息を呑《の》んだ。中に円筒型の爆薬がびっしりと詰められ、起爆装置がある。フェルナンドは四人の中で一番爆弾に詳しく、外人部隊時代に爆弾処理のチームにいた経験もあった。

「ここはこの建物の中心に位置する。爆発すると、この駐車場が崩壊する。このビルは間違いなく倒壊するだろうな。少なくとも数百人の死傷者が出る。だが、住民を避難させようとしても、パニックを起こすだけだろう」

マットは厳しい表情で言った。

「それでも避難させないわけにはいかないだろう。サーボに連絡し、被害が予測できる範囲の住民から避難させよう」

柊真は尋ねた。

「それじゃ、解除してみるか」

フェルナンドはタクティカルバッグから工具を出しながら答えた。

4

午前四時四十五分。

大統領府から北西部に五キロほど離れた場所に、キーウ地域臨床病院を中心に、心臓疾患病院、産科病院、小児科病院など様々な専門病院が立ち並ぶ、さながら病院村とも言うべき医療エリアがある。

ブラボーチームの二台のM１０９７が、地域臨床病院の南側にある駐車スペースに停められた。

ワット、マリアノ、瀬川、村瀬、鮫沼の五人はM１０９７から降りると、病院の壁際《かべぎわ》に駆け寄る。

「瀬川。頼んだぞ」

ワットは、すぐさま瀬川に斥候《せっこう》を命じた。

ワグネルが使用している二台のパトカーは、病院の正面玄関がある東側の駐車場に停められているという情報を友恵から得ている。

遅れてM１０９７から降りてきた第五特務連隊の六人も、ワットの近くに集まってきた。

「どうしますか？」

ブラボーチームの第五特務連隊のリーダーを務めるボリス・ピアトフ上級曹長が尋ねてきた。フォメンコから、ワットの指示に従うように命令が出されている。

「待っているんだ」

ワットは小さく頷いた。

数分後、瀬川が戻ってきた。

「パトカーは無人です。病院の救急搬入口が開いています。東側の病院の正面玄関はロックされており、異常は見られませんでした。また、西側に裏口がありましたが、内側からロックされていました」

瀬川は軽く調べただけで戻ってきたようだ。

「ワグネルの傭兵は、病院にいるんでしょうか？」

ピアトフがワットと瀬川を交互に見て言った。

「それを今から調べるんだよ」

ワットは苦笑した。斥候の役割は、作戦行動に移るために必要な偵察行動である。敵と遭遇して交戦状態になれば、作戦どころではなくなってしまう。もっとも、敵に悟られずに偵察ができる加藤は別である。

「瀬川、村瀬、鮫沼。病院周辺を調べてくれ。我々は救急搬入口から病院に潜入し、捜索を開始する」

ワットはいつになく真面目な顔で指示した。

「了解です」

瀬川は村瀬と鮫沼を伴い、東に進んだ。周辺は建築様式や形状の異なる専門病院が立ち並んでいるため道路や中庭などが入り組んだ複雑な地形になっていた。東にある建物周辺から時計回りに調べる。捜索エリアが広いだけに、リベンジャーズの五人で周辺を調べた方が効率よく安全も確保できるだろう。だが、第五特務連隊の六人を放っておけないため、ワットとマリアノは残ったのだ。

「行くぞ」

　ワットは先頭に立ち、病院の南側から出た。東側の駐車場に停めてある二台のパトカーのタイヤをマリアノとタクティカルナイフでパンクさせる。周囲を警戒しながら正面玄関を通り越し、救急搬入口に入った。夜間とはいえ、ERと思われるエリアは静まり返っている。

「夜間の警備員はいないのか?」

　ワットは立ち止まって首を傾げた。

「どこかにいるとは思いますが」

　ピアトフは周囲を見回した。

「二手に分かれる。ピアトフ、チームを分けて俺に三人付けてくれ。君らは警備員を探して協力させるんだ」

　ワットはピアトフに言うと、マリアノにピアトフのチームに付くようにハンドシグナルで指示した。

「了解しました。では、ミコレンコ曹長」

　ピアトフはミコレンコら三人を指名した。

　ワットはミコレンコらとともに左手にある正面玄関とは反対方向に向かった。ピアトフらを正面玄関に向かわせたのは、夜間でも職員がいる受付やコールセンターなどがあるはずだからだ。

「うん?」

ワットは階段室の前で右拳《みぎこぶし》を上げて立ち止まった。ドアの下に数滴の血痕があるのだ。ミコレンコにドアを開けさせ、グロックを構えたワットは自ら階段室に入る。足元に警備員と見られる制服姿の男が倒れていた。

四方にグロックを向け、ワットは安全を確認すると、踊り場に倒れている男の首に指を当てて死亡を確認した。腹部に複数の裂傷《れっしょう》があり、かなり出血している。

「こちらリベンジャーズ1。警備員の死体を発見。敵に注意せよ」

ワットは無線で仲間に警告した。

「敵はまだ病院内にいる可能性がありますね」

ミコレンコはM4の銃口を上階に向けて言った。

「かもしれないが、少なくとも上階ではないな」

ワットは声を潜《ひそ》めて踊り場の下を指差した。階段に僅《わず》かだが血の跡がある。警備員の血を何者かが踏んだのだろう。

「病院の地下ですから、ボイラー室やポンプ室があると思いますが」

ミコレンコは銃を階下に向けて訝った。

「敵の狙《ねら》いは分からない。とにかく確認するぞ」

ワットはミコレンコと彼の部下に援護に入るようにハンドシグナルで合図をすると、階段を下り始める。血の靴跡は次第に薄くなり、階段下で完全に消えていた。薄暗い廊下が、左右に延びている。

ワットはミコレンコと彼の部下一人を右に向かわせ、もう一人の部下とともに左に進んだ。

――こちらリベンジャーズ3。敵発見。数は三。西に向かっています。

瀬川からの連絡だ。

「こちらリベンジャーズ1。リベンジャーズ2、応答せよ」

ワットはマリアノを呼び出した。

――リベンジャーズ2、どうぞ。

「リベンジャーズ2。チームを連れてリベンジャーズ3の援護に向かってくれ」

ワットはマリアノに命じた。

――了解。交戦規定は？

マリアノは冗談っぽく尋ねてきた。分かりきったことだが、第五特務連隊の隊員に聞かせるためだろう。

「生死を問わず制圧だ」

苦笑したワットはボイラー室の前で止まり、ミコレンコに頷くとドアを開けた。

ミコレンコと二人の部下が突入する。ワットは最後に銃を構えながら踏み込む。

「クリア！」

部屋の奥まで入ったミコレンコが声を上げた。

「たっ、大変です」

ボイラーの裏側を確認した兵士が声を裏返らせた。

「どうした？」

ワットは兵士の肩越しにボイラーの裏側を覗き込み、息を呑んだ。爆弾が仕掛けてあるのだ。

「これは、この病院を吹き飛ばせるほどの時限爆弾です」

見つけた兵士が首を激しく振った。

「退《ど》いてくれ」

ワットは兵士の肩を摑《つか》んで下がらせた。

「火災警報装置を作動させて職員と入院患者を退避させましょうか？」

ミコレンコが恐る恐る尋ねてきた。

「五分じゃ無理だろう。解除するほかない」

ワットは爆弾の前に腰を下ろした。

5

午前四時五十分。

アルファチームが追っているワグネルの二台の偽パトカーは、タラス・シェフチェンコ通り沿いのドラホマノフ国立教育大学前に停めてあった。

大統領府からは直線で一・六キロほどの距離で、ワグネルの六台の偽パトカーが発見された場所の中では一番近い。パトカーをよくよく調べると無線機などはなく、外装だけそっくりに作られていることが分かった。

タラス・シェフチェンコ通りは片側三車線で中央分離帯は遊歩道公園になっている大通りである。ドラホマノフ国立教育大学前の東側には、国重要文化財である聖ウラジミール大聖堂が建っている。また、道の反対側はタラス・シェフチェンコ記念キーウ国立大学付属の広大な森林公園がある。キーウは電線の地中化が進められているが、この辺りは電線が蜘蛛《くも》の巣のように張り巡らされており、開発が遅れているらしい。

浩志らは二十分ほど前に到着し、偽パトカーから1ブロック西のヒルトンホテル前にM1097を停めて近辺を捜索していた。

――こちらアルファ1。リベンジャーズ1、応答願います。

フォメンコから無線連絡が入った。彼らはヒルトンホテルと周辺を捜索している。敵を見つけたら単独で対処しないように命じ、リベンジャーズと第五特務連隊の二チームに分かれて行動していた。

ヒルトンホテルは五つ星ホテルだけに外国要人やジャーナリストが宿泊している。ホテルの内外を捜索するために、第五特務連隊だけに任せてあるのだ。柊真やワットから時限爆弾を仕掛けてあったという報告がさきほど相次いであった。そのため、宿泊客が多いホテルを優先的に調べさせている。

「リベンジャーズ1。どうぞ」

浩志は周囲を窺いながら無線に出た。簡易的にブラボーチームと同じコールサインを使っている。

――客室以外でホテルの内外はすべて調べました。これから宿泊客のロシア人の部屋を調べます。

フォメンコは強張《こわば》った声で報告してきた。彼らにも時限爆弾が見つかったことは知らせてあるので、緊張しているのだろう。

「了解」

通信を終えた浩志は、立ち止まった。ドラホマノフ国立教育大学の東側にあるイヴァン・フランコ通りの歩道である。

リベンジャーズは偽パトカーが停められていた教育大学周辺を調べていた。建物はタラス・シェフチェンコ通りに面してコの字形をしており、北側は四階建ての建物と接している。大学の建物の各出入口などは調べたが、異常はなかった。

「敵の狙いはなんですかね？」

辰也が尋ねてきた。集合住宅、病院とターゲットがまるで違うからだ。

「人的被害を出すことだろう。すでにワグネルの二つのチームが壊滅している。大統領暗殺を諦《あきら》めて、できるだけたくさんのウクライナ人を殺害することを目的としているんじゃないのか？」

傍の宮坂が答えた。

「集合住宅なら、一度に千人近くは殺せるだろう。ヒルトンでもそれなりの被害は出るかもしれない。だが、病院をまるごと吹き飛ばしても死傷者の数は知れている。そもそも数を求めるのなら分散する必要はない。集合住宅をいくつも爆破すればいいはずだ」

浩志は首を傾げた。敵の目的も分からずに闇雲に探しても時間を浪費するだけだ。

「攻撃の大きさは被害の規模だけによらないですよ。住宅で大勢の住民の死傷者が出て、死傷者を収容すべき病院が攻撃されたら、ウクライナ人の精神的ダメージは大きいんじゃないですか？」

田中が渋い表情で言った。

「それだ。大学は文化の象徴であり、若者の未来だ。だとすれば、大学を爆破すればウクライナ人の痛手は大きいだろう。通りの反対側にあるタラス・シェフチェンコ記念キーウ国立大学を狙うんじゃないか？　あっちの方が全然規模が違う。衝撃はありますよ」

辰也が手を叩いた。

「待てよ。文化の破壊というのなら、大学よりも教会の方がより衝撃的だ。しかも、わざわざパトカーを現場に残すのは、ウクライナ政府の自作のテロと見せかけるために違いない」

浩志は通りの反対側を見つめながら舌打ちをした。たとえ戦争状態になっても、教会は攻撃対象から外すと思い込んでいたのだ。まさに敵はそこを狙ったのではないのか。歴史ある教会が破壊されるというありえない事態が起きれば、国民は理性を失うだろう。ウクライナ政府がロシアのせいにするためにやった偽装工作だとプーチンが言えば、信じる国民も大勢出てくるかもしれない。

聖ウラジミール大聖堂はウクライナ正教会の聖堂で、一八六二年から一八九六年にかけて建設された。宗教弾圧がなされたソ連共産党政権下では閉鎖されていたが、第二次世界大戦後はロシア正教会に渡されている。そしてウクライナが独立した後、一九九二年にウクライナ正教会の聖堂になった。

「現場にパトカーを残す理由は納得できますが、教会を爆破するなんていくらなんでもそれはあり得ないでしょう。キリスト教にとって教会は神の家ですよ。そこを汚《けが》すようなことをしますか？」

宮坂が右手を大きく振った。

「あえて爆破し、その責任はゼレンスキーにあると言うのが、プーチンじゃないのか。そもそもやつは無神論者だ」

鼻先で笑った浩志はイヴァン・フランコ通りを渡り、柵を越えて聖ウラジミール大聖堂の敷地に入った。大聖堂と言われているが、左右に尖塔《せんとう》があるこぢんまりとした建物である。

聖堂の南側に正面出入口があり、東西に小さな出入口あった。浩志らは西側を最初に調べ、正面出入口、最後に東側の出入口を確かめる。

木戸に手を掛けた浩志は、右眉を吊り上げた。鍵が外れているのだ。

浩志が木戸を開けると、加藤と田中が四本のケミカルライトを折って投げ入れ、辰也と宮坂が突入し、加藤と田中が援護する形で突入した。最後に浩志はハンドライトを左手に、グロックを右手に握り潜入する。辰也と宮坂は左手の正面、加藤と田中は右手に進み、浩志は単独でそのまま奥に進んだ。

内部は吹き抜けになっており、天井がおそろしく高いため、外観よりも遥かに大きく感じられる。

教会の奥の数段高い場所に、キリストをはじめとした聖者の像が祀《まつ》ってある。よく見ると、他の壁面にも聖者や聖母マリアの絵画があるようだ。人々は気に入った聖者に祈りを捧げるのだろうか。聖堂を支える六本の巨大な柱にも聖人が描かれていて、歴史を感じさせる。貴重な文化財であることは、素人目《しろうとめ》にも分かるというものだ。

「爆弾発見！」

辰也が声を上げた。

「こっちにもあるぞ！」

宮坂も叫ぶように言った。

二人は中央の二本の柱の近くに立っている。爆弾は二ヶ所に仕掛けられているようだ。

「加藤。犯人の痕跡を探せ」

浩志は加藤に命じると、辰也と宮坂に近付いた。

「起爆装置のタイマーは、五分を切っています。爆発すれば聖堂は崩れ落ちます」

辰也は爆弾をハンドライトで照らしながら言うと、自分のタクティカルバッグから工具箱を取り出した。

「できそうか？」

浩志は辰也に尋ねた。心配して尋ねたのではない。挨拶《あいさつ》のようなものだ。

「誰に聞いているのですか」

苦笑した辰也は、鼻歌混じりにペンチを出した。

6

聖ウラジミール大聖堂。

フォメンコら第五特務連隊の兵士が、起爆装置を解除した二つの爆弾を聖堂から運び出していた。時刻は午前五時になろうとしている。

辰也が二つともいとも簡単に解除していた。デジタル起爆装置にトラップでもないフェイクワイヤーが数本あったらしいが、彼にしてみれば子供騙《だま》しに過ぎなかったようだ。それでも爆薬はC４が使用されており、構造はシンプルながらも破壊力は凄《すさ》まじいものになっただろう。

浩志らリベンジャーズは、聖堂前の広場で作業を見守っていた。

「それにしても、二つとも爆発していたら聖堂は今頃、瓦礫《がれき》の山だったな」

宮坂が第五特務連隊の兵士が抱えている爆弾を見て言った。起爆装置のないC４は安定しているため単独で爆発することはない。爆弾を運んでいる兵士は、仲間と話しながら歩いている。現場から緊張感はなくなっていた。

「周囲にも瓦礫は飛散しただろうな。住居は少ないが、死傷者は出ていたはずだ。そもそも聖堂を破壊するなんて罰当《ばち》たりな連中だぜ」

辰也は頭を左右に振った。

「追跡していたパトカーはすべて見つけ出しましたが、まだ何か企んでいるんでしょうかね？」

宮坂は傍で腕組みをしている浩志に尋ねてきた。

柊真のチャリーチームからは、爆弾処理を終えて周辺の捜索をしていると報告を受けている。ワットのブラボーチームからも同じく爆弾処理をし、なおかつ現場近くにいたワグネルの三人の傭兵と交戦したと聞いている。その際、第五特務連隊の二人の兵士が負傷したらしい。敵兵は三人とも死亡したが、他には見つけられなかったそうだ。

ワットとリベンジャーズの仲間に負傷者は出ておらず、現場は第五特務連隊に任せてこちらに向かっていると連絡を受けていた。

「足がつくパトカーを現場に残したのは、爆破テロをウクライナの自作自演だとするための偽装工作だろう。他にも何か企んでいるなら足が必要となる。だが、非常事態宣言が出されている街を怪しまれずに移動するのは困難だろう」

浩志は浮かない顔で答えた。逃走しているワグネルの傭兵は、少なくとも十六人いる。彼らが単純にウクライナを脱出するのなら何の問題もないが、まだ何か企んでいる可能性があるのだ。

目の前に一台のM１０９７が停車し、荷台からワットらブラボーチームに参加していた仲間が降りてきた。追って柊真らも合流することになっている。

「敵の位置は分かったか？」

ワットは真剣な表情でいきなり尋ねてきた。いつも冗談を言っている男とは思えない。今回は長年の宿敵であるロシアが相手ということもあり、モードが違うらしい。

「友恵からまだ連絡はない」

加藤は周辺をくまなく捜索したものの、分かっているのは、徒歩ではなく車で移動した可能性があるということだけだ。手掛かりが摑めないこともあり、浩志は苛立《いらだ》っていたのだ。

「そうか。俺たちはワグネルの陰謀を阻止できたのか？」

ワットは溜息を吐《つ》いて尋ねてきた。

「大統領暗殺に失敗したために爆弾テロを起こそうとしたとすれば、俺たちの任務は成功したと言える。だが、爆弾テロが何かの陽動作戦だったらどうする？」

浩志は険《けわ》しい表情で聞き返した。

「大統領を暗殺するチームとは別行動だったというのか。とすれば、さらに大きなテロが起こり得るぞ」

ワットは両眼を見開いた。

「ワグネルの残党を一人残らず捕らえない限り、安心できない」

頷いた浩志は、ポケットで振動している衛星携帯電話機を出した。二つの暗殺部隊の行動も陽動作戦だった可能性もあるかもしれない。懐疑的に事実を捉えて準備をしていれば何事にも対処できる。戦闘状態での楽観視は禁物なのだ。

「どうだ？」

浩志は通話ボタンを押すなり、尋ねた。友恵からだ。作戦行動中でないため、ＩＰ無線機の電源は落としている。

――逃走中のワグネルの傭兵の行方は分かりません。ただ、気になることがあります。十月宮殿と洗車場ビルで捕虜にした傭兵の行方が分からないんです。

友恵は早口で報告した。

「何！　どういうことだ」

浩志は思わず声を上げた。十月宮殿では十八人、洗車場が入っているビルでは十九人を捕虜にしている。捕縛した兵士は第五特務連隊から第九特務連隊に引き渡され、軍刑務所に送られたと聞いていた。

――ちゃんと移送されたか心配になり、軍刑務所のサーバーを調べましたが、ワグネルの傭兵の記録がないのです。そちらで調べてもらえませんか？　まだ記録されていないだけならいいんですが。

友恵の声が小さくなった。彼女でもお手上げなのだろう。

「分かった。すぐ調べる」

通話を終えた浩志は、作業を指揮しているフォメンコに近付いた。

「第九特務連隊に任せたワグネルの捕虜が軍刑務所に移送されたか、すぐに確認して欲しい」

浩志は厳しい表情で言った。

「了解しました。すぐに第九特務連隊に問い合わせます」

フォメンコは無線機を手にした。

「駄目だ。軍刑務所に直接連絡するんだ」

浩志は強い口調で言った。友恵の杞憂《きゆう》に終わればいいのだが、そうでなければ第九特務連隊の移送チームが襲撃されたか、最悪裏切った可能性が考えられる。その場合、第九特務連隊に直接確認するのは危険な行為になるだろう。

「えっ……分かりました」

フォメンコは目を丸くしたが、素直に従った。無線機ではなく、スマートフォンで電話をかけた。

「……もう一度調べてくれ。第九特務連隊がロシア人捕虜を移送したはずだ。とっくに到着しているはずだ。……分かった」

フォメンコは軍刑務所との通話を終えると、すぐに別の電話をした。信じられないという表情をしている。

「第五特務連隊のフォメンコです」

フォメンコは軍上層部に問い合わせているらしい。

五分ほど待たされて、折り返し電話が掛かってきた。

「……ありがとうございました」

通話を終えたフォメンコは、眉間《みけん》に皺《しわ》を寄せた。

「行方不明なのか？」

浩志は報告を促した。

「少なくとも軍刑務所には到着していませんでした。第九特務連隊の方でも連絡がとれない状態だそうです」

フォメンコは上目遣いで報告した。

「大統領府に行くぞ」

浩志はフォメンコに命じると、鋭いフィンガーレスホイッスルで仲間を招集した。

特別軍事作戦

1

二〇二二年二月二十四日、午前五時三十分。モスクワ。

プーチン大統領は、ドンバスでの〝特別軍事作戦〟の開始を発表した。

西側はNATOの東方拡大をさせないという約束を破ったとプーチンは非難し、ウクライナの加盟を進めた責任は米国にあるとした。

また、国連憲章第七章五十一条に則《のっと》り、すでに独立を承認したドネツク人民共和国とルガンスク人民共和国の要請で、ウクライナの非軍事化と非ナチ化を目的に〝特別軍事作戦〟を実施すると宣言したのだ。

ちなみに国連憲章に則るというのは、「国際連合加盟国に対して武力攻撃が発生した場合には、安全保障理事会が必要な措置をとるまでの間、加盟国は個別的・集団的自衛権を行使できる」ということだ。

つまり、ドネツク人民共和国とルガンスク人民共和国を国際連合加盟国とした上で、両国に対するウクライナからの攻撃にロシアが対処するというのが、プーチンの理論である。あるいは、両国をロシア連邦の構成国とした上で、当事国であるロシアがウクライナに自衛権を行使するという理屈なのかもしれない。

だが、ウクライナのドンバス地域は独立国でもロシア連邦国でもない。この地域では親ロシア派の分離主義グループがウクライナ人を攻撃排除して支配し、勝手に独立国を名乗っているだけに過ぎない。

さらにプーチンは、分離主義グループに対抗すべく立ち上がった民兵組織〝アゾフ大隊〟をナチだと決めつけている。もっとも、長らく西側諸国からもアゾフ大隊はナチではないかと疑われていた。

ウクライナがロシアにクリミアを併合された当時、ウクライナ軍はボロボロの状態で何の役にも立たなかった。そこで親ロシア分離勢力に対抗すべく、ドネツク州マリウポリで民兵を募集してアゾフ大隊が創設された。

民兵組織ではありがちなのだが、応募してきたのは歴史研究家、戦闘マニア、過激なサッカーファン、ネオナチなど雑多である。出自はともかく、彼らはジョージア軍から本格的に軍事訓練を受けた。

ジョージアでは二〇〇八年にロシア系住民を守るという名目でロシアが軍事介入し、北部の南オセチアとアブハジアを一方的に独立させられている。ジョージアはウクライナよりも六年も早く、ロシアから領土を奪われて煮え湯を飲まされている。彼らはプーチン憎しでアゾフ大隊を鍛え上げたのだ。

紛争地に投入されたアゾフ大隊は、分離主義グループの攻撃を跳ね返す目覚ましい成果を見せ、注目を浴びた。衝撃を受けたロシアはアゾフ大隊を「ファシズム」、「ナチ」と呼び、ロシア系住民を虐殺していると、世界に向けて一方的に宣伝したのだ。ロシアは侵攻前の情報戦に勝利していたと言える。

このプロパガンダを信じた日本政府もウクライナ侵攻当日まで、公安調査庁ではアゾフ大隊を「ナチズム」と記録していた。

ネオナチ出身の一部の部隊では、国際的にネオナチの象徴とされている〝ウルフフック〟と〝黒い太陽〟のエンブレムを付けていた。それをクローズアップされて〝アゾフ大隊〟イコール〝ナチ〟とされたのだ。

また、ウクライナ政府の要職に極右グループのメンバーがいたことも、ロシアが「ファシズム」と呼ぶ口実になった。反ロシアで弱腰の左派を見かねて右派が勢力を増したのだが、欧米諸国は過激なウクライナの極右グループを警戒し、嫌悪感すら抱《いだ》いていた。それをプーチンはよく理解していたのだ。

午前五時三十四分。

リベンジャーズとケルベロスは大統領府で合流していた。

浩志と仲間は大統領府の一階会議室で、プーチンの〝特別軍事作戦〟の演説をテレビで見ている。とはいえ、ロシア語は片言レベルなので、ワットが同時通訳していた。

十月宮殿と洗車場が入っていた雑居ビルで捕虜にした三十七人のワグネルの傭兵は、移送を任された十二名の第九特務連隊の兵士とともに消えていた。国防省情報総局で彼らの基地を調べたところ、第九特務連隊の十五人の兵士が倉庫に閉じ込められており、十二人の兵士の行方がM1097と五台のソルダートとともに分からなくなっていた。彼らの親族はいずれもロシア系で、裏切ったと判断されている。

しかも、爆弾テロを計画していた二十一人のワグネルの傭兵の行方も分かっていない。彼らが合流したとすれば、総勢七十名、二個小隊にもなる。彼らが所持する武器によっては、とんでもない力を発揮することになるだろう。そのため、リベンジャーズとケルベロスは大統領暗殺を阻止すべく大統領府に集合したのだ。

SASは、大統領府庁舎と政府要人がいる最高議会堂に分かれて警備を担当している。だが、リベンジャーズとケルベロスに、警備の依頼は来ていないので手持ち無沙汰《ぶさた》になっていた。偶然ウクライナに居合わせただけの傭兵に大統領警護の任務は任せられないからだろう。政府要人が部外者を近付けることを嫌うのは当たり前だからだ。

「米国が悪いだと！　ふざけるな〝子ネズミ〟め！」

ワットは通訳しながらぼやいている。

ちなみに〝子ネズミ〟とは、プーチンがＫＧＢ時代のレニングラード支局に勤務していた際に同僚がつけたあだ名である。彼が大学時代に寸法が短い（低身長）、甲斐性《かいしょう》がないということから名付けられた〝吸殻〟と同じような意味合いだ。

爆音とともに窓ガラスが振動した。それを皮切りに爆発音が続く。

「もう始まったのか」

浩志は舌打ちをした。ロシアのミサイル攻撃が始まったのだ。

仲間も爆発音に聞き耳を立てている。狼狽《うろた》える者はいない。方角が分かれば攻撃位置も摑《つか》めるからだ。街中のため音は反響し、四方から響いてくる。

――敵襲！　訓練ではない。各自持ち場につき、敵襲に備えよ。職員は防空壕に避難せよ。

館内放送が入った。

「爆発は少し離れている。空港を破壊し、制空権を奪うつもりなのだろう。常套《じょうとう》手段だが、攻撃するのはドンバスだけじゃないらしい」

眉間《みけん》に皺《しわ》を寄せたワットは、タブレットＰＣを立ち上げて近くのテーブルの上に載せんだ。画面にはキーウの地図が表示されている。浩志は柊真とともに、タブレットPCを囲た。

アントノフ国際空港は大統領府から北西に二十八キロ、ボルィースピリ国際空港は大統領府から東南に二十八キロの距離である。

「もし俺が作戦を立てるなら、ミサイル攻撃をした後で都市防衛の空軍機が駐機しているアントノフ国際空港を徹底的に叩《たた》く。抵抗がなくなったら、輸送機で空挺部隊を戦車と装甲車とともに投下するだろう。米軍ならここを起点に数時間でキーウを一気に制圧する」

ワットは地図上のアントノフ国際空港を指差した。彼は米軍最強のエリート特殊部隊で大佐にまでなった男である。そのまま現役で米軍に留《とど》まれば、中将にもなれただろう。それだけに戦略には通じている。

――こちらモッキンバード。リベンジャー、応答願います。

友恵がIP無線機で呼び出してきた。

浩志はプーチンの特別軍事作戦の演説を合図に、ロシアの軍事行動が始まると睨《にら》んでいた。そのため、仲間に無線機をオンにさせ、同時に友恵ともいつでもIP無線機で連絡が取れるようにしていたのだ。

「俺だ」

浩志は会議室の窓から外を見ながら答えた。北西の方角に黒煙が昇っている。アントノフ国際空港が爆撃されているのだろう。

――大統領府の設計図が見つかりましたので、送ります。

敵襲に備えて防備を固めるために友恵に頼んであった。ラキツキーに要請したが、断られていたのだ。

「地下道でもあるのかと思ったが、違っていたか」

浩志は受け取ったデータを自分のタブレットPCに移し、設計図を見た。防空壕《ぼうくうごう》はあるが、大統領府には十月宮殿のように他のエリアに繋《つな》がる古い地下道はないらしい。ワグネルの傭兵は、地下道を使って大統領府庁舎に密《ひそ》かに侵入する可能性があると思っていたのだ。

「私は爆弾を仕掛けた場所が、いずれも大統領府の西側だったことが気になります」

柊真は自分のタブレットPCにキーウの地図を表示させて言った。爆弾が仕掛けてあった場所とワグネルの傭兵が潜伏していた三ヶ所の建物にチェックマークが入っている。ワグネルの攻撃の意図を読み解こうとしていたようだ。

「三ヶ所とも爆発していれば、消防や軍はキーウの西側に集中したはずだ」

ワットは渋い表情で言った。

「敵は東側から攻める計画を立てていたのかもしれないな。陽動作戦は、単純なほど成功率が高い。現に爆弾騒ぎがあった周辺を二個小隊が警戒している」

浩志は腕組みをして頷《うなず》いた。バンコバ通りに面した大統領府庁舎の正面玄関は西側にあり、周辺の庁舎があるブロックには民間の施設がある。民間の施設まで厳重な警備はされていないので盲点になるかもしれないのだ。

「我々だけで、大統領府周辺をパトロールしませんか？」

柊真はにやりとし、足元のタクティカルバッグを背負った。いつでも出撃できるように準備はできている。

「これ以上、プーチンの戯言《たわごと》を聞く必要もないからな」

ワットが笑みを浮かべると、三人のやりとりを見守っていた仲間たちが頷いている。

「装備を整えて一分後に出発」

浩志は仲間を見回して言った。

2

午前五時三十八分。

日の出にはまだ一時間以上ある。夜空に雲がかかっているせいもあるが、東の空もまだ暗い。

空襲警報が鳴り響く中、大統領府庁舎の正面玄関から武装したリベンジャーズとケルベロスの仲間が小走りに出ると、二つのチームに分かれた。全員、爆薬や予備弾だけでなく水やレーションを入れたタクティカルバッグを背負っている。大統領府は出入口や窓をベニヤ板で塞《ふさ》いで閉鎖する作業が進められており、戻れなくなる可能性もあるからだ。

浩志をリーダーとするアルファチームは、辰也、宮坂、加藤、田中、村瀬、鮫沼という編成にした。

柊真をリーダーとするブラボーチームは、セルジオ、マット、フェルナンド、それにワットとマリアノと瀬川の三人が加わる。柊真はワットを差し置いてリーダーになることは居心地が悪いらしいが、ケルベロスを主体としたチームなのでワットは問題視していないのだ。

また、アルファチームには第五特務連隊のフォメンコ、ブラボーチームにはサーボが付くことになった。彼らは連隊長の許可を得ているが、それ以上の部下を付けることは許されなかったらしい。浩志らにとっては、ウクライナ軍に敵兵と間違われないようにさえすればいいので、人数は気にしていない。むしろ少ない方が足を引っ張られないということもある。

「ミサイルや空爆の心配はありませんか？」

フォメンコが不安げに尋ねてきた。

「国のトップをミサイル攻撃で暗殺するのは、テロだという暗黙の了解がある。それにミサイルじゃ確実性もないしな。そもそも交渉相手を最初に殺しては、戦争の正当性を失うということにもなる。だが、特殊部隊が地上戦で庁舎に攻め込んで大統領を捕縛するなり、殺害するのはありだ。初戦のミサイル攻撃で危険なのは空港や軍事基地だ」

ワットは簡単に説明した。

「なるほど。すでに大統領は防空壕に避難していると聞いておりますが、それを聞いて安心しました」

フォメンコは何度も頷いた。

「俺たちはルターランスカ通りから見回る。そっちは頼んだぞ」

浩志は柊真に告げると、仲間を連れてバンコバ通りを南に向かう。あえて徒歩で進むのは攻撃用ドローンのターゲットになるのを避けるためだ。

「了解です」

柊真らは右手の北に向かう。バンコバ通りはインスティテュート通りにぶつかる。彼らは時計回りに大統領府があるブロックを進むことになっていた。

浩志らアルファチームはゲートを抜けると、左に曲がってルターランスカ通りを南東に向かう。遠雷のように断続的に爆発音が響いてくる。ゲートの警備兵は建物の陰に隠れていた。

交差点角から二つ目に四階建てのビルがあり、建物の一階部分がくり貫かれて通路になっている。建物裏にある駐車場入口である。ヨーロッパでよく見かける構造だ。

浩志は村瀬と鮫沼の二人に、ハンドシグナルで中を調べるように命じた。

駐車場入口から二人は銃を構えながら入って行く。他の仲間は通りのあらゆる方向に銃を向けながらゆっくりと進む。市街戦ではどこから狙撃されるか分からない。一瞬の油断が命取りになる。

「このビルはプラントなどを扱う工業会社だったと思います。今さらですが、大統領府の周囲に民間の建物があるのは、問題がありますね」

フォメンコは渋い表情で言った。平時なら問題ないが、戦争状態になった際には、重要な官庁は民間施設から独立した環境にあることが望ましい。

駐車場入口から三十メートルほど東にある駐車場出口から村瀬と鮫沼が出てきた。

「異常はありません。中庭のような駐車場があり、一・八メートルのフェンスで大統領府と仕切られていました。大統領府の裏庭の守備隊が見えましたよ」

村瀬が報告した。

「守備隊に連絡して、駐車場の出入口を封鎖するか、せめて見張りを立たせるんだ」

浩志はフォメンコに指示すると、先に進んだ。ルターランスカ通りは、片側一車線のシヨフコビチナ通りにぶつかる。

「このビルはウクライナ自由民主同盟（ＬＤＬＵ）が入っています。学生運動家が出入りしていますよ」

フォメンコは交差点角にあるビルを指差して言った。彼はツアーガイドのようにビルのオーナーなどを説明してくれる。周辺の地理だけでなく、民間施設の内情まで諳《そら》んじているようだ。

左に曲がり、バンコバ通りの一本東側のショフコビチナ通りに入った。狭い道なので歩道に車が停めてある。

百六十メートルほど進んだところに七階建てのビルがあり、一階部分に駐車場に通じる幅四メートル弱の通路がある。

「待てよ」

フォメンコが通路の前で立ち止まった。

村瀬と鮫沼が通路に入ろうとしたので、浩志は右手を軽く上げて止めた。

「このビルから続けて三つのビルの裏側が通じており、真ん中の貯蓄銀行が入っているビルの通路は確か大統領庁舎の裏側まで延びているはずです」

フォメンコは記憶を辿《たど》っているのか、首を傾《かし》げながら言った。

浩志は辰也に宮坂と村瀬と鮫沼を付け、目の前の通路から入るように命じると、残りの仲間とフォメンコを伴い、五十メートル進んで貯蓄銀行があるビルの通路を抜けた。

三つのビルの裏側は各ビルの駐車場が繋がっており、かなり広い。先に入っていた辰也のチームが二手に分かれて周囲を警戒している。

辰也が近くに停めてある大型の車のシートを剝《は》ぎ取った。

浩志は右眉《みぎまゆ》を吊《つ》り上げた。Ｍ１０９７である。造反した第九特務連隊が盗み出した車に違いない。

「辺りに七十人のワグネルの傭兵もいるんでしょうか？」

フォメンコは声を潜《ひそ》めて言った。顔面は血の気《け》が引いている。

「いや、ソルダートがない。いたとしても十人前後だ。大統領府を襲撃する準備をしているのだろう」

浩志は加藤に斥候《せっこう》に出るように指示すると、仲間に駐車している車の陰に隠れるように合図を送りながら答えた。

「すぐに応援を呼びます」

フォメンコは無線機に手を掛けた。

「待て。本部には連絡するな。こんな場所に簡単に入れるということは、内部に裏切り者がいるということだ」

浩志はフォメンコの手を摑んで止めた。大統領府庁舎の敷地内にまんべんなく守備兵を配置していたとしても、隣接するエリアへの敵の侵入を簡単に許しているのなら、誰かがそう仕向けたと考える方が自然だ。迂闊《うかつ》という言葉では片付けられない。

「わざと裏側の警備を緩めるように仕向けたということですか」

フォメンコは両眼を見開いた。

「そういうことだ。大統領府内に手引きするやつがいる。応援を呼べば、迎撃のチャンスも失う。いきなり交戦状態になるのは避けなければならない」

浩志は無線機でＳＡＳのリネカーを呼び出した。

「応援はまだいい。敵は東ないし西側から侵入するつもりだ。モグラを警戒し、内側の守りを固めて欲しい」

簡単に事情を説明した。

――了解。

リネカーもかなり驚いていたようだが、自分に直接連絡してきた理由は分かっていたようだ。政府内にロシアのスパイがいることを疑っているゼレンスキー大統領は、友人や付き合いが古い人物を政府の要職に登用しているそうだ。だが、リネカーはその中でさえも信頼できない人物が含まれると言っていた。

「こちらリベンジャー。バルムンク、応答せよ」

浩志は柊真を呼び出した。

――バルムンクです。どうぞ。

「カゴの東側に敵兵の車を発見した。これからネズミがいるか調査する」

応援がいるとは言わなかった。彼らに応援を要請すれば、すぐに駆けつけられるからだ。むしろ彼らの近くに敵がいないか、注意を促したのだ。ちなみに〝カゴ〟とは大統領府庁舎のことである。

――了解。いつでも出前を受けますよ。

柊真は冗談っぽく返事をした。余裕があっていいことである。

「頼んだ」

浩志はにやりとして無線を終えた。

3

午前五時五十一分。

浩志らアルファチームは、貯蓄銀行が入っているビルの駐車場で息を潜めている。

――こちらトレーサーマン。リベンジャー、応答願います。

斥候に出ている加藤から連絡が入った。

「リベンジャーだ」

浩志は小声で応答した。

――敵の位置が分かりました。駐車場から百十メートル先に倉庫があります。その中に八人の兵士が潜んでいるようですが、私の位置からは見えません。また、倉庫の出入口は東側にあり、その陰に見張りが一人立っています。明かり取りの窓はありますが、裏口はありません。

加藤は浩志の位置を起点として報告している。浩志は貯蓄銀行ビルの駐車場の一番端にいるので、そこから百十メートル先ということだ。

「そいつの死角はないか？」

浩志は質問しながら、右手を上げて仲間に集合をかけた。

——八十六メートル先の右手にある建物まで、できるだけ右端を進めば見張りの死角になります。ただし、建物から倉庫までは十メートルほど離れているので、発見されてしまいます。

「我々が位置についたら連絡する。見張りは任せられるか？」

——もちろんです。

「三十秒後だ」

浩志は無線連絡を終えると、フォメンコに最後尾につくように指示した。

右手を前に振った浩志は、先頭で銃を構えて一列で進む。

百メートルほど先に三階建てのL字形の建物があった。加藤の言っていた建物である。きちんと手入れされた植え込みがあり、高級アパートメントらしい。空襲警報があったため、照明が点《つ》いている部屋はなく、ひっそりとしている。

「位置についた」

浩志は加藤に連絡をした。

——見張りを排除。

二秒とかからず加藤は返事をしてきた。見張りを狙撃できる位置にいたのだろう。

浩志は右手を振って道を横切り、倉庫の出入口ドアの右横につく。すぐ近くに頭部に銃弾を受けた兵士が倒れている。

仲間も足音を消して次々とドアの左右に分かれて立った。遅れて加藤が物陰から現れて田中の横に並んだ。

鉄製のドアの横に、車用としては少々小さいシャッターがある。荷物の搬出入口かもしれない。小型車なら出入りできるが、車幅があるM１０９７ではとても無理だ。銀行の駐車場に隠してあったのはそのためだろう。

反対側に立っている辰也がドアの鍵を確認し、頷いた。

宮坂がドアを蹴《け》り破る。

浩志が先陣を切り、辰也と宮坂が右へ、加藤と田中は左に展開し、村瀬と鮫沼とフォメンコが援護のために出入口近くで銃を構える。

八人の男が一斉に振り向いて銃口を向けたが、それよりも速く浩志らの銃弾が彼らを襲った。見張りを立てていたので、油断していたのだろう。男たちは次々と倒れ息絶えた。

倉庫は百平米ほどの広さがあり、段ボール箱が整然と積み上げられている。記載されているさまざまな商品名からすると、近くにあるスーパーマーケットの倉庫なのだろう。

「これを見てください」

辰也が奥の壁際《かべぎわ》でハンドライトを照らしている。

壁の四隅にC４が仕掛けてあった。

「ここを突破口にするつもりだったのか」

浩志もハンドライトで確認して頷いた。倉庫は大統領府の敷地内に突き出す形で立っている。フェンスを爆破しても突破口はできるが、倉庫の中なら爆弾を仕掛ける作業を守備隊の目を気にせずに進められる。

「おそらく、ここを第一の突破口とし、第一陣が突入したら、他の場所でも同じようにフェンスを爆破して一気に攻め込むつもりだったのでしょう」

辰也は起爆装置を取り外しながら言った。

「ここから突入されたら、やばかったですね」

左奥を調べていた田中が言った。足元に筒状の武器が積まれている。

「ほお、なるほど。面倒な銃撃戦を省こうとしたのか」

苦笑した浩志は、一つを手に取った。ロシア製の使い捨て短距離対戦車ロケット弾発射器ＲＰＧ−32である。他にも同じく使い捨てのＲＰＧ−26があった。古い型だが、なぜか射程距離が二百五十メートルとＲＰＧ−32より五十メートルほど長いこともあり、未《いま》だに現役なのだ。

「これは、戦利品としてもらっておきましょう。役に立ちますから」

宮坂がちゃっかりとＲＰＧ−32を肩に掛けていた。

フォメンコが苦笑を浮かべている。

「預かるだけだ」

浩志も手にしていたＲＰＧ−32のスリングを肩に担《かつ》いだ。

——ギィーヤナ1、応答せよ。

倒れている兵士の胸元からロシア語が聞こえてきた。〝ギィーヤナ〟とは、ロシア語でハイエナを意味する。

加藤が男のジャケットのポケットから小型無線機を取り出した。

「指揮官からの呼び出しだろう」

浩志も他の兵士のポケットを探り、無線機を取り出した。

——準備は終わったのか？　答えろ！

相手は苛《いら》立《だ》ち気味に怒《ど》鳴《な》った。だが、何も答えない意味を悟ったのか、無線は唐突に切れた。

午前五時五十五分。

大統領府から東に七百メートルの位置にウクライナ国立軍事史博物館があった。ウクライナの青銅器時代から今日に至るまでの軍事の歴史博物館である。

その裏手にある駐車場に七台のソルダートが停めてあった。運転席と荷台には兵士が銃を足元に置いてじっと座っている。

ソルダートから離れた場所で、アクの強いスラブ系の顔の男が無線機を手にしていた。浩志らが捜し求めているセルゲイ・ダビドフである。

——準備は終わったのか? 答えろ!

眉を吊り上げたダビドフは無線機のスイッチを切り、地面に叩きつけようとして思い留まった。大統領府の裏手に侵入口を作るべく作業チームを送り込んでいる。だが、無線で呼び出したにもかかわらず、誰も答えないのだ。またしても妨害されたということだろう。

ダビドフは特別軍事作戦を実施するにあたり、ゼレンスキー大統領を生死を問わずに拉致《ら》せよ《ち》という命令を受けていた。そのためウクライナに三週間前からチームで潜入し、準備していたのだ。

プーチン大統領の命令下、三日で終わらせるという特別軍事作戦が参謀本部で立てられている。三日という電撃作戦の実行には、ゼレンスキー大統領の拉致の成否が重要な位置を占めていた。プーチン大統領が演説を終えた数時間内にゼレンスキー大統領を拉致できれば、キーウを電撃的に占領し、全土を制圧するのは簡単なことだからだ。

作戦は念入りに進められていたため、ダビドフも簡単に任務を成し遂げられると信じていた。ウクライナに事前に潜入していたワグネルの傭兵チームの指揮も任されており、資金も武器も充分に足りている。失敗などあり得ないと思っていたのだ。

にもかかわらず、なぜか居場所を特定され、作戦をことごとく妨害されている。当初はSASの仕業かと疑ったが、驚いたことに日本のリベンジャーズとフランスのケルベロスという傭兵部隊も加わっていることを、ウクライナの国防省情報総局の内通者から聞かされた。

しかも彼らはアフガニスタンからダビドフを追ってきているらしい。彼らも傭兵なら金で雇われたのだろう。スポンサーは米国で、CIAが外注したに違いない。ここまで執拗《しつよう》に追ってくることからすると、かなりの金を積まれているのだろう。

「私がいったい何をしたというのだ！」

ダビドフは近くのソルダートの助手席のドアを叩いた。

「はっ、はい」

顔面を醜《みにく》く腫《は》らした男が飛び降りて目の前に立った。一度は浩志らに拘束されたアレクサンドル・カプリゾフである。彼は尋問のために大統領府に送られたことになっていた。移動は第九特務連隊が担《にな》っており、他の捕虜同様、カプリゾフは助け出されていたのだ。だが、彼の行方が分からなくなっていることは政府の内通者が隠しているため、浩志らの知るところではない。

「私に別働部隊と合流する命令が下りた。この先の作戦はおまえが指揮を執《と》れ」

ダビドフは人差し指を立てて命じた。カプリゾフは今回の作戦のサブリーダーを務めている。

「わっ、私が、ですか！」

カプリゾフは両眼を見開いて顎《あご》を引いた。

「たった今、ギィーヤナから突入の準備を終えたと連絡があった。あとは空挺《くうてい》部隊を受け入れて、彼らと共に大統領府に突入するだけだ」

ダビドフは嘘《うそ》を誤魔化《ごまか》すために、何度もカプリゾフの胸を突いた。

「おっ、お言葉ですが、陽動作戦はことごとく失敗しております。そのため、突入は激戦が予想されます。私がトップでは部下の士気も上がらないでしょう」

カプリゾフは直立不動の姿勢を崩さない。

「馬鹿野郎！　空挺部隊が一分後に来るんだぞ。今さら中止できるか！」

ダビドフは拳《こぶし》でカプリゾフの胸を再び叩いた。計画では軍事史博物館のすぐ近くにあるサッカー場に、総勢六十名の空挺部隊の特殊部隊隊員がパラシュート降下してくることになっている。ワグネルのチームの七十人は、六十人の空挺部隊を七台のソルダートで大統領府まで移送し、襲撃作戦に加わるのだ。

「はっ、はい」

カプリゾフは体を仰《の》け反《ぞ》らせた。

「気を張る必要はない。空挺部隊を送り届ければいいんだ」

ダビドフは吐き捨てるように言うと、駐車場の片隅に停めてあるアウディのセダンに乗り込んだ。

「移動するぞ」

ダビドフを険《けわ》しい表情で見送ったカプリゾフは、ソルダートに乗り込んだ。

4

午前五時五十六分。

柊真らケルベロスは、ショフコビチナ通りにようやく入ったところであった。

というのもインスティテュート通りとショフコビチナ通りの交差点近くの住宅の内側に大きな公園があり、地形が入り組んでいるために確認に手間取ったからだ。

「了解です。さすがですね。これから合流します」

柊真は浩志から、大統領府裏の倉庫で敵を殲滅《せんめつ》させたと報告を受けていたのだ。

「やったぜ」

無線をモニターしていたセルジオが、ワットらとハイタッチをしている。

「静かに！」

柊真は西の空を見上げた。ミサイル攻撃は止《や》んでおり、キーウに静けさが戻っている。

だが、上空に微《かす》かな爆音が聞こえたのだ。

「輸送機の爆音だ」

ワットも西の方角を見つめて言った。

幾分明るくなった空から黒い粒がいくつも落ちてくる。

「パラシュート降下だ！」

セルジオが叫んだ。

「こちらバルムンク。リベンジャー、応答願います」

柊真は浩志を呼び出した。

——リベンジャーだ。どうした？

浩志はすぐ応答した。

「南東の方角に敵がパラシュート降下してきます。距離は六百メートル前後です。とりあえず向かいます」

柊真は行方不明になっている七台のソルダートと共に、ワグネルの傭兵がパラシュート降下した部隊と合流する可能性を憂慮していた。彼らが大統領府に到着する前に叩いておかないと厄介である。

——慌てるな。ゆっくり行け。応援を要請し、すぐに向かう。

「了解です。敵はインスティテュート通りから攻めてくるはずです。我々は通りで迎撃ポイントを探します」

パラシュート降下した場所から考えると、南側を通るピリプ・オルリク通りはかなり大回りになる。しかも片側一車線で道幅も狭い。攻撃を受けたら前進はできなくなる。その点、北側を通るインスティテュート通りなら道幅も広く、距離的にも近いので敵が通る可能性が大きいのだ。それに、もし敵がピリプ・オルリク通りを通るのなら、応援部隊を配置すればいい。

——ポイントが決まったら教えてくれ。

浩志は慌てる様子もなく答えている。ワグネルの傭兵が大統領府に突破口の準備をしていたのなら、必ず攻撃チームが現れると予測していたのだろう。

「了解」

柊真は無線連絡を終えると、ワットを見た。傍のマリアノと瀬川も一緒に頷いてみせた。柊真の指示に従うということだろう。

「ぶちかましてやろうぜ」

ワットは柊真に拳を見せた。

「行くぞ」

柊真は仲間に号令を掛け、八人の男たちは走り始めた。

ショフコビチナ通りからインスティテュート通りに出て南東に向かう。

片側二車線で歩道が広く、幹が太い街路樹が並んでいる。

百三十メートルほど進んだリプスカ通りとの交差点で、柊真は立ち止まって周囲を見回した。交差点を渡った左角には、四階建てと十二階建てのビルで構成された四つ星のナショナルホテルがあり、右角は五階建ての雑居ビルになっている。

敵は、早ければ二十分前後でこの道を通るだろう。浩志らのアルファチームと合流することもあるが、これ以上進めば、仲間が攻撃位置につく時間がなくなってしまう。

「バリケードを作る暇はないが、狙撃ポイントとしてはいいな」

ワットは柊真の隣りに立ち、歩道を見て言った。歩道に車が何台も駐車してある。弾除《たまよ》けにはなるだろう。また、交差点のため味方の退路の確保もできる。

「ただ、ここが主戦場になれば、ホテルの宿泊客に被害が出ますね」

柊真はナショナルホテルを見て言った。

「ロシアの空挺部隊がやってくる。もはやキーウ全体が戦場だ。むしろ、ホテルの宿泊客を叩き起こして避難させた方がいい。空襲警報が鳴ったから呑気《のんき》に寝ている宿泊客もいないだろうがな」

ワットは笑って答えた。

「そうですね。それじゃ、ケルベロスは雑居ビルに狙撃ポイントを設けます。ワットさんにホテルを任せますが、よろしいですか？」

柊真はワットの目を見て尋ねた。ワットはロシア語が堪能なので、サーボを付けるのに適任だろう。だが、面倒なことなので遠慮しているのだ。

「任せろ」

ワットは満足げに笑顔で答えた。浩志がワットを柊真に付けたのは、柊真の補佐になるようにと思ったからだろう。だが、柊真の指揮に歴戦の軍人であるワットは一切の不安を感じていない。

午前六時六分。

サーボを先頭に、ワットとマリアノと瀬川は、ナショナルホテルに入った。

静まり返っているかと思ったが、フロント前では警備員やホテルの従業員がハンドライトを手に右往左往している。また、手荷物を抱《かか》えた客がラウンジに集まっていた。

「客を防空壕に避難させるんだ。何をしている？」

サーボはホテルの従業員に言った。

「防空壕は定員オーバーなんです」

従業員は客に聞こえないように小声で答えた。

「溢《あふ》れた客は、ここからホテル・キーウに避難させるんだ。間もなくインスティテュート通りは戦場になる。ホテル・キーウの方が安全だ」

ワットがロシア語と英語で言った。

「そっ、そうなんですか」

従業員は慌ててラウンジの客を正面玄関ではなく、リプスカ通りに面した西側の出入口に誘導し始めた。百メートほど北にホテル・キーウはある。また、さらに道を渡ってマリンスキー公園に隠れることもありだろう。

「手間が省けたな」

マリアノは笑みを浮かべると、瀬川と階段室に消えた。フロントとラウンジがある棟は四階建てになっており、その屋上に向かったのだ。

ワットはタクティカルバッグを下ろすと、レーションや水など中身を残らず出した。

「食事されるんですか？」

サーボは目を丸くして尋ねた。

「腹は減ったが、その前にやることがある」

　ワットはバッグから出したC４爆薬に起爆装置を取り付けた。フロントに載せてあった金属製の置き物やペン立て、それに灰皿などをC４爆弾とともにバッグに詰め込む。爆発すれば中の金属類が飛散し、被害を大きくできる構造だ。

　ワットはホテルを出ると五十メートルほど南東に進み、即席爆弾をインスティテュート通りに置いた。そこから百五十メートルほど先で道は大きく右にカーブを描き、クロフスキー坂と呼ばれる北から南方向への下り坂になる。国立軍事史博物館とサッカー場の出入口は、坂上から百メートル下ったところにあった。

「まずい！」

　ワットは踵《きびす》を返すと、一目散にナショナルホテルに向かって走った。坂の曲がり角からソルダートが現れたのだ。

「こちら、ピッカリ。狙撃位置についたか？　敵が現れたぞ」

　ワットはホテルに駆け込みながら無線で仲間に尋ねた。

　――ヤンキース。位置についた。

　マリアノである。

　――コマンド1。位置についた。

　瀬川も同時に狙撃体勢に入ったらしい。

——ブレット。屋上に通じるドアを今破壊している。一分待ってくれ。

セルジオからの連絡だ。彼はフェルナンドと組んでいるはずだ。

——バルムンクとヘリオスは、ビル前で位置についた。

柊真から連絡が入った。ビルの角にコンクリート製の植木鉢を積み重ね、その背後にいるのが見える。覗《のぞ》くと柊真が手を振ってみせた。

「ヤンキース。一台目のソルダートを爆弾で止めるんだ」

ワットはマリアノに命じた。すでに四台のソルダートが坂を上って姿を現している。

——了解。

マリアノは即座に返事をした。同じ作戦をこれまで何度も経験しているので、細かく説明する必要はないのだ。

——こちらバルムンク。爆発を合図に攻撃。

柊真も即席爆弾を銃撃して爆破させることを理解しているようだ。

五台目のソルダートがカーブから現れ、先頭車が百五十メートル先に迫った。

轟音《ごうおん》。

激しい閃光《せんこう》とともに先頭車両の前輪が浮き、炎をあげながら十数メートル走って止まった。マリアノが即席爆弾を狙撃したのだ。

五台のソルダートから兵士が次々と降りてくる。

仲間が一斉に銃撃を始めると、敵兵がバタバタと倒れた。

敵兵も物陰に隠れ応戦してきた。人数が多いだけに弾幕も圧倒的である。

――こちらブレット。位置についたぞ。

セルジオらも屋上に陣取ったらしい。

敵の戦力は十倍以上だが、現状は柊真らが多少有利である。

「勝てるぞ！」

ワットはＭ４で銃撃しながら叫んだ。

5

午前六時九分。

浩志が運転するＭ１０９７は、ショフコビチナ通りを走っている。ワグネルが銀行の駐車場に乗り捨てた車で、エンジンがなかなか掛からずに出発に少々手間取った。警戒中のウクライナ軍に遭遇する可能性があるため助手席にフォメンコを乗せている。そのため、仲間を荷台に乗せていた。

轟音。

――こちらバルムンク。交戦中。

柊真から無線連絡が入った。銃声も聞こえる。

「状況は？」

——敵はソルダートを連ねています。先頭車両を爆破し、足を止めました。破壊した車も含めて五台。残りの二台は確認できません。目視できる範囲で八十人前後います。

「数分、持ち堪《こた》えられるか？」

浩志は急ブレーキを掛けて交差点手前で車を停めた。インスティテュート通りで交戦中なら、のこのこ出ていけば狙《ねら》い撃ちされるだけだ。

——もちろんです。

柊真の声は落ち着いている。安全な狙撃ポイントを確保しているのだろう。

「ブラボーチームが交戦中だ。我々は敵の背後を突く」

浩志は荷台の仲間に無線で伝えると、後輪を軋《きし》ませながらUターンした。フォメンコが両手で天井を押さえて必死に体を支えている。猛スピードで2ブロック先の交差点をドリフトさせながら左折し、ピリパ・オルリカ通りに入る。

「何！」

浩志はブレーキを踏んでスピードを落とした。

正面からソルダートが向かってくるのだ。交戦中のインスティテュート通りから脱出してきたのだろう。

「ぶつかる！」

　フォメンコが悲鳴を上げた。

　後続のソルダートが横に並び、道路を塞ぐ形で突進してきたのだ。

　浩志は寸前でハンドルを切ってかわし、標識を薙《な》ぎ倒して街路樹にバックミラーをぶつけながら歩道を走る。

　ソルダートとすれ違ったところで道路に戻り、車を停めた。

　浩志が運転席を降りるよりも早く辰也と宮坂と加藤が荷台から飛び降りた。すかさず田中と村瀬と鮫沼が、遠ざかるソルダートに荷台から一斉射撃をする。

「私は右」

　加藤がRPG‐32を肩に担いで言った。

「俺は左。ファイア！」

　辰也もRPG‐32を担いで照準を合わせるとトリガーを引いた。辰也の合図で加藤もトリガーを引き、二発のロケット弾は白煙の尾を引きながら左右のソルダートに命中する。

　二台のソルダートはほぼ同時に爆発し、大きな炎に包まれて停止した。

「俺の出番はなかったな」

　M４でソルダートを狙っていた宮坂は、銃を下ろして笑った。

「行くぞ！」

浩志は右手を大きく振ると、運転席に再び乗り込んだ。敵に対応しようとしたが、銃を構えることもなかった。仲間に任せた方がいいと判断したのだ。

「おっと」

辰也らは慌てて荷台に飛び乗った。

M１０９７を走らせた浩志は、四百メートル先で停止させた。目の前に壊れたゲートがあるのだ。スマートフォンの地図アプリで、大統領府周辺の地理は頭に叩き込んでいた。百メートルほど進めば、クロフスキー坂に出られる。ゲートを壊したのは、さきほど破壊した二台のソルダートだろう。

浩志はゆっくりと車を進ませた。道幅が狭く、木々が生《お》い茂っているため見通しが悪いのだ。

「ゲートの先から百メートルほどが私道なんです。この辺りでクロフスキー坂に出られるのは、ピリパ・オルリカ通りだけなんですが、この区間だけ関係者しか通れないんですよ。インスティテュート通りで待ち伏せしたのは正解でした」

フォメンコは左右を警戒しながら言った。

「特別な地権者でもいるんだろう」

鼻先で笑った浩志は雑木林の中の私道を通り、反対側の壊れたゲートを抜けてクロフスキー坂に出た。

「何！」

浩志はフロントウィンドウから上空を見上げた。二機の軍用ヘリが爆音を立てながら追い越して行ったのだ。

「ウクライナ空軍か？」

浩志はフォメンコに尋ねた。

「分かりません。自軍の戦闘ヘリだとしたら、西の方角から飛来すると思います」

フォメンコは首を傾げた。アントノフ国際空港と言いたいのだろうが、空港はミサイル攻撃に曝《さら》されたと聞く。浩志らの要請で二機も飛来するはずがない。

「まずいぞ」

浩志はアクセルを床まで踏んだ。

6

午前六時十六分。インスティテュート通り。

「くそっ！」

雑居ビル前から銃撃していた柊真は、仰け反って尻餅《しりもち》を突いた。左肩を撃たれたのだ。痛み方からして、銃弾が貫通したのだろう。

傍《かたわ》らにはマットが頭から血を流して、壁にもたれ掛かって座っている。銃弾が左側頭部を掠《かす》めた程度なのだが、かなり出血していた。マットは自分で包帯を巻いて処理をしている。

「大丈夫か？」

マットが尋ねてきた。

「平気だ」

柊真は息を吐きながら答えた。止血するほどでもないだろう。

マリアノがワットの即席爆弾を爆破させ、先頭車両を破壊した。それを機に柊真らの攻撃で、瞬《また》く間《ま》に十数人の敵兵を倒して有利に働いた。だが、それも、二分ともたなかった。敵兵は車や建物の陰に隠れて銃撃してくる。

二つのビルの屋上に狙撃ポイントを置いているおかげでなんとか持ち堪えていた。地上から応戦している柊真とマットは、負傷している。反対側で銃撃していたサーボは右腕を撃たれて戦線から離脱した。

敵は猛烈な弾幕を張り、じわじわと距離を詰めてくる。反撃はしているものの、敵兵に銃弾が届かなくなった。照準を合わせている暇がないのだ。

重低音の爆音が響く。

東の街角から突如、細身の攻撃ヘリが二機も現れた。

──攻撃ヘリ！　退避！　退避！

屋上のマリアノの叫び声がイヤホンに響いた。

──こちらブレット。退避する！

セルジオから悲壮な声が届く。

──まずいぞ！　〝アリガートル〟だ。建物に逃げ込め！

ワットの声も続いた。

アリガートルは、ロシア語でワニ（アリゲーター）を意味する。コックピットが複座式でキャノピー（風防）のフェイスがワニに似ているためだ。正式名称はKa‐52、NATOのコードネームは〝ホーカムB〟という。30ミリ機関砲、左右に翼のように広げたハードポイントに対戦車ミサイル、空対空ミサイル、20連装80ミリロケット弾などを装備している。

アリガートルの30ミリ機関砲が火を噴いた。

「やばい！」

柊真はマットを抱えて雑居ビルの玄関に飛び込んだ。機関砲の銃弾が二人を執拗に追ってくる。いつでも逃げ込めるようにドアを開けっぱなしにしておいて正解だった。

「くそっ！」

柊真とマットは一階にある会計事務所に飛び込んだ。十数センチ先の廊下の石材が、破裂しながら砕け散る。

「こっちだ！」

ワットがアリガートルの背後に5・56ミリ弾を連射した。銃弾は火花を散らしたが、機体に穴すら開けられない。

「ワニのように硬いぜ」

舌打ちをしたワットは全弾を撃ち尽くすと、マガジンを換えた。弱点はローターの軸のはずだ。正確に狙えば撃ち落とせるだろう。

「いかん！」

ワットは慌ててホテルのエントランスに転がり込んだ。背後から機関砲の銃弾が、大理石の床と壁を木っ端微塵《こっぱみじん》に破壊していく。別のアリガートルに銃撃されたのだ。銃弾が頭部に当たれば、スイカのように爆発するだろう。手や足なら簡単に吹き飛ぶ。どこに当たっても致命傷になるのだ。

「おお！」

ワットは叫びながらエレベーターホールまで逃げ、階段室に飛び込んだ。サーボはいち早く階段室に逃げていた。

「助かった。移動するぞ」

柊真は短く息を吐くと体を起こした。傍らのマットがぐったりとしている。腹部から出血していた。

「マット！」

柊真は叫んで、振り返った。

会計事務所の窓越しにアリガートルのコックピットのパイロットが見えたのだ。柊真らを嘲笑《あざわら》うように地上数メートルでホバリングしていた。機関砲の銃口がこちらを向いている。

「これまでか。みんな、すまない」

柊真は呟《つぶ》きながらM４の銃口をアリガートルに向けた。マットを置いて一人で逃げることはできない。

轟音！

突如、アリガートルが爆発した。

「命中！」

辰也は呟くと発射したRPG-32を投げ捨て、近くに駐車してあった乗用車の陰に隠れた。敵の銃弾が、乗用車に集中する。アリガートルを狙うために、あえて敵兵の多い孤立した場所でRPG-32を発射したのだ。

浩志はM１０９７をクロフスキー坂のカーブの手前で停め、リベンジャーズを敵の背後につかせた。仲間を銃撃しているアリガートルを撃ち落とすべく、ロケット弾発射器の扱いが一番うまい辰也にRPG‐32を任せたのだ。

「気付かれましたね」

宮坂が苦笑している。撃墜したアリガートルとは別の機体が反転し、こちらに向かってゆっくりと移動してくる。辰也を索敵しているのだろう。

「ロケット弾も残り少ない。最悪M4で撃ち落とせるか？」

ブロック塀の陰に立っている浩志が、宮坂に尋ねた。RPG‐32は使い果たし、RPG‐26が一本だけ残っている。押収した倉庫にはRPG‐32が三本、RPG‐26が一本あり、全部持ち出した。

「ピッチチェンジロッド辺りに銃弾を集めればできるかもしれませんね。5・56ミリ弾じゃ、機体の塗装を削ることしかできませんから。一分ください。右の建物の屋上に上がります」

宮坂はそう言うと、坂道の右手にある柵を乗り越えた。宮坂が潜入した場所の隣りに四階建ての建物がある。狙撃するにはいいが、反対に攻撃を受けやすい場所でもある。ちなみにピッチチェンジロッドは、ローターの軸の上部である。

「加藤。26でワニを撃ち落とせ」

浩志は加藤に命じると、田中と村瀬と鮫沼に援護射撃ができる位置に移動するように指示した。

――こちら針の穴。位置につきました。

一分後、宮坂から連絡があった。

「撃て！」

浩志は物陰から出ると、敵兵を撃った。敵との距離は二、三十メートル。近接戦では正確に撃てることはもちろんだが、度胸と経験が何より必要になってくる。五十メートルという距離でさえ、敵の顔が視認できると判断が鈍る。躊躇《ちゅうちょ》したら撃たれるのは自分なのだ。

仲間も一斉に銃撃しながらゆっくりと前進する。

浩志は標的にならないように常に移動しながら一発必中で敵兵を撃ち取っていく。銃弾が肩や腕を掠める。だが、浩志は決して立ち止まらない。

加藤が道路の真ん中に出て跪《ひざまず》いた。彼を狙う敵兵はすべて浩志と仲間が片付ける。加藤はRPG-26を肩に担ぎ、狙いすますとトリガーを引いた。

ロケット弾は白煙を吐きながら一直線にアリガートルに向かう。その距離、八十メートル。だが、アリガートルは僅《わず》かに機体を傾けてかわした。この距離なら外すことはないので、発射される瞬間を狙って操縦桿《そうじゅうかん》を動かしたのだろう。

アリガートルは80ミリロケット弾を加藤めがけて撃ち込んできた。

慌てて走り出した加藤のすぐ後ろでロケット弾が爆発し、爆風で加藤は吹き飛ばされた。路上に転がった加藤は、気絶したのかぴくりとも動かない。なおもアリガートルは、加藤に迫る。敵のパイロットは、仲間を撃たれて腹に据えかねたのだろう。

「こっちだ!」

浩志は防弾と知りつつ、アリガートルのキャノピーを連射した。

アリガートルが高度を下げ、機首を浩志に向けた。

浩志はM4のマガジンを交換しながら走った。敵の気は引きたいが的《まと》になるつもりはないのだ。

甲高い金属音が連続して響いた。

アリガートルのピッチチェンジロッドに、宮坂の銃弾が命中したのだ。M4で連射すれば、銃弾はターゲットから上下に逸《そ》れるものだが、宮坂は一点に集中させている。

鋭い破裂音を立てて、ピッチチェンジロッドの部品が跳ね飛んだ。

慌てて上昇したアリガートルのブレードが吹き飛ぶ。

まるでスローモーションでも見るようにアリガートルはソルダートの上に墜落し、爆発炎上した。

「前進!」

浩志は号令を掛けると、銃撃しながら西に向かって進んだ。辰也、田中、加藤、村瀬、鮫沼が続く。彼らの銃弾は確実に、そして容赦《ようしゃ》なくロシア兵を倒していく。浩志だけでも十人以上の敵兵を倒している。宮坂は、屋上からの攻撃を続けていた。彼らの鬼のような活躍に敵兵は一人、二人と浩志らと反対方向に走り出すと、我先に争って逃げ出した。

リプスカ通りとの交差点角に銃を構えた柊真とワットとサーボが、敗走する兵士の前に立ち塞がる。

「手を上げて、降伏しろ！」

ワットがロシア語で叫び、敵の足元を銃撃した。

十数人の兵士が武器を捨てて両手を上げた。残りの七十人以上の兵士が路上に倒れている。彼らは五分の四の兵力を失っていたのだ。

リベンジャーズとケルベロスで、敵兵を取り囲んだ。加藤が足をふらつかせながらも歩いている。脳震盪《のうしんとう》を起こしたのかもしれないが、大事には至ってないようだ。

「負傷者はいないか？」

浩志は敵兵に銃を向けながら柊真に尋ねた。田中と村瀬と鮫沼が、彼らを後ろ手に樹脂製の結束バンドで縛り上げている。辰也と宮坂、それにセルジオとフェルナンドが敵の負傷の有無を確かめていた。

「マットが、腹部に瓦礫《がれき》の破片が刺さりましたが、マリアノさんに治療をしてもらっています。それよりも、藤堂さんは大丈夫ですか？　血だらけですよ」

柊真が浩志の負傷した肩や腕を見て言った。

「銃が持てるから大したことないんだ。おまえこそ、他人《ひと》のことが言えるのか？」

浩志は柊真の左肩を前と後ろから見た。ジャケットの前後に穴が開き、血が滲《にじ》んでいる。銃弾が貫通しているということだ。

「銃が持てますから、大丈夫ですよ」

柊真が浩志を真似《まね》て笑った。

「確かに」

浩志もつられて笑みを浮かべた。

ワグネルの闇

1

ワグネル・グループは、スペツナズの隊員だったドミトリー・ウトキン元中佐が、ウクライナのドンバス戦争を支援するために二〇一四年に創設した民間軍事会社である。ナチス信奉者であるウトキンのコールサインにもなっている〝ワグネル〟は、ヒトラーが愛した音楽家であるリヒャルト・ワグナーに由来するという。

実質的なオーナーはオリガルヒのエフゲニー・プリゴジンで、レストランやケータリング事業で財を成してプーチンと親密な関係になったため、〝プーチンのシェフ〟と呼ばれている。

ワグネルはプリゴジンの潤沢な資金で創設され、ロシアの準軍事組織として作戦行動をしているが、プーチンの闇の資金調達部隊としても働くようになった。むしろそれがプーチンの目的だったのかもしれない。

ワグネルは中央アフリカ共和国、モザンビーク、スーダン、マリ共和国などの国家体制に問題があるアフリカの国々と結びつき、反体制派やテロ組織を掃討する見返りに、現金だけでなく、金やダイヤモンドやウランなどの鉱物資源を代価として受け取っていることが確認されている。

プーチンは否定しているが、ロシア黒海沿岸のリゾート地であるゲレンジーク付近に豪邸を密《ひそ》かに所有していた。モナコ公国の約三十九倍という広大な敷地に、約一千億ルーブルの建設費を掛けたとされる。この〝プーチン宮殿〟と言われる豪邸の建設資金の一部が、ワグネルが得た闇の資金だと見て間違いないだろう。

また、長引くウクライナ侵略戦争で経済制裁を受けて、財政面であえぐプーチン政権の資金源にもなっていた。


二〇二二年四月二十九日、午後二時十九分、マリ共和国。

パリ・シャルル・ド・ゴール国際空港発のエールフランスのエアバスA350が、マリの首都バマコ郊外にあるモディボ・ケイタ国際空港に着陸した。パリからマリへの一日一本の直行便である。

エアバスA350は滑走路の中央にある誘導路を移動し、ターミナル前のエプロンで停まった。

バックパックを担《かつ》いだ浩志は機内アナウンスに従い、外気で熱せられたボーディングブリッジを渡った。入国審査と検疫を無事に通過し、ロビーに出た。洒落《しゃれ》た巨大な体育館という感じのビルである。

リベンジャーズはワグネルの傭兵であるダビドフがウクライナにいるという情報を得てキーウ入りしたが、ロシアのウクライナ侵攻に巻き込まれてしまった。だが、それは偶然ではなく、ダビドフがウクライナ侵攻の先陣を切る作戦でキーウに潜入していたからにほかならない。

二月二十四日のワグネルが主導した大統領暗殺計画を、リベンジャーズとケルベロスが合同で阻止した。ロシア軍は、同時にアントノフ国際空港に三十機前後のヘリコプターで空挺部隊を降下させ、数時間空港を占拠している。これに対してウクライナ国家親衛隊が反撃し、撃退した。翌二十五日は、チェルノブイリからイヴァンキフを抜けたロシア軍が再びアントノフ国際空港を占拠している。

日を追うごとに戦況はキーウ周辺だけでなく、ドンバス地域でも広がり、ウクライナは劣勢に立たされた。

ケルベロスは、二十四日の攻防でマットだけでなく、柊真とフェルナンドも負傷したためチームとしては活動できなくなり帰国している。

リベンジャーズは、浩志、加藤、田中、瀬川の四人が負傷したもののいずれも軽傷だったため、ウクライナに留《とど》まってロシア軍との闘いを継続した。

だが、三月中旬の市街戦で辰也と鮫沼と村瀬がロシアの砲撃に巻き込まれて負傷している。三人は市内の病院で治療を受けたが、完治に一ヶ月以上掛かるため一週間後に帰国した。

ワットとマリアノはウクライナ入りした米国人義勇兵を指揮することになり、二週間前に別れている。義勇兵と言ってもアフガニスタンやイラクで従軍経験がある退役軍人ばかりで、ワットが指揮すれば強力な戦力になるだろう。残りのメンバーは、浩志と行動を共にしている。同じ飛行機に乗ってはいるが、まとまって動くと目立つので、他人の振りをしていた。

ロビーの片隅から降客を縫って体格のいい男が現れた。

「長旅でしたね。お疲れ様です」

サングラスを掛けた柊真が、出迎えに来ていたのだ。

柊真と仲間は、フランス外人部隊の互助組織で秘密結社の性格を帯びる〝七つの炎〟の依頼を受け、調査のためにマリに四日前から来ている。

「移動時間が長くて体が鈍《なま》ったよ」

浩志は拳《こぶし》で腰を叩《たた》いた。ただの腰痛だったが、柊真の若々しさを前についい見栄《みえ》を張ってしまった。

「安全な場所にあるホテルを予約してあります」

柊真は西に向かって歩き始めた。どうやら空港ビルの前にある駐車場に向かっているのではなさそうだ。

「調査は順調か？」

浩志は気にせずに尋ねた。柊真らはマリでフランス軍に嫌疑が掛けられた事件の調査をしていたのだ。

二〇一三年ごろからマリは、アルカイダ系イスラム過激派のテロによる治安の悪化に悩まされていた。そこで宗主国であったフランスが軍事介入し、イスラム系反政府勢力の掃討作戦を敢行した。また、欧州軍を主体とした国連平和維持軍も派遣されている。

だが、二〇二一年に軍事クーデターが起こり、民政移管をせずに軍事政権の大統領に就任したゴイタ大佐はフランスの介入を拒み、ロシアに頼った。民政移管し、普通選挙をするようにフランスから非難されていたことが一番の原因であろう。

そのため、フランスのマクロン大統領は駐留部隊の撤退を発表し、部隊ごとに撤退を開始したのだ。だが、軍事政権を監視するために、緩やかな撤退となった。

四月十九日、フランス軍は、三百人の兵士をマリ中部ゴシの基地から撤退させてマリ軍に正式に引き渡している。

だが、その直後に〝マリの愛国者〟を名乗る元兵士ディア・ディアラが、基地近くにフランス軍によって埋められた遺体だとする凄惨な映像をツイッターに投稿した。後に架空の人物と分かるが、ディアラは「仏軍がゴシの基地を去る時に残したものだ。黙ってはいられない！」と、虐殺した住民を密かに埋葬したとする映像を、仏軍による残虐行為だと非難したのだ。

このツイートは瞬《また》く間《ま》に拡散され、フランス軍が公式に否定したものの、マリ国民の怒りを買った。

「状況は摑《つか》めました。まったくのでっち上げでしたよ」

柊真は鼻から息を吐き出して答えた。確かにフランス軍の基地近くに、十数体の民間人の死体はあった。柊真らはいくつかの死体を掘り返して死因と死亡時期を調べた。いずれも死後一週間ほどで、フランス軍が撤退してから殺害されていたことが判明したのだ。そもそもフランス当局はドローンでの監視を行っており、基地の近くで不審な動きをする者を撮影している。夜間に死体を埋める白人の姿を捉えていたのだ。だが、それがフランス兵ではないという証拠にはならず、柊真らの検証でそれが偽装工作だとはっきりした。

「やはり、ワグネルが嚙《か》んでいるのか？」

浩志は柊真の横顔を見た。

「彼らの目的はフランスの信用を落とすことで、軍事政権に対する国民の支持を高め、同時に目障《めざわ》りなフランスの駐留部隊を完全に撤退させることでしょう。欧州軍がマリから撤退すれば、ロシアの天下ですから」

柊真は肩を竦《すく》めた。

「調査を駐留部隊じゃなく、ケルベロスに依頼した理由がよく分かった」

浩志は小さく頷《うなず》いた。フランスの駐留軍は縮小されて、行動も制限されているためまともに動くことはできない。それに下手《へた》にフランス軍が動けば、マリ国民の反感を買うだけだ。また、これまでもケルベロスが、フランス政府の仕事を受けて結果を残してきたことを買われたのだろう。

柊真は空港ビルを出た。

「アロー！」

フランス語で挨拶《あいさつ》したセルジオが、笑顔で双眼鏡を渡してきた。

「空港の反対側を見てください」

柊真が滑走路の東側を指差した。

浩志は言われた通りに双眼鏡で滑走路の向こう側を見た。

「二時の方角を見てください。ワグネルの傭兵の駐屯基地です」

柊真は冷めた表情で言った。感情を押し殺しているようだ。彼は他人に怒りを見せないようにしている時、あえて冷淡な表情になる。

「あそこに、ダビドフがいるんだな」

浩志は双眼鏡を下ろすと、険《けわ》しい表情で頷いた。

2

マリ共和国は、日本の約三・三倍の国土面積があり、人口は二千二十五万人ほど（二〇二〇年時点）の内陸国だ。

地理的には北部がサハラ砂漠、中部がサハラ砂漠南縁部に広がる半乾燥地域のサヘル、南部はスーダン帯と呼ばれるサバンナである。低地の熱帯長草草原地帯から標高千メートルの丘陵地まであるが、国土の大半は平地が占める。

北部の気候は乾燥した砂漠気候で人を寄せ付けないが、南西部は亜熱帯気候で、中央を東西に流れるニジェール川が国民の生活を支えていた。

塗装が剝《は》がれて錆《さび》に覆われたハイラックスが、空港からバマコ中心部に通じるセカンダリー・ルートを走っていた。マリの車事情は輸入の中古車に頼っているため、車が廃棄処分になるのは、完全に運転が不可能なまでに故障した時だけだろう。

ハイラックスを運転しているのはセルジオで、助手席に柊真、後部座席に浩志が座っていた。百メートルほど後方を走っているシトロエンの八十一年型Hバンをフェルナンドが運転し、助手席にはマット、後部座席と荷台に宮坂と加藤と田中、瀬川が乗り込んでいる。

十分後、二台の車はセカンダリー・ルートから未舗装の一般道路に入った。首都であるバマコのライフラインはよく整備されているが、一般道は未舗装の道が多い。

乾いた住宅街を抜けると、周囲に緑が多くなる。街路樹や公園の緑というのではなく、鬱蒼《うっそう》としたジャングルを切り開いたところに建物や道があるという感じだ。

サバンナ地帯の乾季は十一月から五月まで、雨季は六月から十月ごろである。雨が降らないこの時期に深い緑があるのは、ニジェール川に近いということだろう。

やがて豪邸が立ち並ぶ街並みになり、煉瓦《れんが》造り風のこぢんまりとした建物の前に車は停められた。柊真が予約した〝ビラ・スーダン〟というホテルである。

エアコンの効いた車を降りた途端に強い日差しと蒸気に晒《さら》された。四十一度という気温は暑さというより、肌を焼くような空気の熱さに近い。

エントランスの日陰に入り、風が吹き抜けるホールにフロントがあった。湿度が低いので、日陰に入るだけでも体感温度はかなり下がる。

「アロー」

フロントの男性が白い歯を見せて笑顔を浮かべる。フランス語は公用語とされているが、マリ国内の多数部族が使う四つの言語を国語と定められていた。近年は、人口のおよそ二十パーセントを占めるバンバラ族のバンバラ語を共通語にする動きもある。いずれ宗主国の言語は駆逐されるかもしれない。

「プールサイドで待っています」

柊真はフランス語で言うと、ラウンジの奥に向かった。

浩志は宿泊カードにサインし、鍵を受け取った。今時珍しい金属製の鍵だ。ベルボーイにチップを渡すと、二階の部屋に入った。

清潔感があるダブルベッドにエアコンもあり、窓からはニジェール川が見渡せる。正直言ってスプリングが壊れたノミ付きベッドを覚悟していただけに拍子抜けした。柊真の言った「安全な場所」の意味が分かった。治安もさることながら、ベッドの安全を指していたに違いない。

浩志はカーテンを閉じると、バックパックをベッドに投げて部屋を出た。一階に下りると、瀬川と宮坂がチェックインをしていた。加藤と田中はチェックインを済ませたのだろう。

浩志はラウンジを抜けてプールサイドに出た。柊真は茅葺《かやぶ》きの屋根の下にあるテーブル席でくつろいでいた。レストランがあり、オープンテラスになっているらしい。

「俺にもコーヒーをくれ」

浩志はボーイに注文すると、柊真の向かいの席に座った。

「ウクライナは、どうなりますかね？」

柊真はコーヒーを啜《すす》りながら何気なく尋ねた。二人だけの時は当然日本語で話す。その方が海外では他人に聞かれる心配も少ない。

「プーチンが出鼻を挫《くじ》かれたから、長引くだろうな。欧米も経済制裁だけでなく、ウクライナの武器援助に本腰を入れ始めた。ロシア軍を追い出すことはすぐには無理かもしれないが、これからは徐々に盛り返していくだろう」

浩志は北側にある柵の向こうに流れるニジェール川を見つめた。二ヶ月以上ウクライナで闘って毎日のように爆音を聞いている。そのためか、平和というより無害な環境にいると逆に違和感を覚える。

「やっぱり、プーチンが死なないと戦争は終わりませんか？」

柊真もニジェール川に視線を移して尋ねた。

「どうかな。長年洗脳されたロシア国民はよりよい生活を送るために強い指導者を望み、排他的な思想に慣れてしまっている。プーチンが死んでも新たな独裁者を望むかもしれない。そいつが戦争を引き継ぐ可能性がある」

浩志は苦笑を浮かべて言った。

「そうかもしれませんね」

柊真は渋い表情で頷いた。

ボーイが浩志のコーヒーをテーブルに載せた。

「ダビドフは、この国で何をしている?」

浩志はコーヒーカップに手を伸ばして本題に入った。柊真は調査する過程でダビドフらしき人物を目撃したらしい。そこで、ワグネルの傭兵が行くバーに行って情報を集め、確認をとったと聞いている。マリはイスラム教の国なので、ワグネル御用達《ごようたし》のバーは限られているそうだ。

「フランスを貶《おとし》める工作をしているようです。我々は基地の死体遺棄事件だけでなく、他の事件も調べることにしました」

柊真は声を潜《ひそ》めて話し始めた。

三月二十七日、マリ中部のモラの市場は日曜日ということもあり、家畜や野菜や果物や雑貨を売る多くの商人や村人が集まっていた。アフリカではどこでもよく見かける光景である。大勢の村人が市場に集まって騒々しくもあるが、誰しも楽しげで活気に満ち溢《あふ》れていた。市場は村人にとって単に買い物の場であるだけでなく、コミュニケーションの場所でもあるからだ。

突如、五機の軍用ヘリがローターの爆音を轟《とどろ》かせながら降下し、市場に向かって銃撃した。市場はパニックになり、群衆は逃げ惑った。

軍用ヘリから降りた兵士が市場の出入口を封鎖し、人々を包囲して虐殺したのだ。その多くはマリ軍の兵士だが、彼らを指導していたのはワグネルのロシア人傭兵であった。彼らは五日間にわたって村の家々に押し込んでは村人を殺害し、金品を強奪したのだ。

人権団体〝ヒューマン・ライツ・ウォッチ〟は、少なくとも三百人が殺害されたと発表している。

「虐殺事件の村を調べ、目撃者を探して証言を集めました。彼らの話だと、五百人は殺害されたということです。また、脱出した商人からは、六百人以上だと聞きました。いずれにせよ、ニュースで発表されたより、はるかに犠牲者は多いようです」

柊真は険しい表情で言った。

「その事件はニュースで聞いたが、マリ政府は二百人のテロリストを処刑したと言っていたな。しかもロシアはそれを賞賛していた」

浩志はウクライナにいる時も、世界中のニュースを確認していた。

「最初、フランスのせいにしようとしたらしいのですが、目撃者がフランス語でない聞いたこともない言語を話す白人だと証言したので、誤魔化《ごまか》せなかったんですよ」

柊真は鼻先で笑った。

「ダビドフが、一枚嚙んでいたのか。奴を始末するチャンスはありそうか？」

浩志はニジェール川を見つめたまま尋ねた。

「リベンジャーズの力を借りれば可能です」

柊真は口角を僅《わず》かに上げて答えた。

3

午後七時。

浩志らは日が暮れるのを待ってハイラックスとHバンに分乗し、ホテルを出た。

マルティル橋でニジェール川を渡り、RN7号線から脇道に入ってフランス大使館に入った。大使館の警備員は、ハイラックスを運転しているセルジオと助手席の柊真を見ると、ゲートを上げた。調査報告のため何度か訪れているので、顔パスらしい。

駐車場を通り過ぎて、大使館の裏手にある少々年季が入った倉庫の前で停まった。

柊真は周囲を窺《うかが》いながら助手席から降りると、倉庫のシャッター脇にある鉄製のドアの鍵を開けた。二重の電子ロックになっており、くたびれた倉庫にしては厳重すぎる。倉庫に入った柊真は内側からシャッターを開けた。

ケルベロスは大使館には民間調査団ということで届けてあるそうだ。だが、実際には軍事省を介して大使館の協力を得ていた。今回の調査を直接依頼してきたのは〝七つの炎〟

だが、依頼元は軍事省なのだ。大使館側もそれを承知で、柊真らの行動を黙認しているのだろう。

ハイラックスとHバンを倉庫に入れてシャッターを閉じると、照明が点《つ》けられた。倉庫は優に二百平米はありそうで、木箱や段ボール箱が積み上げられている。

「大使館内にも警備兵用の武器庫はあるのですが、この倉庫にはそれとは別に、撤退したフランス軍の装備が一部残されています。大使館が暴徒に襲撃された場合に備えて、大使館に避難した民間人に渡すためと聞いています」

柊真は壁際にある木箱の蓋《ふた》を次々に開けながら言った。この国には傭兵代理店はないので、柊真がフランス大使館に武器の使用許可を打診したのだ。撤退した軍の武器を大使館に残したのは軍事省の指示だったのだろう。だが公《おおやけ》にはできないので、大使館公邸内で保管せずに倉庫に保管しているようだ。

「G3は理解できるが、サプレッサー付きM4にMSG－90を民間人に渡すのか？」

木箱を覗《のぞ》いた宮坂が苦笑した。アサルトライフルのH《ヘッケラー》&K《コッホ》 G3は陸軍兵士に配布されているが、サプレッサー付きM4や狙撃銃であるH&K　MSG－90は特殊部隊が使う武器だからである。

「暗視ゴーグルまであるぞ」

田中が少し離れた金属製のコンテナから暗視ゴーグルを取り出し、肩を竦めた。

「その辺の事情はお察しください。許可は得ていますので、武器や装備は自由に使えます」

柊真も苦笑いを浮かべた。さきほどの説明は大使館の建前で、本当は今後マリで秘密作戦を行う特殊部隊のための予備なのだろう。

午後八時二十分。

装備を整えたリベンジャーズはHバンに、ケルベロスはハイラックスに乗り込んで大使館を出発した。

二台の車は、再びニジェール川を渡り、RN7号線を南に下った。やがてモディボ・ケリタ国際空港の脇を抜けて未舗装の道を西に進む。

三十分後、先頭を走るハイラックスが、森のような場所に入って停まった。雨季にはニジェール川の支流が現れる場所なのだろう。木々が整然と並んでいる。よく見ればカリテの木で、ここは農園らしい。木の実から抽出されるエキスは、シアバターとして日本でもよく知られている。ガーナやブルキナファソがシアバターの産地として有名であるが、マリでも作られているようだ。

車を降りた浩志らは、フランス軍に支給されているタイプ3のボディアーマーを着用すると、暗視ゴーグルのヘッドセットを装着した。

武器はグロック17にサプレッサーと暗視スコープ付きM4を使用する。宮坂とセルジオは、狙撃銃であるMSG－90を選んだ。また、フランス軍の45手榴弾とC4爆弾を、全員がタクティカルバッグに予備の弾薬と一緒に携帯している。基地に潜入すれば十倍のワグネル兵を相手にする可能性もあるため、弾薬は多めに携帯するのだ。もっとも武器だけでなく、今回はさらに新たな戦略システムを導入することになった。

「こちらリベンジャー。モッキンバード、応答せよ」

浩志はIP無線機で友恵を呼び出した。彼女にサポートを頼んでいたのだ。

――モッキンバードです。皆さんのスマートフォンにダウンロードしていただいたアプリ〝TC2I〟を起動してください。

TC2Iは「タクティカル・コマンド・コミュニケーション・インテリジェンス」システムの略だそうだ。

アプリを起動すると、現在地の地図が現れ、番号の付いた緑色の点が地図上に表示された。これは、アプリの使用者である浩志たちを示しているのだ。画面下のボタンを押すと、衛星画像に切り替わった。基地内に駐機してある軍用機の名前が表示されている。輸送機や攻撃機は、AIが形状を自動認識するそうだ。

「なかなかいいじゃないか」

浩志はにやりとした。

──アプリ使用者以外は、赤い点で表示されます。クリックすれば、移動速度も表示されます。米軍の〝C4I〟システムほどではありませんが、戦場での最低限の情報が得られます。ただ問題点は、現段階では軍事衛星もしくは偵察衛星の情報を元にしているのでタイムラグが生じることです。小型のドローンを飛ばせば解消できますが、今回は参考程度に使ってください。

友恵は遠慮がちに言った。

米軍のC4Iシステムは、「コマンド・コントロール・コミュニケーション・コンピュータ・インテリジェンス」システムの略で、「4」は四つのCを意味する。ドローンや軍事衛星の情報を利用することで作戦を計画・指揮・統制し、情報を部隊に伝達するシステムで、米軍の特殊部隊ではすでに実用化している。

「輸送機が五機に、攻撃ヘリや輸送ヘリが三機もありますよ」

柊真が衛星画像を見て、渋い表情になった。

航空機が駐機されているのは幅が四百メートル、奥行きが二百メートルほどのエプロンで、敷地の北側にある。エプロンの南側にある格納庫を挟んで反対側にマリ軍兵舎があった。空港にあるので空軍という位置づけかもしれないが、マリ軍が航空機をまともに運用しているとは思えない。実際に操縦しているのは、ワグネルのパイロットだろう。

エプロンの東側にある兵舎がワグネルの傭兵用である。マリには千人のワグネルの傭兵が派遣されているそうだが、衛星画像で見る限り、兵舎の規模からして収容人数は六百人から八百人といったところだろう。

　兵舎の近くに見張り台のような塔を持つ建物があった。滑走路の北側に管制塔などの空港施設がある。現在は使われていないが、滑走路の南側にある未舗装の滑走路を使っていた時代の管制塔だそうだ。

　〝TC2I〟で、エプロンの輸送機や攻撃ヘリなどが確認できる。また、駐機してある航空機はNATOコードが表示されるようになっていた。

「民間人を虐殺した際に使われていたヘリかもしれないな。破壊するべきだろう」

　浩志は小さく頷いた。画面にはロシア製Mi－24とMi－8がそれぞれ二機と表示されていたのだ。

　Mi－24は、外見がワニに似ていることから〝クロコジール〟と呼ばれている、八名の兵員が乗せられる攻撃ヘリである。Mi－8は、一九六七年に生産され、現在も改良を重ねながら生産が続けられている史上最も多い輸送ヘリだ。輸送機としてだけでなく、武器ポッドを取り付けて攻撃ヘリとしても使用されている。

「破壊？　勿体《もったい》ない。機影からして、Mi－8の一機はヒップCですよ」

　田中が大袈裟《おおげさ》に首を横に振った。ヒップCタイプとは、外部の武装ラックに武器ポッドを搭載した攻撃型である。

「Ｍｉ—24はすぐに破壊しましょう。私とムッシュ・タナカならＭｉ—8で航空支援ができます」

マットが田中と顔を見合わせて愛想笑いを浮かべた。昨年のアフガニスタンの作戦で、航空機の修理を一緒にした際に意気投合したのだ。二人で一機ずつ盗むつもりらしい。どちらも航空機好きの機械オタクのため、飛ばしたいのだろう。

「だめだ。爆破するんだ」

浩志は「航空支援」というワードに惹《ひ》かれたが、柊真が苦笑しながら首を振ったので許可しなかった。

「兵舎の形状からしてエアコンも完備していないと思われます。指揮官クラスの兵舎は、古い管制塔ビルにあるはずです」

柊真は衛星画像を拡大し、指先で画面を軽く叩いた。兵舎は簡易的な建物である。

「俺もそう思うが、時間はある。確認しよう」

浩志は加藤に軽く手を上げてみせた。「虎穴《こけつ》に入らずんば、虎子《こじ》を得ず」と言うが、不確実な情報で仲間を危険に晒したくないのだ。

加藤は頷き、農園の暗闇を抜けて行った。

4

午後十時三十分。

浩志はカリテ農園の南の端から三百五十メール先にある、マリ軍基地の西側を暗視双眼鏡で見つめていた。ワグネルの兵舎の南側にはジャングルがあり、農園からは目視できないからだ。

気温は三十二度まで下がっている。四十度を超す昼間の気温を経験しているので、幾分心地よい。

カリテ農園からマリ軍基地までは穀物農園が続いているのだが、干ばつのせいで荒地になっている。そのため、見通しが利《き》くので迂闊《うかつ》には近付けない。

基地の北側は滑走路、西と南は荒地、東側は村があるのだが、住民に騒がれないようカリテ農園から潜入するのだ。

柊真が指摘したように、ワグネルの指揮官らしき兵士の宿舎は旧管制塔ビルの一階にあることを加藤が突き止めている。

他の兵舎はすべて二段ベッドが並べられた部屋しかないため、指揮官クラス用とは思えなかったのだ。そこで旧管制塔ビルを調べたところ、一階には個室が四つあり、指揮官らしき兵士が出入りしていることが分かった。

　また、玄関前には、個人用の物と思《おぼ》しき乗用車が四台停めてあるそうだ。ダビドフは確認できないでいるが、この基地にいる可能性は高い。廊下部分は外から覗けるが、四つの部屋の窓は閉ざされているため、兵士が部屋から出てこない限り確認できないようだ。加藤はまだ旧管制塔ビルの外で張り込みをしていた。

　仲間は農園の中で身を潜めている。潜入した加藤から基地内の兵士がまだ寝静まっていないと連絡があったため、待機していたのだ。この時期、バマコの気温は三十度以下にはならないらしい。北国で生まれたロシア人にとっては過酷な環境だろう。

　一時間前に加藤から兵舎の照明が落とされたと連絡が入っている。だからといって兵士がすぐ寝静まるとは思えないので、時間が経《た》つのを待っているのだ。

　――こちら針の穴。位置につきました。

　宮坂からの無線連絡が入った。ワグネルの兵舎の南側にあるジャングルに給水塔があり、宮坂はタンクが載せてある板張りの上から狙撃支援することになっている。

　――こちらブレット、位置につきました。

　セルジオからも連絡が入った。彼はマリ軍の一番東にある格納庫の屋根に上がり、狙撃支援することになっていた。五分ほど前に、二人を先に潜入させていたのだ。

「歩哨《ほしょう》は、旧管制塔ビルの二人だけですね」

柊真はスマートフォンのTC2Iシステムを見て言った。建物の出入口に二つの赤い点が表示されているのだ。将校用の兵舎だけに見張りを立てているらしい。

「行こうか」

浩志は傍の柊真に声を掛けると、右手を上げた。

仲間は暗視ゴーグルを装着し、浩志と柊真の背後に集まる。

浩志は、瀬川を従えて北東に進む。田中は攻撃ヘリを爆破させるために単独でエプロンに向かわせていた。セルジオの位置からエプロンも見通せるので、田中のバックアップも頼んである。マットも希望したが、これ以上人員は割《さ》けなかったのだ。

柊真は、マットとフェルナンドを伴い北に向かった。リスクを避けるために二手に分かれて基地に潜入するのだ。空港の周囲は錆《さ》びついた一・八メートルほどのフェンスで囲まれている。二ヶ所から潜入することで、退路も二ヶ所作ることができるからだ。

リベンジャーズはワグネルの兵舎の南側にあるジャングルの東の端を通り、ケルベロスはジャングルの中央を抜ける。干ばつで草木は枯れているため、ジャングルと言っても密ではないが、身を隠すことはできるのだ。

二つのチームはほぼ同時にワグネルの兵舎を囲む塀の南側に出た。もともとマリ軍が使用していた基地の原型なのだろう。古い土塀だが、高さは一メートル五十センチほどあり、一メートル近い厚みがある。侵入者を防ぐためというよりも弾除《たまよ》けなのだろう。

土塀は東西に百六十メートル、南北に八十メートルほどあり、旧管制塔ビルはその奥にある。西側にあるマリ軍の兵舎は三百メートルほど離れているので、ワグネルの基地と言うべきだろう。

――こちらバルムンク。リベンジャー、どうぞ。

柊真から連絡が入った。

「リベンジャー。どうぞ」

――UAZ-469が二十台近く停めてあります。我々は469に爆薬を仕掛けたいのですが、旧管制塔ビルで合流しませんか？

柊真から提案された。UAZ-469はソ連時代に誕生し、現在も生産されている軍用小型四駆である。

「二十台全部を爆破するには爆薬が足りないだろう。リベンジャーズが東側の四台、ケルベロスが西側の四台を爆破すれば、動きは止められる」

浩志はすぐにTC2IシステムでUAZ-469を確認した。敷地が狭いため、縦に四列、横に五列、隙間《すきま》なく停めてあるのだ。前列と後列の車列を爆破すれば、中央に置かれた十二台の車は動かせなくなる。他にも軍用トラックが十数台周辺に停められているが、足回りのいいUAZ-469を破壊すれば、追手の足も止められるはずだ。

敷地の北側の端に常夜灯があるだけで他に光源はないが、人影は分かるだろう。リスキーだが実行する価値はある。

――了解です。

「旧管制塔ビルの南側で集合しよう」

連絡を終えた浩志らは土塀を乗り越えて敷地に潜入した。兵舎の脇を抜けてUAZ―469の車列に近付いた。バックパックから爆弾を取り出し、車体の下側に設置する。C4爆弾は各自二個ずつ持っているため、浩志と瀬川はそれぞれ二台に取り付けた。起爆装置は無線とタイマーのどちらにも対応しており、無線にセットしてある。

柊真とマットとフェルナンドの三人もUAZ―469に近付いた。

「むっ」

柊真は仲間に車の後ろに隠れるようにハンドシグナルで合図し、一番角に停めてあるUAZ―469の傍で立ち止まった。

一番近くの兵舎から兵士が突然出てきたのだ。姿を見られた気がしたので、あえて身を隠さなかった。暗いのでお互い見えるのはシルエットだけのはずだ。

男は煙草《たばこ》に火を点けながら近付いてくる。火を点けた瞬間、男の顔が見えた。三十代後半で無精髭《ぶしょうひげ》を生《は》やしたスラブ系である。寝苦しいので外に出てきたのだろう。

「どうした？　眠れないのか？」

男はロシア語で話しかけてきた。

「俺にも煙草をくれ」

柊真はM４を車に立てかけると男に近付いた。銃を見られたら、形状で敵だとバレてしまうからだ。

「おまえ、出身はどこだ？」

男は首を捻《ひね》った。柊真のロシア語の発音が変だと思ったのだろう。

「すまないな」

柊真はポケットに突っ込んでいた右手を素早く振った。

男は煙草を咥《くわ》えたまま倒れた。ポケットに隠し持っていた直径十四ミリの鉄球を男の眉《み》間《けん》に命中させて昏倒《こんとう》させたのだ。二、三時間は気を失っているだろう。無駄に殺す必要はないと判断した。

鉄球は古武道の印地《いんじ》で使う鉄礫《てつつぶて》で、印地は戦国時代に石を投擲《とうてき》して敵を倒すことで生まれた特殊な武術である。急所を強打して殺害することもできる。有効射程は三、四メートルだが、これほど隠密に敵を倒せる術はないだろう。しかも武器となる鉄球は繰り返し使える。

鉄礫を拾った柊真は男を軽々と肩に担ぎ、兵舎脇の暗闇に転がした。その間、マットとフェルナンドがUAZ－469に爆弾を仕掛けた。リモートで爆発させるために起爆装置の受信スイッチだけ入れてある。

仲間の作業を確認した柊真は、手を振って二人を兵舎と反対側の東に向かわせた。このまま北に進んで敷地を横切ると、旧管制塔ビルの前に出てしまう。敵の見張りに気付かれる可能性があるため、一旦土塀の外に出るのだ。

柊真は周囲を窺いながら、仲間の後を追った。

5

午後十時五十分。

浩志と瀬川が旧管制塔ビルの南側に回り込むと、加藤が暗闇から現れた。

「正面玄関から手前の二つの部屋は、ダビドフの部屋ではありません」

加藤は手短に報告した。

背後の暗闇から柊真とマットとフェルナンドが現れた。

「見張りは我々が対処しましょうか？」

柊真はそう言うと、ポケットから二つの鉄礫を出した。両手で同時に正確に投げる自信があるのだろう。

「やってくれ」

彼の腕をよく知っている浩志は即答した。サプレッサー付きとはいえ、M4はまったくの無音で銃撃できるわけではない。長射程で狙撃するならともかく、近距離なら気付かれる可能性も充分あるのだ。

柊真は自分のM4をマットに渡すと、両手に鉄礫を握っていきなり駆け出した。マットとフェルナンドも同時に走り出す。

旧管制塔ビル脇の暗闇から抜け出した柊真は、玄関前の二人の見張りの前で両手を一閃《いっせん》させてそのままを駆け抜ける。鉄礫はみごとに二人の男の眉間に命中した。

気を失った男たちは崩れるように倒れたが、マットとフェルナンドが音を立てないように抱き抱《かか》える。そのままビル横の暗闇に戻り、二人の兵士の手足を樹脂製の結束バンドで縛って転がした。

柊真は特に指示しなかったようだが、息の合ったコンビネーションプレーに浩志は思わず頷いた。

浩志は加藤と瀬川を伴い玄関脇に立った。すでに柊真らはドアの反対側で待機している。建物は東西に五十メートル、南北に十メートルと細長い。管制塔部分は四階建てになっているが、その他の部分は平屋である。管制塔の最上階は使われておらず、二階と三階部分は螺旋《らせん》階段があるだけで空洞らしい。

柊真は頷くと、先に潜入する。彼らも三人なので、二つのチームで行動するのだ。

玄関を抜けるとホールになっており、螺旋階段があった。ホール奥の左手の滑走路側に長い廊下があった。二十数メートルはありそうだが、ドアは四つしかない。どの部屋もゆったりしているということだ。

玄関前に停めてある車もアウディのSUVのQ2にハイラックス、ジープ・ラングラー、三菱パジェロと、新車ではないかもしれないが、マリ国民には手が届かない車ばかりである。四つの部屋を使っている人物は、それだけ特別な存在なのだろう。

柊真らが最初のドアを開けて突入した。士官クラスは、尋問するために生捕《いけどり》にすると決めてある。

浩志らは二番目のドアを開けて潜入する。瀬川がベッドに座っていた男に飛びつき、口を塞《ふさ》いで押さえ込んだ。

「動くなよ」

浩志は男の眉間にグロックの銃口を突きつけ、ロシア語で言った。

「ダー」

男は呻《うめ》くように答える。

加藤が男の手首を素早く樹脂製の結束バンドで縛り上げ、猿轡《さるぐつわ》を嚙ませた。瀬川は男をベッドに叩きつけると、足首とベッドを結束バンドで縛り付ける。

廊下に出ると、柊真らは三番目の部屋に突入するところだった。

浩志らは一番奥の部屋のドアを開けて潜入する。

「クリア！」

先に飛び込んだ瀬川が、ベッド下や机の後ろを確認して言った。

「逃げられましたか」

瀬川が舌打ちをした。

「車がある。任務で離れているだけだろう」

浩志は部屋を見回した。ベッドに机と椅子《いす》、それにスーツケースが置いてあるが、他に私物はなさそうだ。

「ダビドフは、いませんでしたね」

振り返ると、柊真がドア口に立っていた。三番目の部屋もクリアしたようだ。

「おそらく、ここがダビドフの部屋なのだろう」

浩志は壁際の机の引き出しを調べながら言った。

瀬川がスーツケースの鍵をこじ開けると、軍服が出てきた。

「こっ、これは……」

眉《まゆ》を吊《つ》り上げた瀬川は、軍服を出すとベッドに投げつけた。フランス陸軍の制服で中佐の階級章が付けられている。

「フランス軍に偽装して悪事を働いているんですね」

加藤も険しい表情で言った。

「捕虜を尋問しますか？」

瀬川が制服から階級章を剝ぎ取って尋ねた。

「ワグネルの指揮官クラスは、傭兵と言っても筋金入りですよ。普通の拷問《ごうもん》でもゲロは吐かないでしょうね」

柊真が表情もなく言った。感情を押し殺している分、相当腹が立っているのだろう。

「それなら、本当のゲロを吐かせるまでだ。こちらリベンジャー。ヘリボーイ、応答せよ」

浩志は田中を無線で呼び出した。

――ヘリボーイです。作業は順調です。

田中の緊張感のない声が聞こえる。浩志らが基地に潜入して作戦行動を進めていることをまったく気にしていないのだろう。

「三機のヘリの状況を教えてくれ」

――Ｍｉ‐24に爆弾を取り付けました。Ｍｉ‐8に関しては、今取り付け中です。

田中には余分に爆弾を持たせてある。爆発力が高い爆弾なので、エンジン部分に取り付ければすぐに終わるはずだ。

「爆弾を取り付けないで、ヘリの整備でもしていたのか？」

苦笑しながら浩志は尋ねた。

——まっ、まさか。すぐに取り付けますよ。

田中はむきになって答えた。

無線を同時に聞いている仲間が笑っている。

柊真は浩志の考えを読み取ったらしく、親指を立てた。そのまま続けてくれということだ。

「すぐに飛べる状態か？」

——燃料、油圧、すべてチェックしました。いつでも飛ばせます。

田中の声が弾《はず》んだ。整備は大袈裟だろうが、爆弾設置そっちのけで機体をチェックしていたに違いない。

「Mi-8を拝借して三人の捕虜を積むんだ。二機ともな」

浩志はマットを見てにやりとした。

「やった！」

マットが右拳を上げて跳び跳ねた。

「三人の捕虜を担いで行くんですか？」

瀬川が首を振りながら尋ねた。Mi-8が駐機してあるエプロンまで五百メートル以上ある。敵地のど真ん中だけに、担いでいるのを見られたらたちまち包囲されてしまう。

「車で移動すればいい。ついでに車もいただいておこう」

浩志はポケットから車のキーを二つ出した。机の引き出しで見つけたのだ。アウディのエンブレムが入ったスマートキーとトヨタのエンブレムが入ったキーである。

「それは、いい考えですね」

柊真が二つの車のキーをポケットから出して笑った。


午後十一時。

浩志らは捕虜を乗せた四台の車を連ねて基地を横切り、Mi-8が駐機してあるエプロンに到着した。宮坂とセルジオは旧管制塔ビルに呼び寄せて一緒に行動している。宮坂と加藤と瀬川にハイラックスとジープ・ラングラーと三菱パジェロを任せて、指定の場所に行くように指示した。錆だらけのハイラックスとシトロエンのHバンは、もともと大使館で廃棄処分になっている車だったのでそのまま農園に放置しておく。荷物は何も残していないので問題ない。キーは挿さったままになっているので、農園主は喜ぶだろう。

アウディQ2は目立つので、爆弾を取り付けたMi-24と一緒に爆破する。

二機のMi-8のエンジンが点火されてローターが回転する。近くにはマリ軍の兵舎があるが、外に出てくる兵士はいない。ワグネルの兵舎は距離的に離れているので、気が付かないのだろう。もっとも気が付いたところで、何かできると思えないが。

「出発だ」

Mi-8の副操縦士席に乗り込んだ浩志は、右手を軽く上げた。

「了解!」

機長席の田中が左手のコレクティブピッチレバーを調整しながら、右手のサイクリックピッチスティック(操縦桿《そうじゅうかん》)をゆっくりと引き、機体を上昇させる。

後部格納庫には、柊真とセルジオと三人の捕虜が乗り込んでいる。一緒に飛び立ったヒップCタイプMi-8はマットが操縦し、副操縦士席にはフェルナンドがついていた。

「こちらリベンジャー。カウントダウン。3、2、1」

浩志はゼロで手元の起爆ボタンを押した。

眼下のMi-24とアウディQ2、それにワグネル兵舎のUAZ-469が轟音《ごうおん》を立てて爆発する。爆発を合図に、三台の車を任せた宮坂らが基地ゲートを強行突破するのだ。複数のUAZ-469から巨大な炎が上がっている。うまくいけば爆弾を仕掛けなかった車にも燃え移るだろう。

二機のMi-8は南西方向に十六キロ飛び、ニジェール川の上空でホバリングした。田中は川面《かわも》から十メートルほどまで高度を落とし、マットは五十メートルの高さを維持し周囲を警戒する。Mi-8は機内が広いため、一機だけでもリベンジャーズとケルベロスの仲間を全員余裕で乗せることができるが、それぞれ役割があるので二機必要だったのだ。

「さて、ショウの始まりだ。英語もフランス語も分からないやつからダンスを見せてもらおう。まずはロシア語しか話せないと言っていたおまえだ」

柊真は三人の捕虜に聞こえるように大声で言うと、ハッチに近い男の髪の毛を鷲摑みにして揺さぶった。わざと冷酷を装っているのだ。

「我々は軍人だ。おまえは捕虜の扱いも知らないのか？　国際法違反だぞ！」

隣りの男が英語で怒鳴《どな》り返した。

「民間人を虐殺するのはただの殺人者だ。軍人のやることじゃない。方法はおまえたちの流儀にならうことにした」

セルジオが文句を言った男の頭を叩くと、両足をロープで縛り上げた。反対側のロープの端を機体のパイプに結びつける。

「高度を十メートルに設定する。ただし、ニジェール川の水位が低いからロープの長さに気をつけろ」

浩志は振り返って機内無線で伝えた。

「了解です」

ヘッドセットを付けている柊真が答え、後部スライドドアを開けた。三人の捕虜の顔が引き攣《つ》った。ここまでくれば何をされるか分かるというものだ。

「やめてくれ。なんでも話すから、落とさないでくれ」

男は英語で喚《わめ》き散らした。

「殺害した村人の気持ちになるんだな」

柊真が男を立たせると、セルジオが男の背中を蹴《け》って落とした。

男は悲鳴とともに暗いニジェール川に落ちた。

「気持ちよさそうだな」

柊真はハンドライトで川面を照らした。男は足首まで水に浸《つ》かっている。

「水量は意外とありそうだな。川底にぶつかって死ぬかと思ったがな。つまらん」

セルジオが呑気《のんき》に言った。

四十秒ほどして、柊真とセルジオは男を機体の近くまで引き上げる。

「助けてくれ！　なんでも話すから許してくれ！」

男は泣きながら大声で叫んだ。

「村人を無慈悲に殺害したのに勝手なやつだ。もう一回落とした方がいいんじゃないのか？」

セルジオが舌打ちをした。

「残りの二人も落とすから面倒だ」

柊真は首を振って男を引き上げた。水に濡れた男を引き上げるのは、力自慢の柊真とセルジオにとっても重労働である。

「そうだな」

セルジオは男の腹を蹴ると、足首のロープを外した。

男は水を吐き出しながら、激しく咳《せ》き込んだ。

「まずはおまえの名前と階級、それとセルゲイ・ダビドフの居場所と任務を答えろ。小声で話せ」

柊真は、男を他の二人から離して耳元で白状させた。口裏を合わせられないようにするためだ。

「次はおまえだ」

セルジオが別の男の足を縛りはじめた。

「勘弁してくれ。そんなことをしなくても話す。頼むよ」

二人の男は同時に頷いてみせた。ロシア語しか話せないと言っていた男も英語で話している。誤魔化せると思っていたらしい。

「私に名前と階級、それとセルゲイ・ダビドフの居場所と任務を耳打ちしろ」

柊真は二人にそれぞれ耳打ちさせた。よほど夜の川に落とされるのが嫌らしく、三人は同じ証言をした。

「聞き取りました。オーケーです」

柊真は機内無線で知らせ、振り返った浩志に親指を立ててみせた。

6

四月三十日、午前四時十分。

浩志らを乗せた二機のＭｉ－８は、ニジェール川の上流を目指していた。

柊真が三人のワグネルの傭兵から得た情報に基づいて行動している。ダビドフは、マリ中部の要衝であるモプティ近郊にあるマリ陸軍基地に二十人の部下とともに移動していた。彼らは今日と明日の二日間で、北部の二つの村に潜むイスラム系テロリストを掃討する作戦に出るらしい。

マリ北部を含むサハラ及びサヘル地域には、アルカイダ系武装勢力が結成した〝ＪＮＩＭ（イスラムとムスリムの支援団）〟の拠点があった。また、近年はＩＳＩＬ（イラク・レバントのイスラム国）の関連組織である〝ＩＳＧＳ（ＩＳＩＬ大サハラ）〟も勢力拡大を狙《ねら》ったテロ活動を行っている。

ロシアはワグネルの傭兵を使って掃討作戦を挙行し、アフリカでのプレゼンスを高めていた。だが、その目的は暴力と偽情報で欧米諸国を駆逐し、独占状態に持ち込んで利益を追求するためで、地域住民の安全と発展など一切考えていない。

三月二十七日の〝モラ村の虐殺〟でさえ、ロシアは二百人のテロリストを殲滅《せんめつ》させた「重要な勝利」として公式に祝意を示した。村人に混じって何人かはJNIMあるいはISGSの関係者がいたのかもしれないが、数百人の村人も一緒に殺害して村ごと消滅させたというのは人権団体のデマだと主張したのだ。

ダビドフは四機のMi–8に自分の部下と四十人のマリ軍を乗せ、中部にあるクビ村とトギュエル・コル村という二つの村を相次いで襲撃する計画だという。どちらも土曜日の市場で、村人が広場に集まったところを狙うらしい。

最初にMi–8の機銃掃射で大半の村人を殺害し、着陸してからマリ軍の兵士が村の住宅を襲って皆殺しにする計画らしい。モラ村のように時間はかけず、クビ村を最初に攻撃し、一時間後には小高い丘を挟んで八キロほど西にあるトギュエル・コル村を襲撃するようだ。

イスラム系のテロリストに対し、住民を隠れ蓑《みの》にしようとも皆殺しにするということを分からせ、彼らに脅威を与えるのが目的だという。

浩志らはダビドフの計画を阻止すべく、チームを二つに分けて行動を開始した。一つは宮坂と加藤と瀬川の三人で、彼らとは空港近くの空き地で合流するはずだったが、すぐさま三台の車で目的地に向かわせた。宮坂らは昨夜の午後十一時十分ごろ、バマコを出発しており、クビ村に近い合流地点に残り数十キロまで近付いていると報告を受けている。

二機のMi-8に乗り込んだ浩志らはフランス大使館に立ち寄って、武器弾薬の補充をして三時間前に出発した。また、捕虜にした三人のワグネルの傭兵は大使館で拘束している。大使館には武官だけでなく、情報機関の職員もいるため彼らが改めて尋問するのだ。浩志らの作戦が終了するまで少なくとも十時間は監禁することになっていた。時間制限は設けているが、彼らが再び太陽をまともに見ることはないだろう。

田中が燃料計を気にしながらサイクリックピッチスティックを左に倒し、北北東に進路を変えた。大使館からここまで三百七十キロ飛んでおり、その前に三十数キロ飛んでいるので、合計で四百キロ以上飛んでいる計算になる。Mi-8の航続距離は四百五十キロ前後で、目的地までは残り三十キロ近くあるため燃料切れを心配しているのだろう。

宮坂らと合流した後は、彼らが乗ってきた車もしくは徒歩での移動になる。燃料が残り少ない二機のヘリは、乗り捨てるほかないのだ。

十分後、ニジェール川の支流の河岸の荒地に二機のMi-8は着陸した。半径三キロ内に住居がないことは、確認済みである。

傭兵仲間はMi-8にカモフラージュネットを被《かぶ》せた。乗り捨てるとはいえ、敵に存在を知られるのはまずいからだ。

浩志は仲間に三十分の休息と食事を摂るように指示すると、川岸の砂地に座っている柊真の隣りに腰を下ろした。

「ここからクビまでは三キロですね。敵は東の方角から襲撃してくるでしょう」

柊真はタブレットPCに地図を表示させて言った。

「村の周囲は荒地だ。身を隠すところもなさそうだ。民家に押し入って隠れる場所を確保しないといけないかな」

浩志は衛星写真を見て溜息《ためいき》を吐《つ》いた。村人を守るためにここまでやってきたが、武器を持って村に入ればテロリストと間違えられる。また、本当にイスラム系の武装集団がいた場合は、銃撃戦になるだろう。

捕虜からの情報によると、四機のＭｉ－８のうちの二機が武装しているそうだ。着陸する直前に撃ち落とすのが理想だが、最初の攻撃で敵に位置を知られたら、間違いなく機銃掃射が襲ってくるだろう。

「こんな村にテロリストがいるんですかね」

柊真は地図を拡大して首を捻った。

どの家もイスラム建築で、土塀に囲まれた中に日干し煉瓦の平屋が建っている。敷地や家の大きさで貧富の想像がつく。クビ村は不揃《ふぞろ》いな大小様々な家が寄り添って、家と家の間が生活道路になっている。車が通れるような道が村内にないのは、車を所有する村人もいないからだろう。村もある程度大きくなると、生活道路も計画的に整備されるものだが、クビ村はかなり貧しい村ということだ。

「おっ」

柊真は眉をぴくりと動かした。

「どうした？」

浩志はタクティカルバッグからフランス軍のレーションを出した。フランス大使館で支給されたのだ。

「これを見てください。村の北と南に廃墟らしき家があります。ここにカモフラージュネットを被せればどうですか？」

柊真はタブレットPCの画面を拡大してみせた。

村から北に百八十メートルほど離れた場所に半分崩れた家がある。土塀も三分の一以上無くなっていた。また、村から西南に二百二十メートルほど離れた場所にも同じように半壊の家がある。他にも土塀や家の跡が村の周辺にあった。この村は貧困ゆえに規模を縮小しているのかもしれない。

北側の廃墟は村から近いが、生活道路からも離れているので村人にも気付かれる心配はなさそうだ。

「ヘリのカモフラージュネットを外して被せるか」

浩志は口角を上げて頷いた。燃料が少なくなったMi‐8は、戦闘終了後に爆破するつもりだった。カモフラージュネットで隠すのは、敵に知られて攻撃の対象にならないようにするためである。

十五分後、宮坂らが到着した。未舗装の道を走ってきたので砂埃《すなぼこり》に塗《まみ》れている。相当飛ばしてきたらしく、予定よりも三十分以上早い。

「すぐに出発だ」

浩志はハイラックスから降りた宮坂にレーションを渡すと、運転席に乗り込んだ。空はすでに白みかかっている。日の出は近い。

「やったぜ」

宮坂は大喜びで後部座席に座った。フランス軍のレーションを渡されて文句を言う者はまずいないだろう。

柊真は二台目のジープ・ラングラーを運転していた加藤と交代し、浩志と同じくレーションを渡した。加藤はレーションと自分の武器を抱えてハイラックスの助手席に乗り込む。三台目を運転していた瀬川は三菱パジェロのエンジンを止めると、ハイラックスの荷台に乗り、仲間からレーションを受け取る。彼らは移動中に無線で浩志と打ち合わせを済ませていた。残りのリベンジャーズの仲間は、荷台に武器を抱えて乗り込んだ。

ジープ・ラングラーにケルベロスの仲間が乗り込むと、浩志は車を走らせた。村に近付くとライトを消し、浩志は村の北にある廃屋に車を入れる。浩志と田中はカモフラージュネットを広げ、廃屋と車の上に掛けた。

柊真は村の南にある廃屋にジープ・ラングラーを停めると、カモフラージュネットで車と廃屋を隠した。

浩志はIP無線機で友恵を呼び出した。

「位置についた」

——了解しています。敵の動きはまだありません。調べたところ、この地方の市場は日の出から一時間後に開店するそうですが、混み始めるのはさらに一時間後らしいので七時以降と思われます。ただし、敵基地はクビから七十キロの距離なので、敵機は二十数分で到達します。

友恵にはいつものようにサポートを頼んである。午前五時には夜が明けているために市場が始まる時間も早いらしい。現時刻は午前四時五十分。敵の来襲までは二時間近くあるということだ。

「分かった。敵が動いたら教えてくれ」

浩志は無線連絡を終えると、土塀にもたれ掛かった。

7

午前六時五分。

友恵の情報と違って、クビ村の市場はすでに賑《にぎ》わいを見せている。

浩志は土塀の隙間から村の広場で開かれている市場の様子を窺っていた。

野菜や果物や洋服や雑貨なども扱っている。アフリカでは、なんでもありという市場が多いのだ。村人も珍しい露店があれば、待ちきれずに出かけてしまうのかもしれない。

活気がある喧騒《けんそう》は、傍《はた》から見ていても楽しい。廃《すた》れかけている村だけに、村人は娯楽を求めてこぞって顔を出すのだろう。市場を見る限りでは、イスラム系のテロリストがいるとは思えないが、家に武器が隠してある可能性もある。

事前に危険を知らせたいのだが、到底信じてもらえるとは思えない。だが、Ｍｉ－８が飛来したら、有無を言わせず村人を銃で脅してでも帰宅させるつもりだ。

——こちらモッキンバード。リベンジャー、応答願います。

友恵から連絡が入った。

「俺だ。敵は動いたか？」

浩志は体を起こした。

——たった今、四機のＭｉ－８が離陸しました。

「サンキュー」

浩志は壁に立てかけてあったＭ４を手にすると立ち上がった。

「もう来たんですか？」

宮坂は腰を上げながら尋ねた。

「そういうことだ。こちらリベンジャー。コウモリが飛んだ」

浩志は無線で全員に知らせた。〝コウモリ〟は敵のMi-8のことである。

仲間は自分の武器を手に取った。

フランス大使館で、新たに単発使い捨ての滑腔式無反動砲AT4を四丁手に入れている。敵のMi-8が四機だから四丁というわけではなく、四丁しかなかったのだ。そもそも対戦車用だけに航空機を撃つには向いていない。だが、ないよりマシだ。着陸寸前のところを狙えば外すこともないだろう。リベンジャーズとケルベロスに二丁ずつ配布している。

二十分後、東の方角からヘリコプターの爆音が響いてきた。

加藤と瀬川がAT4を構えた。ケルベロスはセルジオとフェルナンドが使うことになっている。

「高度は、四百メートルはありますね」

加藤が最初に機影を見つけた。彼の視力は五・〇あるという。誰も目視できない状態からヘリを視認していたのだろう。

村人たちもヘリコプターに気付き、不安げに東の方角を見上げている。中には市場から立ち去る者も出始めた。モラ村の大虐殺はマリ国内に知れ渡っているため、ヘリコプターの編隊を見て不安に駆られているのだろう。

「おかしい。高度を下げないぞ」

空を見上げていた浩志は首を捻った。この村を襲撃するのなら、高度を下げながら上空を旋回するはずだ。だが、高度を保ったまま一直線に向かってくる。

四機のＭｉ−８はクビ村の上空を次々と通過した。

「まずい。攻撃目標の順番を変えたんだ。車に乗れ。トギュエル・コル村に行くぞ！」

浩志が運転席に乗り込むと、仲間は荷台に飛び乗った。

——我々も向かいます。

柊真から無線連絡が入った。

トギュエル・コル村はクビ村から西に八キロの距離だが、丘を挟んでいるために南に三キロほど行って丘の裾から北西に向かわなければならない。二キロ以上回り道することになる。

砂煙を上げながら廃屋から抜け出すと、南に向かった。三百メートル先をケルベロスのジープ・ラングラーが走っている。彼らの潜んでいた場所は村の南にあったために、反応が早いのだ。

三キロほど先でジープ・ラングラーが停まり、マットが車から降りて河原に駐機してあるＭｉ−８に向かって走っていく。

浩志も減速して田中を下ろした。走りながら柊真と打ち合わせをして二人をMi−8に乗せることに決めたのだ。マットは武器を搭載しているMi−8に、田中は非武装のMi−8を使うことになった。二機とも燃料は少ないが、二、三十分なら飛べるはずだと田中は判断したのだ。

ハイラックスとジープ・ラングラーは、北西に向かって猛スピードで走る。

二キロ先で火柱が上がった。トギュエル・コル村の上空に四機のMi−8が飛び交っている。襲撃が始まっているのだ。

「くそっ」

舌打ちをした浩志はスピードを上げた。ショートカットしているため道なき道を走っている。田中らはまだ飛んでこない。エンジンを始動させるのに手こずっているようだ。

二機の非武装Mi−8が着陸した。兵士を降ろすのだろう。

村の広場が見えてきた。大勢の人々が悲鳴を上げながら逃げ惑っている。

ジープ・ラングラーが銃撃を受け、広場の五十メートル手前で停まった。柊真らは銃撃されている反対側から車を降りて反撃する。

浩志はハンドルを左に切って広場を迂回し、日干し煉瓦の家の裏に車を停めた。車を降りると、宮坂とAT4を抱える加藤と瀬川をハンドシグナルで家の左側に向かわせる。浩志は家の右側の陰から広場で銃撃しているマリ軍兵士を狙撃した。

数人の兵士が、ＡＫ47で浩志目掛けて一斉に発砲してきた。日干し煉瓦が砕け散り、粉《ふん》塵《じん》を撒き散らす。人数が多いだけに凄《すさ》まじい反撃である。

浩志は銃撃の隙をついて二人の兵士を倒すと、土塀を越えて隣りの家の敷地に入った。位置を変えては土塀の上から続けて四人の兵士を撃った。銃撃戦で大事なのは足を止めないことだ。

ホバリングしているＭｉ－８が浩志に気付き、機首を向けてきた。

「おっと」

浩志は地面に伏せた。

途端に頭上の乾いた土塀が銃撃を受けて砕け散る。12・7ミリ四銃身ガトリング重機関銃の破壊力は凄まじい。

轟音。

浩志を狙っていたＭｉ－８が爆発して墜落した。瀬川か加藤のＡＴ４が命中したらしい。囮《おとり》になった甲斐《かい》があったということだ。もう一機が高度を上げて加藤らがいる場所にロケット弾を撃ち込んだ。火柱を立てて日干し煉瓦の家が吹き飛ぶ。

「トレーサーマン、コマンド1、応答せよ」

浩志は無線で確認しながら土塀の陰から素早く移動し、別の家に飛び込んだ。

——コマンド1、負傷。自力で動けます。トレーサーマン、負傷。意識がありません。

負傷箇所を確認します。

瀬川から連絡が入る。

「むっ！」

気配を感じて振り返ると、子供を抱えた女性が毛布を被って震えていた。

「ここは危ない。西に向かって逃げるんだ。家を背にして逃げろ！」

浩志がフランス語で捲《まく》し立てると、親子は家から出て西に向かって駆け出した。日干し煉瓦も土塀も弾除けにならないのだ。

家に押し入ってきたマリ軍の兵士を咄嗟《とっさ》に銃撃し、その背後にいた兵士にも命中させた。だが、兵士の銃弾が浩志の右肩を掠《かす》める。倒れた際に反動でトリガーを引いたらしい。

浩志は舌打ちをし、家を出た。

「くっ！」

太腿《ふともも》に激痛が走り、思わず前のめりに倒れた。左足を撃たれたのだ。周囲に敵の姿はないので流れ弾に当たったらしい。浩志は日干し煉瓦の家に戻り、ポケットからバンダナを出すと、太腿をきつく縛った。立ち上がって「大丈夫だ」と、自分に言い聞かせる。諦《あきら》めたら戦場では死を呼び込む。

日干し煉瓦の家から広場を覗くと、数十メートル先に駐機してあるMi-8が爆発した。

ケルベロスのAT4が命中したのだ。すると、もう一機が兵士を残したまま上昇し始めた。だが、別方向から飛んできたAT4がテールローターを吹き飛ばす。独楽《こま》のように回転したMi‐8は、二十数メートル先に転がりながら火を噴いた。

上空でホバリングしていたMi‐8が、ロケット弾を広場や家に向かって撃ち始めた。三発が火柱と土煙を上げ、ロケット弾がなくなると、今度は機銃掃射に切り替えた。

敵味方関係なく銃撃している。数人のマリ軍の兵士が住民に混じって機銃掃射で倒れた。ワグネルのパイロットにとって、マリ軍の兵士は使い捨ての駒以下の存在なのだ。

――ブレット、被弾！

セルジオが撃たれたらしい。

右手の家の陰からAT4を担いだフェルナンドが現れた。狙いをつけて撃ったロケット弾は、上空のMi‐8の脇腹をすり抜ける。

狙撃態勢に入ったところで撃たれ、狙いが外れたのだ。

「クソッタレ！」

喚いているフェルナンドを柊真が引きずって土塀の陰に隠れた。

「ヘリボーイ！　どうなっている！」

浩志は堪《たま》らずに田中を呼び出した。

Mi‐8が、轟音とともに爆発した。機体から煙を吐きながら広場の中央に落ち、再び爆発する。

「何！」

浩志が振り返ると、いつの間にか武装したＭｉ－８が東の上空でホバリングしていた。

――お待たせしました。ただいまロケット弾を命中させたのは、武器担当のヘリオスです。

マットの陽気な声がイヤホンから響いた。

Ｍｉ－８が広場の上空で旋回を始める。

――ヘリボーイです。遅れてすみません。もう一機は燃料不足で飛ばせませんでした。このヘリもエンジンのかかりが悪くて飛ばすのに手間取りました。燃料が底を突きましたので、着陸します。

田中は遅れて連絡をしてきた。マットに花を持たせたのだろう。

「こちらリベンジャー。これから敗残兵の掃討にかかる」

苦笑した浩志は仲間に指示した。

田中が操縦するＭｉ－８が広場の片隅にゆっくりと着陸する。

新たに現れたＭｉ－８に恐れをなしたのか、マリ軍の兵士は銃を捨てて逃げ出した。棍《こん》棒《ぼう》を持った村人が武器を持たない兵士を追いかけ回している。数ヶ所で村人による兵士のリンチが始まった。

――こちらバルムンク。ターゲット、発見。広場に墜落したM・i―8の操縦席にいます。

「了解」

浩志は足を引きずりながら広場の中央に墜落したM・i―8に近付くと、仲間も集まってきた。

柊真が機長席側の右のハッチを足で蹴っている。墜落した衝撃で半開きの状態になっているのだ。ハッチを蹴り飛ばした柊真は、両手で機長席の男を引っ張り出そうとした。仲間も機長席を後ろに押すなど手を貸したが、ハッチが狭いので上手《うま》くいきそうにない。

「だめですね。コックピットが潰《つぶ》れているので出せません」

何度か挑戦した柊真は首を振ると、男のヘルメットを脱がせて顔がよく見えるようにした。ダビドフに間違いない。首の辺りからかなり出血している。二百メートル近い高度から墜落した衝撃を受けて、生きている方が不思議だ。

「おまえたちは……リベンジャーズか、それともケルベロスか？」

虚《うつ》ろな目をしたダビドフは、呟き込みながら柊真を見ながら尋ねた。

「どっちもだ」

柊真は腕組みをしてそっけなく答えた。

「……藤堂はいるのか？」

ダビドフは周囲を見回しながら尋ねた。

「俺だ」

浩志はダビドフを覗き込んで言った。

「どうして俺を付け回した？」

ダビドフは眉間に皺《しわ》を寄せて睨《にら》みつけた。

「昨年の八月二十六日。我々の友人をアフガニスタンで殺したからだ」

「……八月二十六日？　……あの爆弾テロのことか。……私は爆弾を用意しただけだ。友人だと？　くだらん」

ダビドフは吐き捨てるように言うと、咳き込んで血を吐いた。肺も損傷しているのだろう。

「私利私欲に塗れた謀略で、数え切れない人の命を奪った。彼らの無念も理由だ」

浩志は淡々と答えた。この男に説明しても無駄だと分かっているからだ。

「くだらんぞ。私はプーチンの夢に乗ったのだ」

ダビドフの声が小さくなってきた。

「プーチンの夢だと！」

浩志はダビドフの胸ぐらを掴んだ。

「藤堂さん。離れましょう」

柊真が浩志の肩を押さえて首を左右に振った。機体を包んでいる炎が先ほどより大きくなっている。

浩志はゆっくりと後ろに下がった。

「大ロシアの再興だ。大ロシアこそ、世界の覇者なのだ！」

ダビドフは右手を前に突き出して叫んだ。

機体の炎が膨れ上がった。

「まずい。下がれ！」

浩志は仲間を下がらせて自分も走ろうとしたが、激痛で足がもつれて倒れた。エンジン部が破裂し、Ｍｉ－８は巨大な炎に包まれた。操縦席も炎で見えなくなっている。

「逃げましょう」

柊真が浩志の手を取って立たせた。

「俺たちは逃げない。撤収と言うんだ」

笑った浩志は、柊真の肩を借りて広場から離れた。

エピローグ

五月四日、午後二時。

柊真が運転するハイラックスが、ニジェール川の支流を渡河《とか》した。

浩志は天井に手を当てて体を支えながら助手席で揺られている。

肩の銃創《じゅうそう》はたいしたことはなかったが、太腿《ふともも》はAK47の7・6ミリ弾が貫通していたので思ったより重傷だった。そのため、バマコ市内の病院で二日間大人しく入院したのだ。他にも加藤と瀬川とフェルナンドとセルジオが病院に担《かつ》ぎ込まれた。だが、入院したのは浩志だけである。傭兵は誰しも病院を嫌うものだ。

任務は終了したのでいつものように現地解散したのだが、誰もマリを離れようとしない。負傷した仲間を思ってのことである。

「乾季じゃなかったら渡れませんでしたね」

川を渡り切った柊真は、胸を撫《な》で下ろした。

「そうだな」

浩志はウィンドウを下げて後ろを振り返った。

仲間が運転するジープ・ラングラーと三菱パジェロが続いている。

渡河した場所はカラという村で、この上流に行けば四日前に戦場と化したトギュエル・コル村がある。村は三日前から封鎖されているらしい。政府軍のＭｉ－８が四機も破壊されたのだ。その上、村人も数十人が死傷している。噂《うわさ》が広まらないようにしているのだろう。

だが、負傷者は政府が面倒をみているらしい。襲撃したのは、イスラム系テロ組織に手を貸した反乱軍だという筋書きにするためのようだ。理由はともかく、村人が救われればそれでいい。

砂浜のような河川敷を過ぎると、荒地の乾いた道になる。バマコから二百八十キロほどで未舗装の道になった。時折、ワンボックスの乗合バスと行き違うだけで車の通りはない。浩志らは三台の車を連ねているので、村を通り過ぎると裸の子供たちが手を振りながら追いかけてくることがある。

バマコにはビルもあり、それなりに都市としての機能もあるが、一歩首都を出れば電気も水道も通っていない村が多い。こんな貧しい国からもロシアは無慈悲に金をむしり取っているのだ。

一時間後、三台の車はニジェール川沿いの道から離れて北に進み、虐殺があったモラ村の南側にある広場に到着した。

浩志と柊真が車を降りると、広場で遊んでいた数人の子供が逃げていった。

虐殺事件から一ヶ月が経《た》ち、生き残った村人が村に戻ったと聞いていた。浩志はどうしても彼らに支援物資を届けたかったのだ。

他の車から降りた仲間が、支援物資を降ろし始めた。昨日、仲間がバマコで買い集めた衣料品や食料もある。その話を柊真がフランスの大使館でしたらしく、大使館が支援物資を提供してくれた。

段ボール箱には、フランス語で「支援物資」と記載されている。少しでも国民感情を良くしようと下心が働いているのだろう。それを見透かして、柊真は大使館職員に話を持ちかけたらしい。腕っ節だけではなく、頭の切れる男である。

柊真が恐る恐る近付いてきた村人に話しかけた。以前も調査で訪れているので、慣れているようだ。フランス語話者は、少ないらしい。

村人が柊真を抱き締めると、他の村人も広場に集まり始めた。

「行方不明者も多いようですが、百人以上の村人が生き残っているらしいです。埋葬地も後で案内してくれるそうです」

戻ってきた柊真が説明した。

三台の車に積み込んできた支援物資は、十分ほどでなくなった。

支援物資を受け取った村人たちは傭兵仲間に礼を述べ、中には涙を流す者もいた。彼らは政府から見捨てられた人々なのだ。それだけに、テロ組織が手を差し伸べれば、簡単に政府を裏切るだろう。アフリカの難しいところである。

広場に残っていたモハメドと名乗る老人が、村の北東にある墓地に案内してくれた。大小の石や日干し煉瓦《れんが》で作られた墓石が、広い荒地に広がっている。

「息子夫婦も孫も殺されました。新しく埋葬した村人の墓が、三百を超えたところで数えるのを止《や》めました」

モハメドは表情もなく言った。涙も涸《か》れ果てたのだろう。

浩志はモハメドに家族の墓の場所を聞くと、ポケットから小さな樹脂製の箱を取り出した。短くきった線香が入っている。これまで紛争地で何人もの仲間を失ってきた。一色をアフガニスタンで埋葬した時も線香があればと思い、以来、持ち歩くようにしたのだ。線香に火を点《つ》けて墓の近くにそっと置き、手を合わせた。

「日本に戻られますか？」

隣りで手を合わせていた柊真が尋ねてきた。彼は仲間とウクライナに行って闘うと聞いている。

「日本にある一色の墓に線香を上げてから、ワットと合流するつもりだ」

負傷した体を完全に治してから戦地に戻る予定だ。

「決して逃げないのですね」

柊真が笑った。

「悪党を放っておけないだけだ」

浩志は頷《うなず》きながら静かに笑みを浮かべた。

この作品はフィクションであり、登場する人物および
団体はすべて実在するものといっさい関係ありません。

凶撃の露軍

一〇〇字書評

切・り・取・り・線

購買動機（新聞、雑誌名を記入するか、あるいは○をつけてください）	
□（　　　　　　）の広告を見て	
□（　　　　　　）の書評を見て	
□ 知人のすすめで	□ タイトルに惹かれて
□ カバーが良かったから	□ 内容が面白そうだから
□ 好きな作家だから	□ 好きな分野の本だから

・最近、最も感銘を受けた作品名をお書き下さい

・あなたのお好きな作家名をお書き下さい

・その他、ご要望がありましたらお書き下さい

住所	〒				
氏名		職業		年齢	
Eメール	※携帯には配信できません	新刊情報等のメール配信を 希望する・しない			

この本の感想を、編集部までお寄せいただけたらありがたく存じます。今後の企画の参考にさせていただきます。Eメールでも結構です。

いただいた「一〇〇字書評」は、新聞・雑誌等に紹介させていただくことがあります。その場合はお礼として特製図書カードを差し上げます。

前ページの原稿用紙に書評をお書きの上、切り取り、左記までお送り下さい。宛先の住所は不要です。

なお、ご記入いただいたお名前、ご住所等は、書評紹介の事前了解、謝礼のお届けのためだけに利用し、そのほかの目的のために利用することはありません。

〒一〇一－八七〇一
祥伝社文庫編集長　清水寿明
電話　〇三（三二六五）二〇八〇

祥伝社ホームページの「ブックレビュー」からも、書き込めます。

www.shodensha.co.jp/bookreview

祥伝社文庫

凶撃《きょうげき》の露軍《ろぐん》　傭兵代理店《ようへいだいりてん》・改《かい》

令和 4 年 12 月 20 日　初版第 1 刷発行

著　者　渡辺裕之《わたなべひろゆき》
発行者　辻　浩明
発行所　祥伝社《しょうでんしゃ》
東京都千代田区神田神保町 3-3
〒 101-8701
電話　03（3265）2081（販売部）
電話　03（3265）2080（編集部）
電話　03（3265）3622（業務部）
www.shodensha.co.jp
印刷所　萩原印刷
製本所　積信堂
カバーフォーマットデザイン　芥 陽子
 ISBN978-4-396-34856-4 C0193

祥伝社文庫の好評既刊

渡辺裕之
傭兵代理店
「映像化されたら、必ず出演したい。比類なきアクション大作である」——同姓同名の俳優・渡辺裕之氏も激賞！

渡辺裕之
悪魔の旅団《デビルズ・ブリゲード》
傭兵代理店

大戦下、ドイツ軍を恐怖に陥れたという伝説の軍団再来か？ 孤高の傭兵・藤堂浩志《こうじ》が立ち向かう！

渡辺裕之
復讐者たち《リベンジャーズ》
傭兵代理店

イラク戦争で生まれた狂気が日本を襲う！ 藤堂浩志率いる傭兵部隊が、米陸軍最強部隊を迎え撃つ。

渡辺裕之
継承者《けいしょうしゃ》の印《しるし》
傭兵代理店

ミャンマー軍、国際犯罪組織が関わるかつてない規模の戦いに、藤堂率いる傭兵部隊が挑む！

渡辺裕之
謀略《ぼうりゃく》の海域《かいいき》
傭兵代理店

海賊対策としてソマリアに派遣された藤堂。渦中のソマリアを舞台に、大国の謀略が錯綜する！

渡辺裕之
死線《しせん》の魔物《まもの》
傭兵代理店

「死線の魔物を止めてくれ」——悉《ことごと》く殺される関係者。近づく韓国大統領の訪日。死線の魔物の狙いとは⁉

祥伝社文庫の好評既刊

渡辺裕之
万死《ばんし》の追跡《ついせき》 傭兵代理店
米の最高軍事機密である最新鋭戦闘機を巡り、ミャンマーから中国奥地へと、緊迫の争奪戦が始まる！

渡辺裕之
聖域《せいいき》の亡者《もうじや》 傭兵代理店
チベット自治区で解放の狼煙《のろし》を上げる反政府組織に、藤堂の影が⁉ そしてチベットを巡る謀略が明らかに！

渡辺裕之
殺戮《さつりく》の残香《ざんこう》 傭兵代理店
最愛の女性を守るため。最強の傭兵・藤堂浩志が、ロシア・アメリカの謀略機関と壮絶な市街地戦を繰り広げる！

渡辺裕之
滅びの終曲 傭兵代理店
暗殺集団〝ヴォールク〟を殲滅させるべく、モスクワへ！ 襲いくる〝処刑人〟。藤堂の命運は⁉

渡辺裕之
傭兵の岐路 傭兵代理店外伝
〝リベンジャーズ〟解散後、平和な街で過ごす戦士たちに新たな事件が！ その後の傭兵たちを描く外伝。

渡辺裕之
新・傭兵代理店 復活の進撃
最強の男が還ってきた！ 砂漠に消えた人質。途方に暮れる日本政府の前にあの男が……。待望の2ndシーズン！

祥伝社文庫の好評既刊

渡辺裕之　**悪魔の大陸㊤**　新・傭兵代理店

この戦場、必ず生き抜く――。藤堂に新たな依頼が。化学兵器の調査のため内戦熾烈なシリアへ潜入！

渡辺裕之　**悪魔の大陸㊦**　新・傭兵代理店

この弾丸、必ず撃ち抜く――。傭兵部隊は尖閣に消えた漁師を救い出すべく、悪謀張り巡らされた中国へ向け出動！

渡辺裕之　**デスゲーム**　新・傭兵代理店

最強の傭兵集団vs.卑劣なテロリスト。ヨルダンで捕まった藤堂に突きつけられた史上最悪の脅迫とは!?

渡辺裕之　**死の証人**　新・傭兵代理店

藤堂浩志、国際犯罪組織の殺し屋のターゲットに！　次々と仕掛けられる敵の罠に、たった一人で立ち向かう！

渡辺裕之　**欺瞞《ぎまん》のテロル**　新・傭兵代理店

川内《せんだい》原発のHPが乗っ取られた。そこにはISを意味する画像と共にCD《カウントダウン》の表示が！　藤堂、欧州、中東へ飛ぶ！

渡辺裕之　**傭兵の召還《しょうかん》**　傭兵代理店・改

リベンジャーズの一員が殺された――。復讐を誓った柊真は、捜査のため単身パリへ。鍵を握るテロリストを追え！

祥伝社文庫の好評既刊

渡辺裕之
血路の報復 傭兵代理店・改
男たちを駆り立てたのは亡き仲間への思い。京介を狙撃した男を追って、リベンジャーズは南米へ――。

渡辺裕之
死者の復活 傭兵代理店・改
人類史上、最凶のウィルス計画を阻止せよ！　絶体絶命の危機を封じるべく精鋭の傭兵たちが立ち上がる！

渡辺裕之
怒濤《どとう》の砂漠 傭兵代理店・改
米軍極秘作戦のため、男たちはアフガンへ。道中、仲間の乗る軍用機に異常事態が……。砂塵の死闘を掻い潜れ！

渡辺裕之
紺碧《こんぺき》の死闘 傭兵代理店・改
反国家主席派の重鎮が忽然と消えた。男が触れてしまったとされる、現政権の存亡に関わる国家機密とは――。

渡辺裕之
荒原の巨塔 傭兵代理店・改
南米ギアナでフランス人女性大生の拉致事件が発生。そこには超大国の影が――闇に潜む弩級の謀略をぶっ潰せ！

渡辺裕之
邦人救出 傭兵代理店・改
米軍の完全撤退を受け、カブールが陥落。混乱に陥るアフガンで、精鋭の傭兵による邦人救出作戦が始動する！

祥伝社文庫　今月の新刊

渡辺裕之

凶撃の露軍　傭兵代理店・改

テロの真犯人を追って傭兵たちはウクライナへ。翌日、ロシアによる侵攻が。大統領暗殺計画を阻止すべく、男たちが立ち上がる！

河合莞爾

ジャンヌ　Jeanne, the Bystander

〝ありえない殺人〟を犯した女性型ロボット・ジャンヌの輸送中、謎の武装集団に襲われる！逃避行の末に辿り着いた衝撃の「真相」とは。

岩室　忍

初代北町奉行 米津勘兵衛 **風《ふう》月《げつ》の記《き》**

北町奉行所を困惑させる一通の書状が届いた。伊勢の名門北畠家ゆかりの者からだった。勘兵衛は乞われるまま密会をするが……。

長谷川　卓

私《わたくし》雨《あめ》　峰蔵捕物歳時記

柳原の御用聞き峰蔵の計らいで、才槌長屋に六人目の捨て子が引き取られた。癖のある店子と健気に暮らし……温かさ沁みる傑作五篇！